# 服務業韓語

## 어서 오십시오.

　　2011 年，我以為韓國人人開口都能說英語，結果當時一句韓文都不會就跑來韓國打工留學。我的第一份工作就是教韓國人英語跟中文，在教學的過程中，自然而然開始接觸韓語，間接學得基本的單字會話。打工度假結束回台之後，我順利應徵到外派韓國的工作。由於公務接洽方面非常需要韓語，我深深體會到，人在韓國工作真的不能不會他們的語言，因而開啟我的韓語學習之路！

　　其實，觀察目前的趨勢，不一定要到韓國才會遇到韓國人，現在韓國到台灣觀光的人數逐年上升。韓國這邊自從花樣爺爺（綜藝節目）開播之後，便開啟對台灣的新視界，訪台觀光人數不斷上升。生活在台灣這塊土地上的朋友，可能會在小吃、路邊攤遇到韓國人，也可能會在觀光地區遇到韓國人。兩國友好從觀光開始做起真的很重要。因此，我在撰寫這本書的時候，除了收錄一般服務業用語之外，也希望大家能藉由服務韓國客人的同時，適時向韓國人宣傳台灣各個觀光特點，讓他們了解台灣的文化與特色。最容易接觸到韓國客人的群體一般都是第一線服務人員，不論是餐飲人員、飯店從業人員、百貨業從業人員、在夜市工作的人、計程車司機、導遊甚至是在機場、捷運、火車站工作的人，大家用到韓語的機會越來越多，由此可知，目前台灣觀光業亟需韓語人才。

希望藉由此書，能跟身處台灣對韓文有興趣的朋友分享一種更貼近我們生活環境的學習方式。能讓對韓國文化、語言感興趣的朋友不再單純只是一位看韓劇的觀眾，而是將追劇這項愛好化為自己的學習動力，讓自己多一項新的語言能力，間接提升升學或就業的機會，何樂而不為呢？

**在這邊跟讀者朋友分享一句讓我印象深刻的話：**

> 모든 일을 즐겁게 하는 것이 제일이다.
> – 신한카드, 홍성균 대표

　　意即「在做每一件事情之前，最重要的目的就是去享受、去開心地做。」如同僅有一次不可能重來的人生，在別人看來可能你是傻的、是瘋狂的，可是一個人的人生若能忠於自我，便是最棒的人生了！我是如此認為，那你們呢？

*Lee Yo Chieh*

# 目錄

Part 3 **天天用得上的餐飲服務用語**

# 目錄

Part 4 **天天用得上的飯店客房用語**

## Part 5　天天用得上的計程車用語

## Part 6　天天用得上的美髮沙龍用語

# 目錄

## Part 7　天天用得上的美體按摩用語

## Part 8 天天用得上的攝影寫真用語

## Part 9 天天用得上的導遊韓語

# 目錄

Part 10 **天天用得上的聊天韓語**

## Part 11 天天用得上的機場服務用語

## 使用說明

### 11 大主題

　　本書共由 11 個 part 組成，每個 Part 都是一大主題，章名頁下方會列出該章節要學習的內容，供老師與學生做課前暖身。Part 1、Part 10 屬於通用韓語，適用於大部分的服務業。其餘章節皆針對特定行業進行撰寫。

### 情境狀況句

　　根據每一種服務類別，按「服務流程」編排可能會遇到的狀況。每種狀況收錄平常日常生活中最簡單、最實用也最常見的韓文語句。讓讀者於現實中服務韓國客人時，可隨時視情況查詢，提供顧客最及時的協助和符合韓國禮儀的專業服務。

## 基本會話

基本會話採用模擬式情境對話，期許以最貼近現實生活的對話內容，讓讀者宛如身臨其境，學到最實用的應對方式。練習時可選擇自己念完所有對話，或是於課堂中和同組學習夥伴進行角色扮演練習口說。服務客人最常碰到的狀況都會出現在這裡，預先演練，日後在現實生活中遇到類似的情境便能立即反應。

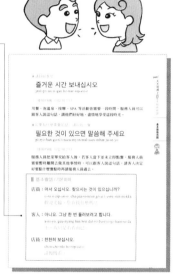

## 使用時機

這個部分除了告知句子的使用時機之外，有時會結合文化方面的知識，提醒讀者平常容易忽略或是用錯的文法、句型等。學完句子後當作補充知識看一下，服務韓國客人時便不容易說錯話，講起韓語也更道地。

## 音檔 MP3

本書收錄的 MP3 可分為兩種,一種是狀況句,一種是基本會話。狀況句前面都會有★號,每句皆錄製中文與韓文。而另一種基本會話只有錄製原文對話,並未收錄中文翻譯。每個狀況旁邊都會附上 MP3 編號,一個狀況一個音軌。若該狀況包含例句與會話,則那個狀況的對話會直接收錄在例句之後,不會另置音軌。

## 羅馬拼音

韓語變音規則相當複雜,若對變音規則不熟悉,單看字面很容易發錯音。本書讀者即便不會韓文字母,單看羅馬拼音也能順利與韓國客人溝通。學習時若發現自己讀的音與韓籍老師念的不同,可以看一下羅馬拼音怎麼念,久而久之自然就能記住哪些字要變音。

## 詞語替換

　像這種句子總共有兩個格子，分別標示□1與□2，但下方詞語替換表格並未標示□1與□2，代表下方替換表格的詞語可隨意挑選兩個放入上方句子中。若遇到上方例句標示□1、□2與□3，且下方詞語替換表格並未標示□1、□2、□3，表示下方替換表格的詞語可隨意挑選三個放入上方句子中。

　像這種整句框起來，框框邊並無標號，且下方替換表格也未標示□1或□2，代表狀況提供的例句可整句換成以下其他句子。

　像這種句子總共有兩個格子，分別標示□1與□2，且下方詞語替換表格也標示□1與□2，代表下方□1的內容可隨意挑選來替換上方例句□1的內容；下方□2的內容也可隨意挑選來替換上方例句□2的內容。但是請注意，例句的□1對替換的□1，例句的□2對替換的□2，切記不可用替換的□1套到例句的□2，或是將替換的□2套到例句的□1。若遇到上方例句或下方替換表格階有□1、□2與□3，同前面所述，不可交叉替換。

**Part**

**1**

天天用得上的
基本招呼用語

# 01 天天用得上的基本招呼用語

## 狀況001 ● 迎賓與送客

★歡迎光臨。

## 어서 오십시오.
o-so o-sip-ssi-o

★歡迎光臨。

## 환영합니다.
hwa-nyong-ham-ni-da

★謝謝光臨。

## 와 주셔서 감사합니다.
wa ju-syo-so gam-sa-ham-ni-da

★歡迎再來。

## 또 오세요.
tto-o-se-yo

## 狀況002 ● 怎麼稱呼客人

★先生、小姐。

## 손님
son-nim

! 使用時機/이럴 때 쓴다

在韓國的服務業口語上，不管客人是男性、女性或年紀多大，服務人員一律統稱客人為「손님」，並不會以姓氏或性別來區分。

## 狀況003 ● 請客人稍等一下時

MP3 003

★請稍等一下。

# 잠시만 기다려 주세요.

jam-si-man gi-da-ryo ju-se-yo

! 使用時機/이럴 때 쓴다

· 商品在不同空間，必須暫時離開去拿取的時候。
· 商品包裝的時候。
· 忙得一時無法招呼客人的時候。
· 客人點餐確認完畢，請他稍候等待上菜時。

## 狀況004 ● 準備為客人服務時

MP3 004

★好，我馬上來。

# 네. 바로 가겠습니다.

ne, ba-ro ga-get-sseum-ni-da

! 使用時機/이럴 때 쓴다

客人要請服務生過來的時候，服務生則立刻回答：「好，我馬上來」。

★讓您久等了。

# 오래 기다리셨습니다.

o-rae gi-da-ri-syot-sseum-ni-da

- 結帳時。
  ※收銀員加總好要告訴客人消費總金額時可以說這句話。加總計算雖然只需花一點點時間，但為了表示禮貌，會先說：「讓您久等了」再說「總共是 OO 元」。
- 餐點送到桌前的時候。
- 準備好座位，帶客人入座時。
- 客人因客滿沒座位，在外頭等候，當有空位可以讓等候的客人入座時。
- 展示櫃上沒貨，到倉庫拿貨回來給客人看時。
- 客人想要看看「模特兒」身上展示的衣物飾品，服務人員特地取下來給客人看時。
- 幫客人包裝或打包外帶完成時。

★抱歉讓您久等了。

# 오래 기다리게 해서 죄송합니다.

o-rae gi-da-ri-ge hae-so jwe-song-ham-ni-da

★感謝您耐心的等候。

# 오래 기다려 주셔서 감사합니다.

o-rae gi-da-ryo ju-syo-so gam-sa-ham-ni-da

服務人員可以視等待時間或客人的態度適時地添加一些服務用語。上面兩句話不論是餐廳點菜、上菜或結帳等皆能使用。不過應該用哪句比較好，可以視客人對等待這件事情的表現而定。若客人表現不悅的話，可以用第一句「오래 기다리게 해서 죄송합니다.」；若客人等候時看起來和顏悅色，則可使用第二句「오래 기다려 주셔서 감사합니다.」來表示感謝。

## 狀況005 ● 回應客人

★好的，我知道了。

# 네, 알겠습니다.

ne, al-get-sseum-ni-da

! 使用時機 / 이럴 때 쓴다

- 客人進門，說「我們有 OO 位（人數）」時，服務人員隨即回答：「好的，我知道了」。
- 客人點完餐，服務人員表示「聽清楚了，一切 OK」時。
- 客人要求服務人員為他們做某項服務，服務人員表示：「我了解了」時。

## 狀況006 ● 基本服務用語

★我來為您介紹一下。

# 안내 해 드리겠습니다.

an-nae hae deu-ri-get-sseum-ni-da

! 使用時機 / 이럴 때 쓴다

- 服務人員必須親自帶領客人前往目的地（如化妝室），也就是客人的方向跟服務人員的方向一樣時，又或者客人詢問有無某項商品時，皆可說「안내 해 드리겠습니다」。
- 幫顧客拿取所選購的商品時（必須離開當下的位置前往別的地方拿取），韓語有時是說「여기 있습니다」。
- 幫客人帶位、請客人上座或是餐點好了的時候，韓語會說「이쪽입니다」。

★請坐。

# 이쪽으로 앉으십시오.
i-jjo-geu-ro an-jeu-sip-ssi-o

★請慢用。

# 맛있게 드십시오.
ma-sit-kke deu-sip-ssi-o

! 使用時機 / 이럴 때 쓴다

當服務人員上菜完畢，可以加上這句話請客人好好地、盡情地享用。

★請慢慢看。

# 천천히 보세요.
chon-cho-ni bo-se-yo

! 使用時機 / 이럴 때 쓴다

· 客人尚未決定菜單，請客人慢慢看、慢慢挑選時使用。
· 客人正在挑選如衣服、化妝品、保養品或其他商品時，可以說這句話請客人慢慢地挑。

★請穿得舒適、漂亮。

# 예쁘게 입으세요.
ye-ppeu-ge i-beu-se-yo

! 使用時機 / 이럴 때 쓴다

當客人選完商品拿到櫃台結帳後，店員可以跟客人說這句話，祝她們穿得舒適、開心。

★請好好享受。

# 즐거운 시간 보내십시오.

jeul-go-un si-gan bo-nae-sip-ssi-o

！ 使用時機 / 이럴 때 쓴다

用餐、泡溫泉、按摩、SPA 等活動皆需要一段時間，服務人員可以跟客人說這句話，請他們好好地、盡情地享受這段時光。

★如果有什麼需要的話，請叫我一聲。

# 필요한 것이 있으면 말씀해 주세요.

pi-ryo-han go-si i-sseu-myon mal-sseu-mae ju-se-yo

！ 使用時機 / 이럴 때 쓴다

服務人員把菜單交給客人後，若客人當下並未立即點餐，服務人員需要暫時離開去做其他事情時，可以跟客人說這句話，請客人決定好要點什麼餐點時再請服務人員過去。

## 基本會話 / 기본회화

店員：어서 오십시오. 찾으시는 것이 있으십니까?

　　　o-so o-sip-ssi-o. cha-jeu-si-neun go-si i-sseu-sim-ni-kka

　　　歡迎光臨。您在找什麼嗎？

客人：아니요. 그냥 한 번 둘러보려고 합니다.

　　　a-ni-yo. geu-nyang han bon dul-ro-bo-ryo-go ham-ni-da

　　　不，我只是看看而已。

店員：천천히 보십시오.

　　　chon-cho-ni bo-sip-ssi-o

　　　請慢慢看。

필요한 것 있으시면 말씀해 주세요.

pi-ryo-han got i-sseu-si-myon mal-sseu-mae ju-se-yo

如果有什麼需要的話，請叫我一聲。

## 狀況007 ● 需要打擾客人一下時

★抱歉，打擾你們了。

# 잠시만요, 죄송합니다.

jam-si-man-nyo, jwe-song-ham-ni-da.

！ 使用時機 / 이럴 때 쓴다

- 服務人員送上茶水或餐點的時候。
- 遞出菜單或濕紙巾的時候。
- 需要打斷正在用餐的客人時。
- 替客人添加茶水時。
- 為客人稍微整理一下桌面時。
- 結帳時收到客人錢的時候。
- 需要接觸客人東西（如衣服、身體、包包、信用卡等）時。

## 狀況008 ● 感謝客人

★謝謝。

# 감사합니다.

gam-sa-ham-ni-da

！ 使用時機 / 이럴 때 쓴다

- 當客人讚美食物的味道時。
- 當客人讚美服務人員的態度時。
- 當客人讚美本店的服務、商品或其他事物時。

★謝謝／不敢當。

# 천만에요.
chon-ma-ne-yo

# 별말씀을요.
byol-mal-sseu-meul-ryo

！ 使用時機／이럴 때 쓴다

兩句話的意思都差不多。面對客人的讚美時，更有一種「不敢當、是您過獎了」的謙虛感。例如客人十分客氣地對服務人員貼心的舉動道謝時，服務人員表示這是他的本分，不敢當。或客人稱讚服務人員的服務態度時，服務人員表達這是他的本分，不敢當。

## 狀況009 ● 實在很抱歉

★實在很抱歉。

# 정말 죄송합니다.
jong-mal jwe-song-ham-ni-da

！ 使用時機／이럴 때 쓴다

・因客滿沒有座位，客人決定打退堂鼓的時候。
・服務人員有疏失，譬如忘了擺某些餐具的時候。
・正巧沒有客人要的東西的時候。
・因某些原因而無法好好服務顧客的時候。
・面對客人抱怨、指責的時候。

★這裡是咖啡一杯、果汁兩杯，總共是 250 元。

# 커피 한 잔, 주스 두 잔 해서 총 250위안 입니다.

ko-pi han-jan, ju-sseu du-ja nae-so chong i-bae-ko-si-bwi-a-nim-ni-da.

□ 之處還可以換成以下方式表示：

| | |
|---|---|
| 1 人份/個 일 인분/한 개<br>i lin-bun /han gae | 6 人份/個 육 인분/여섯 개<br>yu kin-bun/yo-sot gae |
| 2 人份/個 이 인분/두 개<br>i in-bun/du-gae | 7 人份/個 칠 인분/일곱 개<br>chi lin-bun /il-gop gae |
| 3 人份/個 삼 인분/세 개<br>sa min-bun/se gae | 8 人份/個 팔 인분/여덟 개<br>pa lin-bun/yo-dol gae |
| 4 人份/個 사 인분/네 개<br>sa in-bun/ne gae | 9 人份/個 구 인분/아홉 개<br>gu in-bun/a-hop gae |
| 5 人份/個 오 인분/다섯 개<br>o in-bun/da-sot gae | 10 人份/個 십 인분/열 개<br>si bin-bun/yol gae |

★請問要刷卡還是付現？

# 현금결제하시겠습니까, 카드결제하시겠 습니까?

hyon-geum-gyol-jje-ha-si-get-sseum-ni-kka, ka-deu-gyol-jje-ha-si-get-sseum-ni-kka

★好的，收您一百元。

## 네. 백 위안 받았습니다.

ne, baek wi-an ba-dat-sseum-ni-da

！ 使用時機 / 이럴 때 쓴다

金額是 100 元，收到 100 元不需找零時。

★這邊是找您的零錢。

## 거스름돈 여기 있습니다.

go-seu-reum-tton yo-gi it-sseum-ni-da

## 잔돈 여기 있습니다.

jan-don yo-gi it-sseum-ni-da

！ 使用時機 / 이럴 때 쓴다

收到的金額需要找錢時。

★需要列印發票嗎？

## 영수증 발행해 드릴까요?

yong-su-jeung ba-laeng-hae deu-ril-kka-yo

！ 使用時機 / 이럴 때 쓴다

用悠遊卡結帳時，需要詢問是否需要列印發票。

★這是您的發票。

## 영수증입니다.

yong-su-jeung-im-ni-da

★ 這個可以退稅，要幫您辦理嗎？

# 이거 세금환급 가능합니다. 해 드릴까요?

i go se-geum-hwan-geup kka-neung-ham-ni-da. hae deu-ril-kka-yo

! 使用時機 / 이럴 때 쓴다

前來結帳的客人是來台旅遊的韓國人時。

★ 收您信用卡。

# 신용카드 받겠습니다.

sin-yong-ka-deu bat-kket-sseum-ni-da

! 使用時機 / 이럴 때 쓴다

結帳時客人出示信用卡，服務人員從客人手中接過卡片時可以說這句話。

★ 為您刷 100 元。

# 백 위안 결제하겠습니다.

baek wi-an gyol-jje-ha-get-sseum-ni-da

! 使用時機 / 이럴 때 쓴다

收到客人的信用卡後，可以先說這句話再進行刷卡的動作，這樣客人就知道店家要幫他刷多少錢，等於是做刷卡前的確認。韓國使用信用卡(現金卡)極為普遍，包括包括傳統市場、一般商家甚至是路邊攤販都可以用這種方式結帳，使韓國民眾出門消費幾乎都不帶現金只帶卡，不論金額大小都用信用卡(現金卡)結帳。因此結帳時，韓國店家通常只需告知即將刷卡結帳的金額即可。所以如果在台灣遇到韓國客人要使用信用卡(現金卡)結帳時，服務人員收到客人的信用卡後可以多講一句「○○위안 결제하겠습니다.」，這樣客人就知道店家要幫他刷多少錢了。

## 數字怎麼發音

| 數字 | 漢字 | 漢式系統 | | 固有詞系統 | |
|------|------|---------|---------|---------|---------|
|      |      | 韓文 | 羅馬發音 | 韓文 | 羅馬發音 |
| 0 | 零/〇 | 영/공 | yong/kong | - | - |
| 1 | 一 | 일 | il | 하나 | ha-na |
| 2 | 二 | 이 | i | 둘 | dul |
| 3 | 三 | 삼 | sam | 셋 | set |
| 4 | 四 | 사 | sa | 넷 | net |
| 5 | 五 | 오 | o | 다섯 | da-sot |
| 6 | 六 | 육 | yuk | 여섯 | yo-sot |
| 7 | 七 | 칠 | chil | 일곱 | il-gop |
| 8 | 八 | 팔 | pal | 여덟 | yo-dol |
| 9 | 九 | 구 | gu | 아홉 | a-hop |
| 10 | 十 | 십 | sip | 열 | yol |

| 數字 | 漢字 | 漢式系統 | | 固有詞系統 | |
|---|---|---|---|---|---|
| | | 韓文 | 羅馬發音 | 韓文 | 羅馬發音 |
| 11 | 十一 | 십일 | si-bil | 열 하나 | yol ha-na |
| 12 | 十二 | 십이 | si-bi | 열 둘 | yol dul |
| 13 | 十三 | 십삼 | sip-sam | 열 셋 | yol set |
| 14 | 十四 | 십사 | sip-sa | 열 넷 | yol ret |
| 15 | 十五 | 십오 | si-bo | 열 다섯 | yol da-sot |
| 16 | 十六 | 십육 | sim-nyuk | 열 여섯 | yol yo-sot |
| 17 | 十七 | 십칠 | sip-chil | 열 일곱 | yol il-gop |
| 18 | 十八 | 십팔 | sip-pal | 열 여덟 | yol yo-dol |
| 19 | 十九 | 십구 | sip-gu | 열 아홉 | yol a-hop |
| 20 | 二十 | 이십 | i-sip | 스물 | seu-mul |
| 30 | 三十 | 삼십 | sam-sip | 서른 | so-reun |

| 數字 | 漢字 | 漢式系統 | | 固有詞系統 | |
|------|------|------|------|------|------|
| | | 韓文 | 羅馬發音 | 韓文 | 羅馬發音 |
| 40 | 四十 | 사십 | sa-sip | 마흔 | ma-heun |
| 50 | 五十 | 오십 | o-sip | 쉰 | swin |
| 60 | 六十 | 육십 | yuk-sip | 예순 | ye-sun |
| 70 | 七十 | 칠십 | chil-sip | 일흔 | il-heun |
| 80 | 八十 | 팔십 | pal-sip | 여든 | yo-deun |
| 90 | 九十 | 구십 | gu-sip | 아흔 | a-heun |
| 100 | 百 | 백 | baek | 온 | on |
| 1000 | 千 | 천 | cheon | 즈믄 | jeu-meun |
| 註1 | 萬 | 만 | man | 골 | gol |
| 註2 | 億 | 억 | eok | 잘 | jal |
| 註3 | 兆 | 조 | jo | 올 | ol |

＊註1：10,000，註2：100,000,000，註3：1,000,000,000,000

職員 : 감사합니다. 주문 확인하겠습니다.

gam-sa-ham-ni-da. ju-mun hwa-gi-na-get-sseum-ni-da

謝謝您。跟您再次確認訂購的內容。

햄버거 1 개, 콜라 2 잔 하셨습니다.

haem-bo-go han gae, kol-ra du jan ha-syot-sseum-ni-da

您的點餐是漢堡一個、可樂兩杯。

오래 기다리셨습니다. 총 150위안입니다.

o-lae gi-da-li-syot-sseum-ni-da. chong baek-o-sib-wi-a-nim-ni-da

讓您久等了，一共是 150 元。

客人 : 여기 있습니다.

yo-gi it-sseum-ni-da

這給你。

職員 : 200위안입니다. 받았습니다.

i-bae-kwi-a-nim-ni-da. ba-dat-sseum-ni-da

收您 200 元。

여기 잔돈 50위안입니다. 확인해 보십시오.

yo-gi jan-don o-si-bwi-a-nim-ni-da. hwa-gin-hae bo-sip-ssi-o

這裡是找零 50 元，請確認一下。

와주셔서 감사합니다. 또 오세요.

wa-ju-syo-so gam-sa-ham-ni-da. tto o-se-yo

謝謝光臨，歡迎再來。

## 狀況011 ● 辦理會員卡

★請問您有會員卡嗎？

# 회원카드(맴버쉽카드)있으십니까?

hwe-won-ka-deu(maem-bo-swip-ka-deu)i-sseu-sim-ni-kka

★請問您需要辦會員卡嗎？

# 회원카드를 만드시겠습니까?

hwe-won-ka-deu-reul man-deu-si-get-sseum-ni-kka

★加入會員，以後每次消費都打 9 折。

# 회원 가입하시면 구매 하실 때마다 10% 할인됩니다.

hwe-won ga-i-pa-si-myon gu-mae ha-sil ttae-ma-da sip-po-sen-teu
ha-rin-dwem-ni-da

還可換成以下方式表示：

| 8折 20% 할인 | 7折 30% 할인 |
|---|---|
| i-sip-po-sen-teu ha-rin | sam-sip-po-sen-teu ha-rin |

★生日當天還致贈精美禮物。

# 생일 당일에는 선물을 드립니다.

saeng-il dang-i-re-neun son-mu-reul deu-rim-ni-da

★這是我們的名片，歡迎下次再度光臨。

# 저희 명함입니다. 다음에 또 방문해 주십시오.

jo-hi myong-ha-mim-ni-da. da-eu-me tto bang-mun-hae ju-sip-si-yo

★請問需要幫您加水嗎？

# 물 더 드릴까요?

mul do deu-ril-kka-yo

！ 使用時機 / 이럴 때 쓴다

這裡的水/물(mul)/依照不同的行業可改為其他名詞，如티슈(ti-syu)/餐巾紙、비닐봉지(bi-nil-bong-ji)/塑膠袋、쓰레기봉투(sseu-re-gi-bong-tu)/垃圾袋等。

※韓國一般小超市都會提供비닐봉지/塑膠袋，免費索取。但家中的垃圾使用的쓰레기봉투/垃圾袋是需要購買的。且每一區的編號都不同，無法跨區使用。一般賣場、超市都有販賣該區的쓰레기봉투/垃圾袋，依不同尺寸有不同價格。台灣這邊原本有些店家也會提供塑膠袋，但自 2018 年起連免費的塑膠袋也不再提供，雖然有的店家為了做生意還是會給塑膠袋，但去超市購物時，一律只能購買可當垃圾袋使用的環保兩用袋。

★如果您需要的話，由我為您添加/拿過來好嗎？

# 물이 필요하시면 가져다 드릴까요?

mu-li pi-ryo-ha-si-myon ga-jo-da deu-ril-kka-yo

! 使用時機 / 이럴 때 쓴다

當客人目前還不需要，為了顯示服務周到，預先告知客人，如果有任何需要可以幫忙協助。

★歡迎看看／參觀一下。

# 천천히 둘러보세요.

chon-cho-ni dul-ro-bo-se-yo

! 使用時機 / 이럴 때 쓴다

當客人表示想要自己看看時，請客人慢慢的挑選，不必拘束的意思。

## 狀況013 ● 聽不清楚客人說的話

MP3
013

★對不起，可以請您再說一次嗎？

# 죄송합니다만 한 번 더 말씀해 주시겠습니까?

jwe-song-ham-ni-da-man han bon do mal-sseu-mae ju-si-get-sseum-ni-kka.

# 죄송합니다. 조금 천천히 말씀해 주시겠습니까?

jwe-song-ham-ni-da. jo-geum chon-cho-ni mal-sseu-mae ju-si-get-sseum-ni-kka

★您要使用快遞服務嗎?

## 배송서비스를 이용하시겠습니까?

bae-song-sso-bi-sseu-reul i-yong-ha-si-get-sseum-ni-kka

★要幫您郵寄嗎?

## 배송해 드릴까요?

bae-song-hae deu-ril-kka-yo

★貨物的限重是 30 公斤以下。

## 물품 배송은 최대 30kg까지 가능합니다.

mul-pum bae-song-eun chew-dae sam-sip-kil-ro-geu-raem-kka-ji ga-neung-ham-ni-da

★請在宅配單上填寫收件人的姓名、地址和電話。

## 여기서 받은 분 고객님 정보를 접수해 주시면 됩니다.

yo-gi-so ba-deun bun go-gaeng-nim jong-bo-reul jop-ssu-hae ju-si-myon dwem-ni-da

★寄達需要 3 天左右的時間。

## 배송은 3일 가량 소요됩니다.

bae-song-eun sa-mil ga-ryang so-yo-dwem-ni-da

★這是追蹤號碼。

## 이것은 송장번호입니다.

i-go-seun song-jang-bo-no-im-ni-da

★可以在網頁上輸入追蹤號碼。

# 홈페이지에서 배송상황을 조회하실 수 있습니다.

hom-pei-ji-e-so bae-song-sang-hwang-eul jo-hwe-ha-sil ssu it-sseum-ni-da

! 使用時機 / 이럴 때 쓴다

當韓國人來超商、郵局寄東西時，可以用這些話跟韓國人溝通。

★需要宅配服務嗎？

# 배달로 해 드릴까요?

bae-dal-ro hae deu-ril-kka-yo

★購物滿 2,000 元，國內可以免費宅配喔！

# 총 구매액이 2,000위안이 넘었기 때문에 국내 무료배송이 가능합니다.

chong gu-ma-eae-gi i-chon-wi-a-ni no-mot-kki ttae-mu-ne gung-nae mu-ryo-bae-song-i ga-neung-ham-ni-da.

! 使用時機 / 이럴 때 쓴다

現在連鎖超市通常有滿額配送的服務，所以有時候去超市購買後，若是滿額的話，超市會幫消費的客人寄到指定地點，但限定在小區範圍。這些都是方便沒有開車或是女性無法提取過重商品的服務。

★您點的是一客炸豬排飯對嗎？

# 돈까스 세트로 한 개 주문하신 것 맞습니까?

don-kka-seu se-teu-ro han gae ju-mun-ha-sin got mat-sseum-ni-kka

★請問是四位客人嗎？

# 네 분 맞으십니까?

ne bun ma-jeu-sim-ni-kka

★啤酒一瓶 80 元。

# 맥주 한 병에 80위안입니다.

maek-jju han byong-e pal-ssip-wi-a-nim-ni-da

★裙子兩件打 8 折。

# 치마 두 벌 하시면 20% 할인됩니다.

chi-ma du bol ha-si-myon i-sip-po-sen-teu ha-rin-dwem-ni-da

★女性服飾（女裝）在 5 樓。

# 여성의류는 5층에 있습니다.

yo-song-ui-ryu-neun o-cheung-e it-sseum-ni-da

★送禮的話，這個義大利紅酒兩瓶組怎麼樣呢？

# 선물하실 거라면 이태리 와인 두 병 세트는 어떠세요?

son-mu-la-sil kko-ra-myon i-tae-ri wa-in du byong sse-teu-neun o-tto-se-yo

★10 張門票嗎？我知道了。

## 입장권 10장이요? 알겠습니다.

ip-jjang-kkwon sip-jjang-i-yo? al-get-sseum-ni-da

★這附近有 3 間便利商店。

## 근처에 편의점이 세 군데 있습니다.

geun-cho-e pyo-ni-jo-mi se gun-de it-sseum-ni-da

# 超好用服務業必備詞彙

## » 數字的唸法・數量・單位

★個位數字

| 1 | 일 | il | 6 | 육 | yuk |
|---|---|---|---|---|---|
| 2 | 이 | i | 7 | 칠 | chil |
| 3 | 삼 | sam | 8 | 팔 | pal |
| 4 | 사 | sa | 9 | 구 | gu |
| 5 | 오 | o | 10 | 십 | sip |

★十位數字

| 10 | 십 | sip | 60 | 육십 | yuk-sip |
|---|---|---|---|---|---|
| 20 | 이십 | i-sip | 70 | 칠십 | chil-sip |
| 30 | 삼십 | sam-sip | 80 | 팔십 | pal-sip |
| 40 | 사십 | sa-sip | 90 | 구십 | gu-sip |
| 50 | 오십 | o-sip | 10 | 백 | baek |

★百位數字

| 100 | 백 | baek | 600 | 육백 | yuk-baek |
| 200 | 이백 | i-baek | 700 | 칠백 | chil-baek |
| 300 | 삼백 | sam-baek | 800 | 팔백 | pal-baek |
| 400 | 사백 | sa-baek | 900 | 구백 | gu-baek |
| 500 | 오백 | o-baek | | | |

★千位數字

| 1000 | 천 | cheon | 6000 | 육천 | yuk-cheon |
| 2000 | 이천 | i-cheon | 7000 | 칠천 | chil-cheon |
| 3000 | 삼천 | sam-cheon | 8000 | 팔천 | pal-cheon |
| 4000 | 사천 | sa-cheon | 9000 | 구천 | gu-cheon |
| 5000 | 오천 | o-cheon | 10000 | 만 | man |

| 100,000 | 십만 | sim-man |
|---|---|---|
| 10,000,000 | 천만 | cheon-man |
| 1,000,000 | 백만 | baeng-man |
| 100,000,000 | 일억 | i-rok |

| 加(+) | 더하기 | deo-ha-gi |
|---|---|---|
| 減(-) | 빼기 | ppae-gi |
| 乘(×) | 곱하기 | go-pa-gi |
| 除(÷) | 나누기 | na-nu-gi |
| 等於(=) | 등호 | deung-ho |

| 數字 | 冠形數詞（數冠詞） | | 幾個人 | |
|---|---|---|---|---|
| | 物品 | 單位 | 人 | 單位 |
| 1 | 한<br>han | | 한<br>han | |
| 2 | 두<br>du | | 두<br>du | |
| 3 | 세<br>se | | 세<br>se | |
| 4 | 네<br>ne | | 네<br>ne | |
| 5 | 다섯<br>da-sot | | 다섯<br>da-sot | |
| 6 | 여섯<br>yo-sot | 개 | 여섯<br>yo-sot | 명/분 |
| 7 | 일곱<br>il-gob | | 일곱<br>il-gob | |
| 8 | 여덟<br>yo-dol | | 여덟<br>yo-dol | |
| 9 | 아홉<br>a-hob | | 아홉<br>a-hob | |
| 10 | 열<br>yol | | 열<br>yol | |
| 20 | 스무<br>seu-mu | | 스물 / 스무<br>seu-mul /<br>seu-mu | |

# Part 2

## 天天用得上的百貨公司用語

# 02 天天用得上的百貨公司用語

★有什麼需要為您服務的嗎？

## 무엇을 도와 드릴까요?

mu-o-seul do-wa deu-ril-kka-yo

之處還可以換成以下方式詢問：

| |
|---|
| （從玻璃櫃中將珠寶等商品）<br>拿出來給您看嗎？ 꺼내서 보여 드릴까요？<br>kko-nae-so bo-yo deu-ril-kka-yo |
| （從模特兒身上將衣物飾品）<br>取下來給您看嗎？ 빼서 보여 드릴까요？<br>ppae-so bo-yo deu-ril-kka-yo |
| （因本店缺貨）<br>為您從別家分店調貨嗎？ 다른 매장에서 주문해 드릴까요？<br>da-reun mae-jang-e-so ju-mun-hae deu-ril-kka-yo |
| （因尺寸等不合）<br>為您修改嗎？ 수선해 드릴까요？<br>su-son-hae deu-ril-kka-yo |
| 為您包裝嗎？ 포장해 드릴까요？<br>po-jang-hae deu-ril-kka-yo |
| 為您換貨嗎？ 제품을 교환해 드릴까요？<br>jc-pu-mcul gyo-hwan-hae deu-ril-kka-yo |

46

為您詢問看看嗎？／為您找尋看看嗎？　조회해 드릴까요？

jo-hwe-hae deu-ril-kka-yo

★請問您要找什麼商品嗎？

# 어떤 제품을/를 찾으십니까?/찾으시는 제품이 있습니까?

o-tton je-pu-meul cha-jeu-sim-ni-kka/cha-jeu-si-neun je-pu-mi it-sseum-ni-kka

還可以換成以下方式詢問：

| 1 | 2 |
|---|---|
| 尺寸 사이즈<br>ssa-i-jeu | |
| 設計／款式 디자인/스타일<br>di-ja-in/seu-ta-il | 찾으십니까 (尋找)<br>cha-jeu-sim-ni-kka |
| 顏色 색상<br>saek-ssang | |
| 款式 모양<br>mo-yang | 좋아하십니까 (喜歡)<br>jo-a-ha-sim-ni-kka |
| 香味 향<br>hyang | |

★如果找不到您要的東西，請告訴我。

# 만약 찾으시는 물건이 없으면 말씀해 주십시오.

ma-nyak cha-jeu-si-neun mul-go-ni op-sseu-myon mal-sseu-mae ju-sip-si-yo.

★客人：請問帽子在哪裡呢？

# 모자는 어디 있습니까?

mo-ja-neun o-di it-sseum-ni-kka

服務人員：在這邊。

# 이 쪽에/여기 있습니다.

i jjo-ge/yo-gi it-sseum-ni-da.

! 使用時機／이럴 때 쓴다

客人前來詢問某項商品放在何處，但由於某些因素，服務人員無法離開位置走到放置該商品的地方，只能用手表示方向時，可以說這句話。

還可以換成以下方式表示：

| 那邊的（在顧客附近的位置） | 中間 중간에<br>jun-gga-ne |
| --- | --- |
| | 最裡面 가장 안쪽에<br>ga-jang an-jjo-ge |
| | 上面 위에<br>wi-e |
| | 下面 아래에<br>a-rae-e |

| 那邊的（在自己和顧客附近以外的位置） | 右邊/右側 우측에/오른편에<br>u-cheu-ge/o-reun-pyo-ne |
| --- | --- |
| | 左邊/左側 좌측에/왼편에<br>jwa-cheu-ge/wen-pyo-ne |

## ▋ 基本會話/기본회화

職員：어서 오십시오.

o-so o-sip-ssi-o

歡迎光臨。

무엇을 도와 드릴까요?

mu-o-seul do-wa deu-ril-kka-yo

有什麼需要為您服務的嗎？

顧客：양말은 어디 있습니까?

yang-ma-reun o-di it-sseum-ni-kka

請問，襪子在哪裡？

職員：이쪽에 있습니다.

i-jjo-ge it-sseum-ni-da

襪子在這裡。

顧客：감사합니다.

gam-sa-ham-ni-da

謝謝。

★如果需要的話，請您試穿看看這件裙子。

# 원하시면 이 치마 을/를 한번 입어 보세요 .

wo-na-si-myon i chi-ma-reul han-bon i-bo bo-se-yo

！ 使用時機 / 이럴 때 쓴다

※在中文可能穿衣服鞋子都是「穿」來表示，但注意韓文會隨著目的的變化改變動詞。

還可以換成以下方式表示：

| 1 | 2 |
|---|---|
| **鞋子** 신발<br>sin-bal | 신어 보세요 (穿)<br>si-no bo-se-yo |
| **帽子** 모자<br>mo-ja | 써 보세요 (戴)<br>sso bo-se-yo |
| **眼鏡** 안경<br>an-gyong | 써 보세요/껴 보세요 (戴)<br>sso bo-se-yo/kkyo bo-se-yo |
| **胸針、項鍊等配件** 브로치,<br>목걸이 등 액세서리(장신구)<br>beu-ro-chi, mok-kko-ri deung<br>aek-sse-so-ri(jang-sin-gu) | 해 보세요/착용해 보세요 (戴)<br>hae bo-se-yo/cha-gyong-hae<br>bo-se-yo |
| **戒指、手鍊** 반지, 팔찌<br>ban-ji, pal-jji | 해 보세요/착용해 보세요 (戴)<br>hae bo-se-yo/cha-gyong-hae<br>bo-se-yo |

## 狀況004 ● 給客人看商品

★這個（指某項商品），您覺得怎麼樣呢？

# 이 것은 어떠십니까?

i go-seun o-tto-sim-ni-kka

★這個滿適合您的，我很推薦您這款喔！

# 이 것은 고객님께 정말 잘 어울릴 것 같아요. 강력 추천합니다.

i go-seun go-gaeng-nim-kke jong-mal jal o-ul-ril kkot ga-ta-yo. gang-nyok chu-cho-nam-ni-da.

## 狀況005 ● 推薦、介紹商品

★這是今年很流行的款式。

# 이 것이 올해 유행하는¹ 스타일입니다.²

i go-si o-lae yu-haeng-ha-neun seu-ta-i-rim-ni-da

還可以換成以下方式表示：

| 1 | 2 |
|---|---|
| **非常受歡迎的** 매우 인기 있는<br>mae-u in-kki in-neun | 상품 (商品)<br>sang-pum |
| **不會退流行的** 유행에 뒤쳐지지 않는<br>yu-haeng-e dwi-cho-ji-ji an-neun<br>유행을 타지 않는<br>yu-haeng-eul ta-ji an-neun | 스타일 (設計)<br>seu-ta-il |

| | |
|---|---|
| 可以用很久的 오랫동안 쓸 수 있는<br>o-raet-ttong-an sseul ssu in-neun | |
| 耐看的 싫증나지 않는<br>sil-cheung-na-ji an-neun | |
| 新穎的 새로운<br>sae-ro-un | 색상 (顔色)<br>saek-ssang |
| 輕便的 가벼운<br>ga-byo-un | |
| 亮眼/搶眼 눈에 띄는<br>nu-ne tti-neun | |
| 有個性的 개성 있는<br>gae-song in-neun | |
| 本季主打的 이번 시즌의 주력<br>i-bon ssi-jeu-ne ju-ryok | 모양/무늬 (款式)<br>mo-yang/mu-ni |
| 高質感的 고급스러운 질감의<br>go-geup-sseu-ro-un jil-ga-me | |
| 好穿搭的 잘 어울리는<br>jal o-ul-ri-neun | |

★這個商品目前是本店獨家販售。

# 이 상품은 저희 매장에서만 독점 판매하고 있습니다.

i sang-pu-meun jo-hi mae-jang-e-so-man dok-jjom pan-mae-ha-go it-sseum-ni-da

還可以換成以下方式表示：

| | |
|---|---|
| 台灣尚未上市 대만에는 아직 출시 되지 않았습니다.<br>dae-ma-ne-neun a-jik chul-ssi dwe-ji a-nat-sseum-ni-da |
| 本店獨家販售 본점에서만 독점 판매하고 있습니다.<br>bon-jo-me-so-man dok-jjom pan-mae-ha-go it-sseum-ni-da |
| 人氣基本款 인기 있는 기본 스타일/베이직 스타일입니다.<br>in-kki in-neun gi-bon seu-ta-il/be-i-jik seu-ta-i-rim-ni-da |
| 本季發燒商品 이번 시즌의 핫 아이템입니다.<br>i-bon ssi-jeu-ne ha ta-i-te-mim-ni-da |
| 新上市商品 신상품입니다.<br>sin-sang-pu-mim-ni-da |

★這個商品可上班穿，也可休閒時穿。

# 이 제품은 오피스룩으로도/로도 좋고 평상복으로도 좋습니다.

i je-pu-meun o-pi-seu-ru-geu-ro-do jo-ko pyong-sang-bo-geu-ro-do jo-sseum-ni-da

還可以換成以下方式表示：

| 1 | 2 |
|---|---|
| 外罩衫 커버업<br>ko-bo-op | 內搭服 이너 웨어<br>i-no wae-o |
| 正式 정장<br>jong-jang | 非正式（休閒） 캐주얼<br>kae-ju-ol |

★這個商品很受外國觀光客的歡迎。

# 이 것은 외국관광객들에게 매우 인기 있 는 제품입니다.

i go-seun we-guk-kkwan-gwang-gaek-tteu-re-ge mae-u in-kki in-neun je-pu-mim-ni-da

還可以換成以下方式表示：

| | |
|---|---|
| 年輕人 젊은 사람/젊은층<br>jol-meun sa-ram/jol-meun-cheung | 女性顧客 여성 고객<br>yo-song go-gaek |
| 年紀較大的人 나이 든 사람/<br>연배가 있으신 분<br>na-i deun sa-ram/yon-bae-ga i-sseu-sin bun | 男性顧客 남성 고객<br>nam-song go-gaek |
| 主婦 주부<br>ju-bu | 上班族 직장인<br>jik-jjang-in |
| 小朋友 아동<br>a-dong | 收藏家 수집가<br>su-jip-kka |

## 基本會話 / 기본회화

職員：찾으시는 제품(이) 있습니까?

cha-jeu-si-neun je-pum-(i) it-sseum-ni-kka

請問有您在找的商品嗎？

顧客：치마를 사려고 합니다

chi-ma-reul sa-ryo-go ham-ni-da

我在找裙子。

職員：이 제품(은) 어떠신가요?

i je-pum-(eun) o-tto-sin-ga-yo

這個您覺得怎麼樣呢？

올해 유행하는 스타일입니다.

o-lae yu-haeng-ha-neun seu-ta-i-rim-ni-da

這是今年很流行的款式。

## 狀況006 ● 材質、顏色、尺寸 MP3 021

★這件是純棉的（這個商品以棉為材料）。

# 이것은 순면 제품입니다./이 제품의 소재 는 면입니다.

i-go-seun sun-myon je-pu-mim-ni-da/i je-pu-me so-jae-neun myo-nim-ni-da

還可以換成以下方式表示：

| 毛料 울<br>ul | 牛皮 소가죽<br>so-ga-juk | 喀什米爾羊毛<br>캐시미어<br>kae-si-mi-o | 羊皮 양가죽<br>yang-ga-juk |
|---|---|---|---|
| 棉 면<br>myon | 鹿皮 사슴가죽<br>sa-seum-ga-juk | 麻 마<br>ma | 純金 순금<br>sun-geum |
| 麻 삼베<br>sam-be | 鵝毛 거위털<br>go-wi-tol | 聚酯纖維 폴<br>리에스테르<br>pol-ri-e-seu-te-reu | 18K 金<br>18K 금<br>sip-pal-kei geum |

| 羊毛 양모 | 玫瑰金 즈골드 | 絲 실크 | 銀 은 |
|---|---|---|---|
| yang-mo | jeu-gol-deu | ssil-keu | eun |
| 緞 새틴 | 白金 백금 | 手工 수채 | 蕾絲 레이스 |
| sae-tin | baek-kkeum | su-chae | re-i-sseu |

★ 這件質料穿起來很舒服。

# 이 소재는 입었을 때 정말 편안합니다.

i so-jae-neun i-bo-sseul ttae jong-mal pyo-na-nam-ni-da

○ 還可以換成以下方式表示：

| 輕薄的 얇고 가볍습니다. | 保暖的 따뜻합니다. |
|---|---|
| yal-kko ga-byop-sseum-ni-da | tta-tteu-tam-ni-da |
| 透氣的 통풍이 잘 됩니다. | 不會縮水的 줄지 않습니다. |
| tong-pung-i jal dwem-ni-da | jul-ji an-sseum-ni-da |
| 很挺的 빳빳합니다. | 是防皺的 구김이 잘 생기지 않습니다. |
| ppat-ppa-tam-ni-da | gu-gi-mi jal saeng-gi-ji an-sseum-ni-da |
| 很耐穿 싫증이 나지 않습니다. | 看起來很高貴 고급스러워요 |
| sil-jjeung-i na-ji an-sseum-ni-da | go-geup-sseu-ro-wo-yo |

■ 基本會話 / 기본회화

顧客 : 다른 색상도 있나요?

　　　da-reun saek-ssang-do in-na-yo

　　　還有什麼顏色呢？

職員：베이지와 회색이 있습니다.

be-i-ji-wa hwe-sae-gi it-sseum-ni-da

還有米色與灰色。

還可以換成以下方式表示：

| | |
|---|---|
| 紅色 빨간색/레드<br>ppal-gan-saek/re-deu | 橘色 주황색/오렌지<br>ju-hwang-saek/o-ren-ji |
| 白色 흰색/화이트<br>hin-saek/hwa-i-teu | 咖啡色 갈색/브라운<br>gal-ssaek/beu-ra-un |
| 黑色 검정색/블랙<br>gom-jong-saek/beul-raek | 粉紅色 분홍색/핑크<br>bun-hong-saek/ping-keu |
| 黃色 노란색/옐로우<br>no-ran-saek/yel-ro-u | 紫色 보라색/퍼플<br>bo-ra-saek/po-peul |
| 綠色 초록색/그린<br>cho-rok-ssaek/geu-rin | *卡其色 카키색<br>ka-ki-saek |
| 藍色 파란색/블루<br>pa-ran-saek/beul-ru | 銀色 은색/실버<br>eun-saek/ssil-bo |
| 海軍藍色 남색/네이비<br>nam-saek/ne-i-bi | 金色 금색/골드<br>geum-saek/gol-deu |

＊韓文的卡其是從英文的 Khaki 而來，實際上的顏色上偏向我們
台灣說的軍綠色，並非類似建中制服的顏色。

！ 使用時機 / 이럴 때 쓴다

韓國人在買衣服或是化妝品時，使用英文的直譯音來表示居多(排列
在斜線後方的韓文)。

★這個也有相同樣式、不同顏色的。

# 이 상품 역시 동일한 스타일에 색상만 다른 것이 있습니다.

i sang-pum yok-ssi dong-i-lan seu-ta-i-re saek-ssang-man da-reun go-si it-sseum-ni-da

還可以換成以下方式表示：

| | |
|---|---|
| **相同樣式不同花樣的** 같은 스타일이지만 무늬가 다른 것<br>ga-teun seu-ta-i-ri-ji-man mu-ni-ga da-reun got | |
| **較小尺寸的** 사이즈가 조금 더 작은 것<br>ssa-i-jeu-ga jo-geum do ja-geun got | |
| **較大尺寸的** 사이즈가 조금 더 큰 것<br>ssa-i-jeu-ga jo-geum do keun got | |

■ 基本會話/기본회화

顧客：이 치마 예쁘네요!

　　　i chi-ma ye-ppeu-ne-yo

　　　這件裙子很好看耶！

職員：이 옷은 오피스룩으로도 가능하고 캐주얼룩/평상복으로도 입으실 수 있어요.

　　　i o-seun o-pi-seu-ru-geu-ro-do ga-neung-ha-go kae-ju-ol-ruk/

　　　pyong-sang-bo-geu-ro-do i-beu-sil ssu i-sso-yo

　　　這個可當上班穿，也可當休閒穿。

顧客：소재가 무엇인가요?

　　　so-jae-ga mu-o-sin-ga-yo

　　　這是什麼材質的呢？

職員：(이 제품의 소재는) 면입니다.

(i je-pu-me so-jae-neun)myo-nim-ni-da

（這個商品的質料）是棉質的。

(이 소재는) 입었을 때 매우 가볍습니다.

(i so-jae-neun)i-bo-sseul ttae mae-u ga-byop-sseum-ni-da

（這個材質）穿起來很輕薄。

원하시면 한번 입어 보세요.

wo-na-si-myon han-bon i-bo bo-se-yo

如果您需要的話，歡迎試穿看看喔。

## 狀況007 ● 建議客人怎樣搭配　MP3 022

★在色調的搭配上，我建議您選粉紅色比較好喔！

# 색상¹은 분홍색²으로 하시는 것이 좋을 것 같네요!

saek-ssang-eun bun-hong-sae-keu-ro ha-si-neun go-si jo-eul kkot gan-ne-yo

還可以換成以下方式表示：

| 1 | 2 |
|---|---|
| 領口 목 부분/네크라인<br>mok bu-bun/ne-keu-ra-in<br><br>腿部 발 부분<br>bal bu-bun | 明亮色調 밝은 톤<br>bal-geun ton |

| | |
|---|---|
| 胸口 가슴 부분<br>ga-seum bu-bun | 柔和色調 부드러운 톤<br>bu-deu-ro-un ton |
| 這樣的商品 이러한 제품<br>i-ro-han je-pum | |
| 上半身 상반신<br>sang-ban-sin | 較深的顏色 짙은 색상<br>ji-teun saek-ssang |
| 下半身 하반신<br>ha-ban-sin | |

★會有優雅高尚的感覺。

# 우아한 느낌이 드네요.
u-a-han neu-kki-mi deu-ne-yo

！ 使用時機 / 이럴 때 쓴다

服務人員建議客人怎麼搭配衣服之後，再以這句話稱讚客人。

☐ 還可以換成以下方式表示：

| 成熟的 성숙한<br>song-su-kan | 今年流行的 올해<br>유행하는<br>o-lae yu-haeng-ha-neun | 穩重的 중후한<br>jung-hu-han |
|---|---|---|
| 新鮮的 신선한<br>sin-son-han | 正式的 포멀한<br>po-mo-lan | 可愛的 귀여운<br>gwi-yo-un |
| 休閒的 캐주얼한<br>kae-ju-o-lan | 簡單高雅的 심플<br>하면서 우아한<br>sim-peu-la-myon-so u-a-han | 時髦華麗的 스타<br>일리시한/세련된<br>seu-ta-il-ri-si-han/<br>se-ryon-dwen |

60

| 帥氣的 멋진<br>mot-jjin | 優雅的 우아한<br>u-a-han | 女人味的 여성스<br>러운<br>yo-song-seu-ro-un |
| --- | --- | --- |

★和牛仔服飾也很搭配喲。

# 데님 제품과도 잘 어울립니다.

de-nim je-pum-gwa-do jal o-ul-rim-ni-da

還可以換成以下方式表示：

| 輕便裝扮 가벼운 옷차림<br>ga-byo-un ot-cha-rim | 正式裝扮 포멀한 옷차림/포멀룩<br>po-mo-lan ot-cha-rim/po-mol-ruk |
| --- | --- |
| 洋裝 양복<br>yang-bok | 非正式裝扮 캐주얼 옷차림/캐주<br>얼룩<br>kae-ju-ol ot-cha-rim/kae-ju-ol-ruk |

﹗ 使用時機 / 이럴 때 쓴다

各種服飾、配件、珠寶種類名稱，皆可套入使用。

## 狀況008 ● 讚美客人

★因為您身材很好，所以我想這個會很適合您。

# 몸매가 좋으셔서 정말 잘 어울리실 것 같습니다.

mom-mae-ga jo-eu-syo-so jong-mal jal o-ul-ri-sil kkot gat-sseum-ni-da

﹗ 使用時機 / 이럴 때 쓴다

服務人員先讚美客人，然後建議適合什麼樣的商品。

| | |
|---|---|
| **臉有成熟韻味** 얼굴이 우아하고 성숙미가 있어서<br>ol-gu-ri u-a-ha-go song-sung-mi-ga i-sso-so | |
| **腿很修長** 다리가 길고 가늘어서<br>da-ri-ga gil-go ga-neu-ro-so | |
| **身材纖細修長** 몸매가 날씬해서<br>mom-mae-ga nal-ssin-hae-so | |
| **肌膚很白皙** 피부가 백옥 같아서<br>pi-bu-ga bae-gok ga-ta-so | |
| **手指很纖細修長** 손가락이 가늘어서<br>son-kka-ra-gi ga-neu-ro-so | |

★ 很好看，很適合您呢！

# 정말 예쁘네요, 잘 어울리십니다!

jong-mal ye-ppeu-ne-yo, jal o-ul-ri-sim-ni-da

！ 使用時機 / 이럴 때 쓴다

客人試穿之後，服務生可用這句話來稱讚客人。

還可以換成以下方式表示：

| 很漂亮 예쁘시네요 | 很可愛 귀여우시네요 |
|---|---|
| ye-ppeu-si-ne-yo | gwi-yo-u-si-ne-yo |

## ■ 基本會話 / 기본회화

**職員 :** 정말 예쁘네요, 잘 어울리십니다.

　　　 jong-mal ye-ppeu-ne-yo, jal o-ul-ri-sim-ni-da

很好看，很適合您呢。

顧客：웃옷은 어떻게 매치해야 좋을까요?

u-do-seun o-tto-ke mae-chi-hae-ya jo-eul-kka-yo

上半身搭配什麼較好呢？

職員：(상의는)밝은 톤으로 입으시면 예쁠 것 같습니다.

(sang-i-neun)bal-geun to-neu-ro i-beu-si-myon ye-ppeul kkot gat-sseum-ni-da

（上半身）搭配明亮的色調比較好看喔！

그러면 편안한 느낌이 들 거예요.

geu-ro-myon pyo-na-nan neu-kki-mi deul kko-e-yo

會有穩重的感覺。

## 狀況009 ● 介紹化妝品、保養品

MP3 024

→介紹產品 / 제품 소개

★這是 2011 年春季的粉底新品。

# 이 제품은 2011년도 봄 시즌에 새로 출시된 파운데이션입니다.

i je-pu-meun i-chon-si-bil-ryon-do bom ssi-jeu-ne sae-ro chul-ssi-dwen pa-un-de-i-syo-nim-ni-da

還可以換成以下方式表示：

| 卸妝乳 클렌징 크림<br>keul-ren-jing keu-rim | 洗面乳 클렌저 / 세<br>안제<br>keul-ren-jo / se-an-je | 化妝水 스킨<br>seu-kin |
|---|---|---|

| | | |
|---|---|---|
| 乳液 로션<br>ro-syon | 精華液 에센스<br>e-sen-sseu | 美白乳液 마스크팩<br>ma-seu-keu-paek |
| 粉底 파운데이션<br>pa-un-de-i-syon | 粉底液 리퀴드 파운데이션<br>ri-kwi-deu pa-un-de-i-syon | 睫毛膏 마스카라<br>ma-seu-ka-ra |
| 眼線筆 아이라이너<br>a-i-ra-i-no | 眼影 아이쉐도우<br>a-i-swae-do-u | 眉筆 아이브로우<br>a-i-beu-ro-u |
| 口紅 립스틱<br>rip-sseu-tik | 唇蜜 립글로스<br>rip-kkeul-ro-seu | 腮紅 볼 터치<br>bol to-chi |
| 遮瑕膏 컨실러<br>kon-sil-ro | 指甲油 매니큐어<br>mae-ni-kyu-o | 護唇膏 립밤<br>rip-ppam |

→介紹產品特色 / 제품의 특징 설명

★這個產品的特色是不會造成肌膚的負擔。

# 이 제품은 피부에 부담을 주지 않습니다.

i je-pu-meun pi-bu-e bu-da-meul ju-ji an-sseum-ni-da

▢ 還可以換成以下方式表示：

去除毛孔髒污及多餘油脂的 모공 속 노폐물과 불필요한 유분을 없애줍니다

mo-gong sok no-pye-mul-gwa bul-pi-ryo-han yu-bu-neul op-ssae-jum-ni-da

親膚好吸收的 피부 침투력이 높습니다／깊이 스며듭니다

pi-bu chim-tu-ryo-gi nop-sseum-ni-da/gi-pi seu-myo-deum-ni-da

抗痘配方 여드름을 유발하지 않습니다
yo-deu-reu-meul yu-ba-la-ji an-sseum-ni-da

讓肌膚易上妝的 화장 후에도 사용 가능합니다
hwa-jang hu-e-do sa-yong ga-neung-ham-ni-da

讓肌膚易上妝的 화장이 잘 먹습니다
hwa-jang-i jal mok-sseum-ni-da

補充肌膚在日曬流失的水分 자외선 노출로 인해 유실된 수분
을 보충해 줍니다
ja-we-son no-chul-ro in-hae yu-sil-dwen su-bu-neul bo-chung-
hae jum-ni-da

不會黏膩 끈적거리지 않습니다
kkeun-jok-kko-ri-ji an-sseum-ni-da

不易浮粉 화장이 뜨지 않습니다
hwa-jang-i tteu-ji an-sseum-ni-da

延展性好易推開的 발림성이 좋아 쉽게 펴 바를 수 있습니다.
bal-rim-ssong-i jo-a swip-kke pyo ba-reul ssu it-sseum-ni-da

不易掉妝 잘 지워지지 않습니다
jal ji-wo-ji-ji an-sseum-ni-da

毛孔遮瑕力好的 모공을 가려줍니다
mo-gong-eul ga-ryo-jum-ni-da

不掉色的 색이 흐려지지 않습니다
sae-gi heu-ryo-ji-ji an-sseum-ni-da

★肌膚較弱的人也可以使用。

# 피부가 약하신 분들도 사용 가능합니다.

pi-bu-ga ya-ka-sin bun-deul-do sa-yong ga-neung-ham-ni-da

還可以換成以下方式表示：

| | |
|---|---|
| **乾性** 건성인<br>gon-song-in | **油性** 지성인<br>ji-song-in |
| **敏感性肌膚** 민감성 피부인<br>min-gam-song pi-bu-in | **過敏性肌膚** 과민성 피부인<br>gwa-min-song pi-bu-in |

★這個商品能有效改善臉部黯沉。

# 이 제품은 칙칙한 피부톤을/를 개선하는 데 효과적입니다.

i je-pu-meun chik-chi-kan pi-bu-to-neul gae-son-ha-neun-de hyo-kkwa-jo-gim-ni-da

還可以換成以下方式表示：

| | |
|---|---|
| **乾燥** 건조함<br>gon-jo-ham | **日曬後的肌膚** 햇빛에 노출<br>된 피부<br>haet-ppi-che no-chul-dwen pi-bu |
| **斑點** 얼룩<br>ol-ruk | **青春痘** 여드름<br>yo-deu-reum |

| | |
|---|---|
| 毛孔髒污 모공 속 노폐물<br>mo-gong sok no-pye-mul | 黑頭粉刺 블랙헤드<br>beul-rae-ke-deu |
| 雀斑 주근깨<br>ju-geun-kkae | 臉部黯沉 어두운 얼굴톤<br>o-du-un ol-gul-ton |
| 浮腫 부종/붓기<br>bu-jong/but-kki | 黑眼圈 다크 서클<br>da-keu sso-keul |
| 鬆弛 늘어짐<br>neu-ro-jim | 皺紋 주름<br>ju-reum |
| 肌膚乾燥 건조한 피부<br>gon-jo-han pi-bu | 眼周乾燥 눈 주위의 건조함<br>nun ju-wi-e gon-jo-ham |
| 泛油光 번들거림<br>bon-deul-go-rim | 脫皮 피부 벗겨짐<br>pi-bu bot-kkyo-jim |
| 血液循環不良 혈액순환장애<br>hyo-raek-ssun-hwan-jang-ae | 紫外線傷害 자외선으로 인한 손상<br>ja-we-so-neu-ro i-nan son-sang |
| 因乾燥引起的皮膚脫屑 건조함으로 인한 각질<br>gon-jo-ha-meu-ro i-nan gak-jjil | 皮脂過剩 과잉피지<br>gwa-ing-pi-ji |
| T字 T존<br>ti-jon | U字 U존<br>yu-jon |
| 痘疤 여드름 자국<br>yo-deu-reum ja-guk | 眼周細紋 눈 주위의 주름<br>nun ju-wi-e ju-reum |

★帶給肌膚滋潤。

# 피부를 촉촉하게 해줍니다.

pi-bu-reul chok-cho-ka-ge hae-jum-ni-da

◯ 還可以換成以下方式表示：

| 光澤 윤기 나게 | 緊實彈性 건강하고 탄력 있게 |
|---|---|
| yun-kki na-ge | gon-gang-ha-go tal-ryok it-kke |
| 水嫩感 촉촉하고 부드럽게 | 濕潤感 촉촉하게 |
| chok-cho-ka-go bu-deu-rop-kke | chok-cho-ka-ge |
| 舒爽感 상쾌하게 | 透明感 투명하게 |
| sang-kwae-ha-ge | tu-myong-ha-ge |

★這個產品的特色是觸感清涼

# 이 제품은 촉감이 시원합니다.

i je-pu-meun chok-kka-mi si-wo-nam-ni-da

◯ 還可以換成以下方式表示：

| 觸感柔滑 부드럽고 매끄럽습니다 | 無添加物 첨가물이 없습니다 |
|---|---|
| bu-deu-rop-kko mae-kkeu-rop-sseum-ni-da | chom-ga-mu-ri op-sseum-ni-da |
| 觸感清柔 산뜻하고 부드럽습니다 | 低刺激性 자극이 적습니다 |
| san-tteu-ta-go bu-deu-rop-sseum-ni-da | ja-geu-gi jok-sseum-ni-da |
| 觸感水水的 수분감이 있어 촉촉합니다 | 效果明顯迅速 효과가 빠르고 뚜렷하게 나타납니다 |
| su-bun-ga-mi i-sso chok-cho-kam-ni-da | hyo-kkwa-ga ppa-reu-go ttu-ryo-ta-ge na-ta-nam-ni-da |

★有抑制油脂分泌的功用。

# 피지 분비를 억제 하는 효과가 있습니다.

pi-ji bun-bi-reul ok-jje-ha-neun hyo-kkwa-ga it-sseum-ni-da

還可以換成以下方式表示：

| 按摩 마사지<br>ma-ssa-ji | 保濕 보습<br>bo-seup | 緊縮毛孔 모공 축소<br>mo-gong chuk-sso |
|---|---|---|
| 美白 미백<br>mi-baek | 鎮靜消炎 진정 및 소염<br>jin-jong mit so-yom | 消除皮膚泛紅 홍조 개선<br>hong-jo gae-son |
| 除去老舊角質 오래된 각질 제거<br>o-rae-dwen gak-jjil je-go | 防曬 햇빛 차단<br>haet-ppit cha-dan | 阻隔紫外線 자외선 차단<br>ja-we-son cha-dan |

## 狀況012 ● 如何護理肌膚？

MP3 027

★本產品請於洗臉後使用。

# 이 제품은 세안¹ 후² 사용하세요.

i je-pu-meun se-an hu sa-yong-ha-se-yo

還可以換成以下方式表示：

| 1 | 2 |
|---|---|
| 卸妝 화장 지우기/클렌징<br>hwa-jang ji-u-gi/keul-ren-jing | 前 전<br>jon |
| 化妝水 스킨<br>seu-kin | |

| | |
|---|---|
| 精華液 에센스<br>e-sen-sseu | |
| 乳液 로션<br>ro-syon | |

★把這個加強在基本護理上，可以讓肌膚美白兼保濕。

# 기초관리[1]시 이 것을 추가하시면 미백 및 보습효과를 보실 수 있습니다.[2]

gi-cho-gwal-ri-si i go-seul chu-ga-ha-si-myon mi-baek mit bo-seu-pyo-kkwa-reul bo-sil ssu it-sseum-ni-da

還可以換成以下方式表示：

| 1 | 2 |
|---|---|
| 特殊護理 특수관리<br>teuk-ssu-gwal-ri | 濕潤光滑容易上妝 촉촉하고 윤이 나며 화장이 잘 먹습니다<br>chok-cho-ka-go yu-ni na-myo hwa-jang-i jal mok-sseum-ni-da |
| 日常護理 일상관리<br>il-ssang-gwal-ri | 光滑細嫩 윤기가 나며 부드러워집니다<br>yun-kki-ga na-myo bu-deu-ro-wo-jim-ni-da |
| 早上的護理 아침에 하는 피부 관리<br>a-chi-me ha-neun pi-bu gwal-ri | 飽滿緊實 건강미가 넘쳐 보입니다<br>gon-gang-mi-ga nom-cho bo-im-ni-da |

| 夜間護理 저녁에 하는 피부 관리 | 有活力 생기 있어 보입니다/ 생기를 줍니다 |
|---|---|
| jo-nyo-ge ha-neun pi-bu gwal-ri | saeng-gi i-sso bo-im-ni-da/ saeng-gi-reul jum-ni-da |

## 狀況 013 ● 介紹上妝效果

MP3 028

★這個商品可以讓您的肌膚看起來更明亮。

# 이 제품을 바르시면 고객님의 피부이/가 한 층 더 빛나보입니다.

i je-pu-meul ba-reu-si-myon go-gaeng-ni-me pi-bu-ga han cheung do bin-na bo-im-ni-da

還可以換成以下方式表示：

| 1 | 2 |
|---|---|
| 眼睛 눈<br>nu | 大 커<br>ko |
| 睫毛 속눈썹<br>song-nun-ssop | 長 길어<br>gi-ro |
| 臉 얼굴<br>ol-gul | 短 작아<br>ja-ga |
| 臉部線條 얼굴선<br>ol-gul-son | 漂亮 예뻐<br>ye-ppo |
| 線條 라인<br>ra-in | 修長 가늘어<br>ga-neu-ro |

★讓妝感更有女人的感覺。

# 메이크업으로 한결 더 여성스러운 느낌을 줍니다.

me-i-keu-o-beu-ro han-gyol do yo-song-seu-ro-un neu-kki-meul jum-ni-da

還可以換成以下方式表示：

| | |
|---|---|
| 酷酷的 시크한<br>si-keu-han | 自然的 자연스러운<br>ja-yon-seu-ro-un |
| 華麗的 화려한<br>hwa-ryo-han | 溫柔的 따뜻한<br>tta-tteu-tan |
| 水嫩的 촉촉하고 부드러운<br>chok-cho-ka-go bu-deu-ro-un | 品味高尚的 우아하고 고상한<br>u-a-ha-go go-sang-han |
| 像春天的 봄날 같은<br>bom-nal ga-teun | 像夏天的 여름날 같은<br>yo-reum-nal ga-teun |
| 像冬天的 겨울날 같은<br>gyo-ul-ral ga-teun | 像秋天的 가을날 같은<br>ga-eul-ral ga-teun |

狀況014 ● 銷售

★打九折／打八折／打七折。

## 10% 할인/20% 할인/30% 할인

sip-po-sen-teu ha-rin/i-sip-po-sen-teu ha-rin/sam-sip-po-sen-teu ha-rin

！ 使用時機/이럴 때 쓴다

其他折扣以此類推。

★買一送一。

# 한 개 구매 시 한 개 더 드립니다./원플러 스원(1+1) 행사 중입니다.

han gae gu-mae si han gae do deu-rim-ni-da/won-peul-ro-sseu-won
haeng-sa jung-im-ni-da

★現在為您包裝。

# 지금 포장해 드리겠습니다

ji-geum po-jang-hae deu-ri-get-sseum-ni-da

★抱歉，讓您久等了。這是您的東西。

# 오래 기다리시게 해서 죄송합니다. 물건 받으십시오.

o-rae gi-da-ri-si-ge hae-so jwe-song-ham-ni-da. mul-gon ba-deu-sip-ssi-o

## 狀況015 ● 為客人修改、調貨

★尺寸大小可以嗎？

# 사이즈가 맞으십니까?

ssa-i-jeu-ga ma-jeu-sim-ni-kka

★長度這樣可以嗎？

# 길이은/는 이 정도면 되겠습니까?

gi-ri-neun i jong-do-myon dwe-get-sseum-ni-kka

! 使用時機 / 이럴 때 쓴다

這句話可以用在為客人量身準備修改衣物時，詢問客人這樣的長度、寬度等是否滿意的用法。

還可以換成以下方式表示：

| 袖子 소매<br>so-mae | 腰圍 허리둘레<br>ho-ri-dul-re |
|---|---|
| 肩寬 어깨폭<br>o-kkae-pok | 鬆緊度 신촉성<br>sin-chok-ssong |
| 領圍 체인길이<br>che-in-kki-ri<br>※用在可調整的飾品 | 領圍 목둘레<br>mok-ttul-re<br>※用在可調整的領口，比如襯<br>　衫領口 |

★修改大約需要兩天。

# 수선은 이틀 정도 소요됩니다.

su-so-neun i-teul jong-do so-yo-dwem-ni-da

還可以換成以下方式表示：

| 半天 한나절<br>han-na-jol | 一天 하루<br>ha-ru | 兩天 이일/이틀<br>i-il/i-teul | 三天 삼일/사흘<br>sa-mil/sa-heul |
|---|---|---|---|
| 四天 사일/나흘<br>sa-il/na-heul | 五天 오일/닷새<br>o-il/dat-ssae | 六天 육일/엿새<br>yu-gil/yot-ssae | 一周 일주일<br>il-jju-il |

★可以請教您的大名嗎？

# 성함이/가 어떻게 되십니까?

song-ha-mi o-tto-ke dwe-sim-ni-kka

還可以換成以下方式表示：

| 電話 연락처<br>yol-rak-cho | 地址 주소<br>ju-so |
|---|---|

| 年齡 나이<br>na-i | 生日年月日 생년월일<br>saeng-nyon-wo-ril |
|---|---|

★您能來取貨嗎？還是我們幫您寄過去？

# 내방하셔서 직접 가져가시겠습니까? 아니면 택배로 받으시겠습니까?

nae-bang-ha-syo-so jik-jjop ga-jo-ga-si-get-sseum-ni-kka? a-ni-myon taek-ppae-ro ba-deu-si-get-sseum-ni-kka?

★修改好之後，我們會打電話通知您。

# 수선이 완료되면 연락 드리겠습니다.

su-so-ni wal-ryo-dwe-myon yol-rak deu-ri-get-sseum-ni-da

★我們能依照您的尺寸為您訂做喔！

# 고객님의 사이즈에 맞게 제작해/맞춰 드립니다!

go-gaeng-ni-me ssa-i-jeu-e mat-kke je-ja-kae/mat-chwo deu-rim-ni-da

★請等一下，我查查看還有沒有貨。

# 재고가 있는지 확인해 보겠습니다. 잠시만 기다려 주십시오.

jae-go-ga in-neun-ji hwa-gin-hae bo-get-sseum-ni-da. jam-si-man gi-da-ryo ju-sip-ssi-o

★很抱歉，這一款目前沒貨了。

# 죄송합니다. 현재 재고가 없습니다.

jwe-song-ham-ni-da. hyon-jae jae-go-ga op-sseum-ni-da

★要不要看看別款？

## 다른 것으로 보여 드릴까요?

da-reun go-seu-ro bo-yo deu-ril-kka-yo

★調貨的話大概要花 3 天的時間，請問可以嗎？

## 물건을 주문하면 3일 정도 소요됩니다.
## 괜찮으십니까?

mul-go-neul ju-mun-ha-myon sa-mil jong-do so-yo-dwem-ni-da.
gwaen-cha-neu-sim-ni-kka

★貨到了的話，我再打電話通知您。

## 제품이 도착하면 연락 드리겠습니다.

je-pu-mi do-cha-ka-myon yol-rak deu-ri-get-sseum-ni-da

★如果商品有瑕疵，一個星期之內可以憑發票退換。

## 제품에 하자가 있을 경우 일주일 내 영수
## 증을 지참하시면 교환 환불 가능합니다.

je-pu-me ha-ja-ga i-sseul gyong-u il-jju-il nae yong-su-jeung-eul ji-
cha-ma-si-myong kyo-hwan hwan-bul ga-neung-ham-ni-da

■ 基本會話1 / 기본회화

職員 : 길이는 이 정도면 되겠습니까?

gi-ri-neun i jong-do-myon dwe-get-sseum-ni-kka

長度這樣可以嗎？

顧客 : 조금 긴 것 같은데요.

jo-geum gin got ga-teun-de-yo

我覺得有點長耶！

職員：실례하겠습니다.

  sil-rye-ha-get-sseum-ni-da

  不好意思。

! 使用時機／이럴 때 쓴다

店員要幫客人量穿在身上的褲子長度時，會碰觸到客人，所以先說聲「不好意思」。

■ 基本會話2／기본회화

店員：(길이가) 이 정도면 되겠습니까?

  (gi-ri-ga) i jong-do-myon dwe-get-sseum-ni-kka

  （長度）這樣可以嗎？

顧客：좋네요.

  jon-ne-yo

  可以。

店員：수선은 이틀 정도 소요됩니다. 괜찮으십니까?

  su-so-neun i-teul jong-do so-yo-dwem-ni-da. gwaen-cha-neu-sim-ni-kka

  修改大約需要兩天。這樣可以嗎？

顧客：괜찮습니다.

  gwaen-chan-sseum-ni-da

  可以的。

店員：수선이 완료되면 전화로 연락 드리겠습니다.

  su-so-ni wal-ryo-dwe-myon jo-nwa-ro yol-rak deu-ri-get-sseum-ni-da

  修改好之後，我再打電話通知您。

# 超好用服務業必備詞彙

## ≫ 化妝品牌及彩妝品用語

★常用的化妝品&香水品牌

| 香奈兒 | 蘭蔻 | 迪奧 | MAC | 紀凡希 |
|---|---|---|---|---|
| 샤넬 | 랑콤 | 디올 | 맥 | 지방시 |
| sya-nel | rang-kom | di-ol | maek | ji-bang-si |
| SKII | Paul&Joe | Anna Sui | 克蘭詩 | 倩碧 |
| 에스케이투 | 폴앤조 | 안나수이 | 클라란스 | 클리니크 |
| e-sseu-ke-i-tu | po-raen-jo | an-na-su-i | keul-ra-ran-seu | keul-ri-ni-keu |

★臉部保養品&化妝品

| 保養品 | 化妝水 |
|---|---|
| 케어 제품/기능성 화장품<br>ke-o je-pum/gi-neung-ssong hwa-jang-pum | 스킨토너<br>seu-kin-to-no |
| 精華液<br>에센스<br>e-sen-sseu | 乳液<br>로션<br>ro-syon |

亮白乳液

나이트크림

na-i-teu-keu-rim

防曬乳

선크림

son-keu-rim

化妝品

화장품

hwa-jang-pum

隔離霜

메이크업 베이스

me-i-keu-op be-i-sseu

粉底液

리퀴드 파운데이션

ri-kwi-deu pa-un-de-i-syon

粉餅

파우더

pa-u-do

粉底

파운데이션

pa-un-de-i-syon

遮瑕膏

컨실러

kon-sil-ro

卸妝產品

메이크업 리무버/클렌징 제품

me-i-keu-op ri-mu-bo/keul-ren-jing je-pum

化妝棉

화장솜

hwa-jang-som

| 按摩面膜 | 吸油面紙 |
|---|---|
| 마사지팩 | 기름종이 |
| ma-ssa-ji-paek | gi-reum-jong-i |

★眼部產品

| 眼線 | 眼影 | 睫毛膏 |
|---|---|---|
| 아이라이너 | 아이쉐도우 | 마스카라 |
| a-i-ra-i-no | a-i-swae-do-u | ma-seu-ka-ra |
| 睫毛夾 | 眉筆 | 眼霜 |
| 뷰러 | 아이브로우 | 아이크림 |
| byu-ro | a-i-beu-ro-u | a-i-keu-rim |

★唇部產品

| 口紅 | 護唇膏 | 唇線筆 | 唇蜜 |
|---|---|---|---|
| 립스틱 | 립밤 | 립라이너 | 립글로스 |
| rip-sseu-tik | rip-ppam | rim-na-i-no | rip-kkeul-ro-seu |

★手部產品

| 指甲刀 | 護手霜 | 指甲油 | 手部去角質 |
|---|---|---|---|
| 손톱깎이 | 핸드크림 | 매니큐어 | 각질제거크림 |
| son-top-kka-kki | haen-deu-keu-rim | mae-ni-kyu-o | gak-jjil-je-go-keu-rim |

**Part 3**

# 天天用得上的
# 餐飲服務業用語

## 狀況001 ● 帶位

★ 請問您有幾位？

# 몇 분이십니까?

myot bu-ni-sim-ni-kka

☐ 還可以換成以下方式表示：

| 一位 한 분<br>han bun | 兩位 두 분<br>du bun | 三位 세 분<br>se bun | 四位 네 분<br>ne bun |
|---|---|---|---|
| 五位 다섯 분<br>da-sot bun | 六位 여섯 분<br>yo-sot bun | 七位 일곱 분<br>il-gop bun | 八位 여덟 분<br>yo-dol bun |
| 九位 아홉 분<br>a-hop bun | 十位 열 분<br>yol bun | 十一位 열한 분<br>yo-lan bun | 十二位 열두 분<br>yol-ttu bun |

★ 不好意思，本店全面禁煙。

# 죄송합니다. 저희 식당은 금연입니다.

jwe-song-ham-ni-da. jo-hi sik-ttang-eun geu-myo-nim-ni-da

★ 我為您帶位。

# 자리를 안내해 드리겠습니다.

ja-ri-reul an-nae-hae deu-ri-get-sseum-ni-da

★ 我為您帶位，這邊請。

# 이 쪽으로 안내해 드리겠습니다.

i jjo-geu-ro an-nae-hae deu-ri-get-sseum-ni-da

# 자리를 안내해 드리겠습니다. 이 쪽으로 오십시오.

ja-ri-reul an-nae-hae deu-ri-get-sseum-ni-da. i jjo-geu-ro o-sip-ssi-o

還可以換成以下方式表示：

| 那邊 저 쪽으로 | 這邊的位子 이 쪽 자리로 |
| --- | --- |
| jo jjo-geu-ro | i jjok jja-ri-ro |
| 那邊的位子 저 쪽 자리로 | 靠窗戶的位子 창가 쪽 자리로 |
| jo jjok jja-ri-ro | chang-kka jjok jja-ri-ro |
| 裡面的位子 안 쪽 자리로 | 3 樓的咖啡座 3층의 테라스로 |
| an jjok jja-ri-ro | sam-cheung-e te-ra-seu-ro |

★這個位子可以嗎？

# 이 쪽 자리 괜찮으십니까?

i jjok jja-ri gwaen-cha-neu-sim-ni-kka

## 基本會話 / 기본회화

**服務人員：** 어서 오세요. 손님, 몇 분이십니까?

o-so o-se-yo. son-nim myot bu-ni-sim-ni-kka

歡迎光臨。客人，請問您有幾位？

**顧　　客：** 다섯 명입니다.

da-sot myong-im-ni-da

5 個人。

**服務人員：** 네.자리를 안내해 드리겠습니다. 이쪽으로 오십시오.

ne. ja-ri-reul an-nae-hae deu-ri-get-sseum-ni-da. i-jjo-geu-ro o-sip-ssi-o

好的。我為您帶位，這邊請。

★請問您有預約訂位嗎？

## 예약하셨습니까?

ye-ya-ka-syot-sseum-ni-kka

★您是預約七點的黃世俊先生嗎？

## 7 시에 예약하신 황세준님 맞으십니까?

il-gop ssi-e ye-ya-ka-sing hwang-se-jun-nim ma-jeu-sim-ni-kka

還可以換成以下方式表示：

| 1 點 1시<br>han si | 2 點 2시<br>du si | 3 點 3시<br>se si | 4 點 4시<br>ne si |
|---|---|---|---|
| 5 點 5시<br>da-sot ssi | 6 點 6시<br>yo-sot ssi | 7 點 7시<br>il-gop ssi | 8 點 8시<br>yo-dol ssi |
| 9 點 9시<br>a-hop ssi | 10 點 10시<br>yol ssi | 11 點 11시<br>yo-lan si | 12 點 12시<br>yol-ttu si |
| 7 點 15 分 7시15분<br>il-gop ssi si-bo bun | 7 點 30 分 7시 30분<br>il-gop-ssi sam-sip-ppun | 7 點 45 分 7시 45분<br>il-gop ssi sa-si-bo bun | 三點 15 分 3시 15분<br>se-si si-bo bun |

## ▌ 基本會話/기본회화

服務人員： 어서 오십시오.예약하셨나요?

o-so o-sip-ssi-o. ye-ya-ka-syon-na-yo

歡迎光臨。請問您有訂位嗎？

顧　　客：예. 윤세아입니다.

ye, yun-se-a-im-ni-da

是，我是尹世雅。

服務人員：7시로 예약하신 윤세아님이시군요! 이쪽으로 오십
　　　　　시오.

il-gop-ssi-ro ye-ya-ka-sin yun-se-a-ni-mi-si-gun-nyo
i-jjo-geu-ro o-sip-ssi-o

您是預約 7 點的尹世雅小姐吧！請這邊請。

★很抱歉。

# 죄송합니다.

jwe-song-ham-ni-da

★如果超過預約的時間 10 分鐘，我們會先取消您的訂位。

# 예약시간보다 10분 이상 경과할 경우 예
# 약이 취소됩니다.

ye-yak-ssi-gan-bo-da sip ppun i-sang gyong-gwa-hal gyong-u ye-ya-gi chwi-so-dwem-ni-da.

★可以的話，現在重新幫您安排。

# 괜찮으시다면 다시 예약해 드리겠습니다.

gwaen-cha-neu-si-da-myon da-si ye-ya-kae deu-ri-get-sseum-ni-da

## 狀況003 ● 已經客滿了

MP3 033

★很抱歉，現在正好客滿了。

# 죄송합니다. 현재 만석입니다.

jwe-song-ham-ni-da. hyon-jae man-so-gim-ni-da

★可以請您等 10 分鐘左右嗎？

# 10분 정도 대기하시겠습니까?

sip ppun jong-do dae-gi-ha-si-get-sseum-ni-kka

還可以換成以下方式表示：

| 5 分左右 5분 정도 | 10 分左右 10분 정도 |
|---|---|
| o bun jong-do | sip ppun jong-do |
| 15 分左右 15분 정도 | 20 分左右 20분 정도 |
| si-bo bun jong-do | i-sip ppun jong-do |
| 25 分左右 25분 정도 | 30 分左右 30분 정도 |
| i-si-bo bun jong-do | sam-sip ppun jong-do |
| 40 分左右 40분 정도 | 暫時稍後 잠시 |
| sa-sip ppun jong-do | jam-si |
| 在這裡 이쪽에서 | 坐在這裡 이곳에 앉으셔서 |
| i-jjo-ge-so | i-go-se an-jeu-syo-so |

★先生／小姐，現在有位子了。我幫您帶位。

# 손님, 자리를 안내해 드리겠습니다.

son-nim ja-ri-reul an-nae-hae deu-ri-get-sseum-ni-da

■ 基本會話/기본회화

顧　　客：안녕하세요. 다섯 명 자리 있습니까?

　　　　　an-nyong-ha-se-yo. da-sot myong ja-ri it-sseum-ni-kka

　　　　　您好，我們有五個人。

服務人員：죄송합니다. 현재 만석입니다.

jwe-song-ham-ni-da. hyon-jae man-so-gim-ni-da

很抱歉，現在客滿了。

잠시 기다려 주시겠습니까?

jam-si gi-da-ryo ju-si-get-sseum-ni-kka

可以請您稍等一下嗎？

顧　　客：얼마나 기다려야 합니까?

ol-ma-na gi-da-ryo-ya ham-ni-kka

大概要等多久呢？

服務人員：약 20분 정도 기다려 주시겠습니까?

yak i-sip ppun jong-do gi-da-ryo ju-si-get-sseum-ni-kka

可以請您等大概二十分鐘嗎？

## 狀況004 ● 詢問併桌意願

MP3
034

★不好意思，請問您方便跟其他客人一起坐嗎？

# 실례합니다. 다른 손님과 같이 앉으셔도 될까요?

sil-rye-ham-ni-da. da-reun son-nim-gwa ga-chi an-jeu-syo-do dwel-kka-yo

★請問您方便跟其他客人併桌嗎？

# 다른 분들과 합석하셔도 괜찮으시겠습니까?

da-reun bun-deul-gwa hap-sso-ka-syo-do gwaen-cha-neu-si-get-sseum-ni-kka

★我馬上幫您確認一下。

# 바로 확인해 드리겠습니다.

ba-ro hwa-gin-hae deu-ri-get-sseum-ni-da

還可以換成以下方式表示：

| 重做 다시 해 드리겠습니다 | 更換 교체해 드리겠습니다 |
|---|---|
| da-si hae deu-ri-get-sseum-ni-da | gyo-che-hae deu-ri-get-sseum-ni-da |

！ 使用時機 / 이럴 때 쓴다

當訂位有誤或餐點送錯、餐具有問題時，都可以用上述的句子跟客人說「我馬上確認」或「我再重做一份」等。

★我馬上幫您準備座位。

# 곧바로 자리을/를 준비해 드리겠습니다.

got-ppa-ro ja-ri-reul jun-bi-hae deu-ri-get-sseum-ni-da

還可以換成以下方式表示：

| 刀子 나이프 | 玻璃杯 유리잔 | 叉子 포크 |
|---|---|---|
| na-i-peu | yu-ri-jan | po-keu |
| 醬油 간장 | 鹽巴 소금 | 紙巾 타올/냅킨 |
| gan-jang | so-geum | ta-ol/naep-kin |
| 糖 설탕 | 點菜單 메뉴판 | 湯匙 숟가락/스푼 |
| sol-tang | me-nyu-pan | sut-kka-rak/seu-pun |

| 冰開水 찬 물 | 筷子 젓가락 | 茶 차 |
|---|---|---|
| chan mul | jot-kka-rak | cha |
| 餐巾紙 냅킨 | 番茄醬 케첩 | 辣椒粉 고추 가루 |
| naep-kin | ke-chop | go-chu ga-ru |

## 狀況007 ● 介紹菜單

MP3 037

★我可以幫您介紹菜單嗎？

# 메뉴을/를 안내해 드릴까요?

me-nyu-reul an-nae-hae deu-ril-kka-yo

還可以換成以下方式表示：

| 推薦料理 추천메뉴 | 套餐 세트메뉴 |
|---|---|
| chu-chon-me-nyu | sse-teu-me-nyu |
| 特別料理 특별메뉴 | 簡餐料理 간편메뉴 |
| teuk-ppyol-me-nyu | gan-pyon-me-nyu |
| 今日午餐 오늘의 점심 | 用餐方式 식사방법 |
| o-neu-re jom-sim | sik-ssa-bang-bop |
| 醬料 소스 | 主食 메인 요리 |
| sso-sseu | me-in yo-ri |

★這是今日推薦餐點。

# 이것은 오늘의 추천 요리입니다.

i-go-seun o-neu-re chu-chon yo-ri-im-ni-da

○ 還可以換成以下方式表示：

| | |
|---|---|
| **本店最受歡迎的** 저희 음식점에서 가장 인기 있는 메뉴<br>jo-hi eum-sik-jjo-me-so ga-jang in-kki in-neun me-nyu | **主廚招牌** 주방장/셰프의 대표 메뉴/시그니처 메뉴<br>ju-bang-jang/sye-peu-e dae-pyo me-nyu/si-geu-ni-cho me-nyu |
| **本店正宗的** 저희 음식점의 정통 메뉴<br>jo-hi eum-sik-jjom-e jong-tong me-nyu | **本店特製的** 저희 음식점만의 특선 메뉴<br>jo-hi eum-sik-jjom-ma-ne teuk-sson me-nyu |
| **健康的** 웰빙 메뉴<br>wael-bing me-nyu | **經濟實惠的** 저렴한 메뉴<br>jo-ryo-man me-nyu |
| **鮮嫩多汁的（肉類）** 신선하고 육즙이 살아있는 요리<br>sin-so-na-go yuk-jjeu-bi sa-ra in-neun yo-ri<br>**鮮嫩多汁的（水果類）** 신선하고 과즙이 풍부한 요리<br>sin-so-na-go gwa-jeu-bi pung-bu-han yo-ri | **口感軟嫩的** 연하고 부드러운 요리<br>yo-na-go bu-deu-ro-un yo-ri |
| **味道豐富的** 풍부한 맛이 일품인 요리<br>pung-bu-han ma-si il-pum-in yo-ri | **清淡的** 담백한 요리<br>dam-bae-kan yo-ri |

★這是以特製香料醃過的牛排。

# 이것은 특제양념로/으로 재운 소갈비입니다.

i-go-seun teuk-jje-yang-nyo-meu-ro jae-un so-gal-bi-im-ni-da

※注意：소갈비是指韓式牛排，若是西式則說스테이크
seu-te-i-keu

還可以換成以下方式表示：

| 胡椒鹽 소금과 후추<br>so-geum-gwa<br>hu-chu | 辣椒 고추<br>go-chu | 醋 식초<br>sik-cho | 香草 허브<br>ho-beu |
| --- | --- | --- | --- |
| 糖 설탕<br>sol-tang | 醬油 간장<br>gan-jang | 味醂 미림<br>mi-rim | 番茄醬 케첩<br>ke-chop |
| 燒酒 소주<br>so-ju | 奶油 버터<br>bo-to | 大醬 된장<br>dwen-jang | 橄欖油 올리브유<br>ol-ri-beu-yu |

★這道菜和白葡萄酒非常搭。

# 이 요리는 화이트 와인와/과 매우 잘 어울립니다./궁합이 잘 맞습니다

i yo-ri-neun hwa-i-teu wa-in-gwa mae-u jal o-ul-rim-ni-da/gung-ha-bi jal mat-sseum-ni-da

還可以換成以下方式表示：

| 紅酒 레드 와인 re-deu wa-in | 啤酒 맥주 maek-jju | 燒酒 소주 so-ju | 飯 밥 bap |
|---|---|---|---|
| 義大利麵 파스타/스파게티 pa-seu-ta/seu-pa-ge-ti | 味醂 미림 mi-rim | 麵包 빵 ppang | 起司 치즈 chi-jeu |

★把豬肉長時間地炭火直烤。

# 돼지고기를 오랜 시간 숯불에 직화로 구운 요리입니다.

dwae-ji-go-gi-reul o-raen si-gan sut-ppu-re ji-kwa-ro gu-un yo-ri-im-ni-da

！ 使用時機/이럴 때 쓴다

最前面的「돼지고기」可改換「소고기」、「생선」等其他食材；後面可替換成其他烹調的方式。

還可以換成以下方式表示：

| 炸得酥酥脆脆的 바삭바삭하게 튀긴<br>ba-sak-ppa-sa-ka-ge twi-gin |
|---|
| 烤得嫩嫩的 연하게 구운<br>yo-na-ge gu-un |
| 串在肉串上烤得香噴噴的 향긋하게/고소하게 꼬치에 끼워 구운<br>hyang-geu-ta-ge/go-so-ha-ge kko-chi-e kki-wo gu-un |

★這道菜請沾醬汁吃。

# 이 요리는 소스을/를 찍어 드십시오.

i yo-ri-neun sso-sseu-reul jji-go deu-sip-ssi-o

還可以換成以下方式表示：

| | |
|---|---|
| **特製醬料** 특제양념장<br>teuk-jje-yang-nyom-jjang | **胡椒鹽** 소금과 후추<br>so-geum-gwa hu-chu |
| **沙拉醬** 마요네즈<br>ma-yo-nej-eu | **調味醬** 양념장<br>yang-nyom-jjang |
| **醬油** 간장<br>gan-jang | **芥末醬** 겨자/머스터드<br>gyo-ja/mo-seu-to-deu |
| **芥末** 와사비<br>wa-sa-bi | **番茄醬** 케첩<br>ke-chop |

---

## 狀況009 ● 挑選餐點

MP3 039

★醬汁可以從這 5 種裡挑選一種您喜歡的。

# 여기 다섯 가지 소스¹ 중에서 원하시는 소스² 한 가지를 선택해 주세요.

還可以換成以下方式表示：

| | |
|---|---|
| **湯** 국/수프<br>guk/su-peu | **沙拉** 샐러드<br>ssael-ro-deu |
| **沙拉醬** 드레싱<br>deu-re-ssing | **香料** 향신료<br>hyang-sin-nyo |
| **調味醬** 양념장<br>yang-nyom-jjang | **配料** 토핑<br>to-ping |
| **附加的小盤菜** 사이드 메뉴<br>ssa-i-deu me-nyu | **飲料** 음료수<br>eum-nyo-su |

當東西的選擇性多，一一列舉說明給客人聽會顯得太冗長時，通常
會用一個統整的數字概括這些選項，請客人從這些選項裡選擇一
個。但是當東西選擇較少時，不妨一一說出來介紹給顧客。

★主食請從麵包、白飯與義大利麵當中選一個。

## 메인 요리로 빵, 밥, 파스타 중에서 한 가지를 선택하세요.

me-in yo-ri-ro ppang, bap, pa-seu-ta jung-e-so han ga-ji-reul son-tae-ka-se-yo

★牛排熟度可以選擇三分熟、五分熟或九分熟。

## 스테이크 굽기는 미디엄 레어, 미디엄, 웰던 중 한 가지를 선택하실 수 있습니다.

seu-te-i-keu gup-kki-neun mi-di-om re-o, mi-di-om, wael-don jung han ga-ji-reul son-tae-ka-sil ssu it-sseum-ni-da

★辣度可以選擇小辣、中辣與大辣。

## 매운 정도는 약간 매운 맛, 중간 맛, 아주 매운 맛 중에서 선택하실 수 있습니다.

mae-un jong-do-neun yak-kkan mae-un mat, jung-gan mat, a-ju mae-un mat jung-e-so son-tae-ka-sil ssu it-sseum-ni-da

★咖啡可以續杯。

## 커피은/는 리필됩니다.

ko-pi-neun ri-pil-dwem-ni-da

還可以換成以下方式表示：

| 1 | 2 |
|---|---|
| **湯** 국/수프 <br> guk/su-peu | |
| **甜點** 디저트 <br> di-jo-teu | |
| **飯** 밥 <br> bap | |
| **火鍋湯底** 훠궈수프 <br> hwo-gwo-su-peu | **吃到飽** 무한리필 <br> mu-hal-ri-pil |
| **麵包** 빵 <br> ppang | |
| **啤酒** 맥주 <br> maek-jju | |
| **沙拉** 샐러드 <br> ssael-ro-deu | |
| **飲料** 음료 <br> eum-nyo | |

★ 再加 50 元可以附沙拉。

# 50위안을 추가하시면 샐러드이/가 제공됩니다.

o-si-bwi-a-neul chu-ga-ha-si-myon ssael-ro-deu-ga je-gong-dwem-ni-da

還可以換成以下方式表示：

| 湯 국/수프<br>guk/su-peu | 飯 밥<br>bap | 麵包 빵<br>ppang | 甜點 디저트<br>di-jo-teu |
|---|---|---|---|
| 飲料 음료<br>eum-nyo | 盤菜 사이드메뉴<br>ssa-i-deu-me-nyu | 配料 토핑<br>to-ping | 炸薯條 감자튀김<br>gam-ja-twi-gim |

★這些餐都附湯。

# 이 메뉴에는 모두 국/수프이/가 제공됩니다.

i me-nyu-e-neun mo-du guk/su-peu-i je-gong-dwem-ni-da

還可以換成以下方式表示：

| 沙拉 샐러드<br>ssael-ro-deu | 烤馬鈴薯 통감자구이<br>tong-gam-ja-gu-i | 青菜 야채<br>ya-chae |
|---|---|---|
| 自選餐點 선택메뉴<br>son-taeng-me-nyu | 麵包 빵<br>ppang | 飯 밥<br>bap |
| 炸薯條 감자튀김<br>gam-ja-twi-gim | 奶油飯 버터밥<br>bo-to-bap | 義大利麵 파스타<br>pa-seu-ta |

※注意：如果要表示附加的菜不只一道，而是有兩個選項可以挑選時，可說「A또는 B（A 或者 B）」。（例如：샐러드 또는 통감자）

★沙拉跟烤馬鈴薯，您要選哪一個呢？

# 샐러드와 통감자 중 어떤 것으로 하시겠습니까?

ssael-ro-deu-wa tong-gam-ja jung o-tton go-seu-ro ha-si-get-sseum-ni-kka

## 基本會話／기본회화

**店員：**어서 오세요.

o-so o-se-yo

歡迎光臨。

실례합니다. 여기 메뉴판입니다.

sil-rye-ham-ni-da. yo-gi me-nyu-pa-nim-ni-da

不好意思，打擾你們。這是菜單。

메뉴를 안내해 드릴까요?

me-nyu-reul an-nae-hae deu-ril-kka-yo

需要幫您介紹菜單嗎？

**顧客：**네, 부탁합니다.

ne, bu-ta-kam-ni-da

好，麻煩您。

**店員：**이것은 오늘의 추천 요리입니다.

i-go-seun o-neu-re chu-chon yo-ri-im-ni-da

這是今天的推薦菜色。

식사는 모두 감자튀김 또는 버터밥이 제공됩니다.

sik-ssa-neun mo-du gam-ja-twi-gim tto-neun bo-to-ba-bi je-gong-dwem-ni-da

餐點都附薯條或奶油飯。

그럼 천천히 보시고 주문이 준비되시면 불러주세요.

geu-rom chon-cho-ni bo-si-go ju-mu-ni jun-bi-dwe-si-myon
bul-ro-ju-se-yo

那麼，您決定好要什麼之後，請叫我一聲

## 狀況010 ● 為客人點餐

★您決定好要點什麼了嗎？

# 주문하시겠습니까?

ju-mu-na-si-get-sseum-ni-kka

★我複誦一下您點的餐。

# 주문하신 것 확인하겠습니다.

ju-mu-na-sin got hwa-gi-na-get-sseum-ni-da

★A 餐一份、B 餐兩份，還有三杯咖啡。

# A 1 인분, B 2 인분 그리고 커피 3 잔 주 문하셨습니다.

A i-rin-bun,B i-in-bun geu-ri-go ko-pi se-jan ju-mun-ha-syot-sseum-
ni-da

☐ 還可以換成以下方式表示：

| ☐ 1 | ☐ 2 | ☐ 3 |
|---|---|---|
| 1 人份 1인분<br>i-rin-bun | 2 人份 2인분<br>i-in-bun | 3 人份 3인분<br>sa-min-bun |
| 4 人份 4인분<br>sa-in-bun | 5 人份 5인분<br>o-in-bun | 6 人份 6인분<br>yu-gin-bun |

| 7 人份 7인분 | 8 人份 8인분 | 9 人份 9인분 |
|---|---|---|
| chi-rin-bun | pa-rin-bun | gu-in-bun |
| 10 人份 10인분 | 11 人份 11인분 | 12 人份 12인분 |
| si-bin-bun | si-bi-rin-bun | si-bi-in-bun |

★餐點這樣就可以了嗎？

# 이렇게 주문하시겠습니까?

i-ro-ke ju-mun-ha-si-get-sseum-ni-kka

★請問飲料要什麼時候上？

# 음료은/는 언제 드릴까요?

eum-nyo-neun on-je deu-ril-kka-yo

可以換成以下方式表示：

| 1 | 2 |
|---|---|
| **甜點** 디저트<br>di-jo-teu | **馬上** 바로<br>ba-ro |
| **湯** 국/수프<br>guk/su-peu | **跟主餐一起** 메인 요리와 같이<br>me-in yo-ri-wa ga-chi |
| **啤酒/酒** 맥/술<br>maek/sul | **餐後** 식사 후에<br>sik-ssa hu-e |

## 基本會話 / 기본회화

### 服務員：주문하시겠습니까?

ju-mun-ha-si-get-sseum-ni-kka

您要點餐了嗎？

顧　客：네. A 1인분 B 2인분 주세요.

ne. A i-rin-bun B i-in-bun ju-se-yo

是的，我們要 A 餐一份、B 餐兩份。

그리고 커피 3잔도 주세요.

geu-ri-go ko-pi se-jan-do ju-se-yo

還有，三杯咖啡。

服務員：주문하신 음식 확인해 드리겠습니다.

ju-mun-ha-sin eum-sik hwa-gin-hae deu-ri-get-sseum-ni-da

我複誦一下您的餐點。

A 1인분, B 2인분, 커피 3 잔 맞으십니까?

A i-rin-bun, B i-in-bun, ko-pi se-jan ma-jeu-sim-ni-kka

A 餐一份、B 餐兩份，還有三杯咖啡。餐點這
樣就可以了嗎？

顧　客：네.

ne

是的。

服務員：커피는 언제 드릴까요?

ko-pi-neun on-je deu-ril-kka-yo

咖啡要什麼時候上呢？

顧　客：음식이랑 같이 주세요.

eum-si-gi-rang ga-chi ju-se-yo

請幫我跟餐點一起送來。

服務員：네, 알겠습니다. 잠시만 기다려 주십시오.

ne, al-get-sseum-ni-da. jam-si-man gi-da-ryo ju-sip-ssi-o

好的，我知道了。請稍等一下。

## 狀況011 ● 上菜

★這是牛排。

## 스테이크입니다.

seu-te-i-keu-im-ni-da

還可以換成以下方式表示：

| | |
|---|---|
| 牛排 비프 스테이크<br>bi-peu seu-te-i-keu | 雞排 치킨 스테이크<br>chi-kin seu-te-i-keu |
| 羊排 양고기 스테이크<br>yang-go-gi seu-te-i-keu | 鮭魚排 연어 스테이크<br>yo-no seu-te-i-keu |
| 牛小排 미니뼈 스테이크<br>mi-ni-ppyo seu-te-i-ke | 烤龍蝦 그릴 랍스타<br>geu-ril rap-sseu-ta |

★點牛排的是哪一位呢？

## 비프 스테이크는 어느 분이십니까?

bi-peu seu-te-i-keu-neun o-neu bu-ni-sim-ni-kka

★您點的餐點都上齊了嗎？

## 주문하신 음식이 모두 나왔습니까?

ju-mu-na-sin eum-si-gi mo-du na-wat-sseum-ni-kka

★鐵板很燙，請小心。

# 철판이/가 매우 뜨겁습니다. 조심하십시오.

chol-pa-ni mae-u tteu-gop-sseum-ni-da. jo-sim-ha-sip-ssi-o

○ 還可以換成以下方式表示：

| 杯子 잔 | 鍋子 냄비 | 盤子 접시 | 容器（通常指碗） 그릇 |
|---------|-----------|-----------|----------------------|
| jan | næm-bi | jop-ssi | geu-reut |

## ▌基本會話/기본회화

**服務員：** 실례하겠습니다.

sil-rye-ha-get-sseum-ni-da

不好意思，打擾您。

오래 기다리셨습니다.

o-rae gi-da-ri-syot-sseum-ni-da

讓您久等了。

비프 스테이크입니다.

bi-peu seu-te-i-keu-im-ni-da

這個是牛排。

주문하신 음식이 모두 나왔습니까?

ju-mun-ha-sin eum-si-gi mo-du na-wat-sseum-ni-kka

您點的東西全都上齊了嗎？

顧　客：네.

　　　ne

　　　是的。

服務員：맛있게 드십시오.

　　　ma-sit-kke deu-sip-ssi-o

　　　請慢用。

★請問鹹度還可以嗎？

# 음식이/가 괜찮습니까?/입에 맞으십니까?

eum-si-gi gwaen-chan-sseum-ni-kka/i-be ma-jeu-sim-ni-kka

※注意：韓文不直接問鹹度是否適合，會以味道如何、是否合胃口來詢問。

還可以換成以下方式表示：

| 味道 맛<br>mat | 烤的火侯 굽기 정도<br>gup-kki jong-do | 辣度 매운 정도<br>mae-un jong-do |
|---|---|---|
| 香味 향<br>hyang | 餐點/菜色 음식/식사<br>eum-sik/sik-ssa | 氣氛 분위기<br>bu-ni-gi |

## 狀況012 ● 更換餐具及茶水

MP3
042

★我幫您換一下開水。

# 물을/를 새 것으로 바꿔 드리겠습니다.

mu-reul sae go-seu-ro ba-kkwo deu-ri-get-sseum-ni-da

○ 還可以換成以下方式表示：

| 盤子 접시<br>jop-ssi | 擦手巾/濕毛巾 물수건<br>mul-ssu-gon | 杯子 잔<br>jan |
|---|---|---|
| 餐巾紙 냅킨<br>naep-kin | 茶 차<br>cha | 叉子 포크<br>po-keu |

## 狀況013 ● 加點餐點

★要幫您再續一份嗎？

# 1인분 더 드릴까요?

i-rin-bun do deu-ril-kka-yo

## 狀況014 ● 整理桌面

★不好意思，請問這些可以收掉了嗎？

# 실례합니다. (접시를/테이블을) 정리해도/치워도 될까요?

sil-rye-ham-ni-da (jop-ssi-reul/te-i-beu-reul) jong-ni-hae-do/chi-wo-do dwel-kka-yo

★您的東西都記得拿了嗎？

# 잊으신 물건 없으십니까?

i-jeu-sin mul-gon op-sseu-sim-ni-kka

★您的東西都記得帶了嗎？

# 두고 가시는 물건 없으십니까?

du-go ga-si-neun mul-gon op-sseu-sim-ni-kka

# 超好用 服務業必備詞彙

## 》 餐點名稱

### ★蓋飯類

| 牛肉蓋飯 | 炸物蓋飯 | 滑蛋炸豬排飯 |
|---|---|---|
| 소고기 덮밥 | 튀김 덮밥 | 가츠동 |
| so-go-gi dop-ppap | twi-gim dop-ppap | ga-cheu-dong |
| 炸蝦蓋飯 | 蔥花拌生鮪魚蓋飯 | 生海鮮蓋飯 |
| 텐동 | 네기토로동 | 가이센동 |
| ten-dong | ne-gi-to-ro-dong | ga-i-sen-dong |
| 烤肉蓋飯 | 豬肉蓋飯 | 鮭魚卵蓋飯 |
| 야끼니꾸동 | 부타동 | 이꾸라동 |
| ya-kki-ni-kku-dong | bu-ta-dong | i-kku-ra-dong |

### ★拉麵類

| 味噌拉麵 | 醬油拉麵 | 豚骨拉麵 |
|---|---|---|
| 미소라멘 | 소유라멘 | 돈코츠라멘 |
| mi-so-ra-men | so-yu-ra-men | don-ko-cheu-ra-men |
| 叉燒拉麵 | 鹽味拉麵 | 擔擔麵 |
| 차슈라멘 | 시오라멘 | 탄탄멘 |
| cha-syu-ra-men | si-o-ra-men | tan-tan-men |

★壽司類

| 壽司<br>스시<br>seu-si | 手卷<br>데마끼<br>de-ma-kki | 豆皮壽司<br>유부초밥<br>yu-bu-cho-bap |
| --- | --- | --- |
| 什錦壽司<br>지라시(비빔 초밥)<br>ji-ra-si-(bi-bim cho-bap) | 捲壽司<br>마끼(김초밥)<br>ma-kki(gim-cho-bap) | 押壽司<br>오시즈시<br>o-si-jeu-si |

★燒烤類

| 五花肉<br>삼겹살<br>sam-gyop-ssa | 大腸<br>대창<br>dae-chang | 心臟<br>염통<br>yom-tong |
| --- | --- | --- |
| 里肌肉<br>등심<br>deung-sim | 生牛肉<br>육회<br>yu-kwe | 牛舌頭<br>우설<br>u-sol |

| 串燒 | 大阪燒 | 壽喜燒 |
|---|---|---|
| 꼬치구이 | 오코노미야키 | 스키야키 |
| kko-chi-gu-i | o-ko-no-mi-ya-ki | seu-ki-ya-ki |
| 章魚燒 | 煎餃 | 咖哩飯 |
| 타코야키 | 교자(군만두) | 카레라이스 |
| ta-ko-ya-ki | gyo-ja(gun-man-du) | ka-re-ra-i-seu |
| 蕎麥麵 | 魚糕 | 定食 |
| 소바 | 어묵 | 정식 |
| so-ba | o-muk | jong-sik |
| 涮涮鍋 | 三明治 | 炒飯 |
| 샤브샤브 | 샌드위치 | 볶음밥 |
| sya-beu-sya-beu | ssaen-deu-wi-chi | bo-kkeum-bap |
| 漢堡 | 披薩 | 義大利麵 |
| 햄버거 | 피자 | 스파게티 |
| haem-bo-go | pi-ja | seu-pa-ge-ti |

## Part 4

# 天天用得上的飯店客房用語

**天天用得上的飯店客房用語**

★歡迎光臨，很高興為您服務。

# 어서 오십시오. 반갑습니다.
o-so o-sip-ssi-o. ban-gap-sseum-ni-da

★好的，我知道了。

# 네, 알겠습니다.
ne, al-get-sseum-ni-da

★是這樣啊……

# 아, 그러세요.
a, geu-ro-se-yo

★晚安。

# 편안한 밤 보내십시오.
pyo-nan-han bam bo-nae-sip-ssi-o

★請慢走。

# 안녕히 다녀 오십시오.
an-nyong-hi da-nyo o-sip-ssi-o

! 使用時機 / 이럴 때 쓴다

對於尚未退房只是暫時外出旅遊或洽公，預計晚點會再回到飯店的房客，跟他們說「조심해서 다녀오세요」會比較適合。因為他們只是暫時離開，之後還會再返回飯店。

★您回來了。

# 오셨습니까.

o-syot-sseum-ni-kka

! 使用時機 / 이럴 때 쓴다

這句話跟上面的「안녕히 다녀 오십시오」是相對的句子。當房客離開飯店再從外面回來時，可對他們說這句招呼語。如果是飯店的常客，當他再次光臨飯店時，也可以使用這一句表示「歡迎您回來」、「歡迎您再度光臨、捧場」。

■ 基本會話 / 기본회화

職員：어서 오십시오. 반갑습니다.

o-so o-sip-ssi-o. ban-gap-sseum-ni-da

歡迎光臨，很高興為您服務。

顧客：윤세아라는 이름으로 예약을 했습니다.

yun-se-a-ra-neun i-reu-meu-ro ye-ya-geul haet-sseum-ni-da

我是有預約的尹世雅。

職員：네. 잠시만 기다려 주십시오.

ne. jam-si-man gi-da-ryo ju-sip-ssi-o

好的，請稍等一下。

## 狀況002 ● 客人抵達飯店了

MP3 046

★歡迎光臨，要不要幫您把行李提到客房裡？

# 어서 오십시오. 짐을 객실까지 옮겨 드릴까요?

o-so o-sip-ssi-o. ji-meul gaek-ssil-kka-ji om-gyo deu-ril-kka-yo

★您的行李都在這裡了嗎?

# 짐이 모두 여기에 있습니까?

ji-mi mo-du yo-gi-e it-sseum-ni-kka

★還有沒有其他需要幫您提過去的行李?

# 옮겨 드릴 짐이 더 있습니까?

om-gyo deu-ril ji-mi do it-sseum-ni-kka

## ▌基本會話 / 기본회화

職員 : 어서 오십시오.

o-so o-sip-ssi-o

歡迎光臨。

짐을 들어 드리겠습니다.

jim-eul deu-ro deu-ri-get-sseum-ni-da

我幫您提行李。

顧客 : 감사합니다.

gam-sa-ham-ni-da

謝謝您。

職員 : 손님의 짐이 모두 여기에 있습니까?

son-ni-me ji-mi mo-du yo-gi-e it-sseum-ni-kka

您的行李都在這裡了嗎?

顧客 : 저쪽에 있는 것도 제 것입니다.

jo-jjo-ge in-neun got-tto je go-sim-ni-da

那邊的也是我的。

職員：알겠습니다.

al-get-sseum-ni-da

好的，我知道了。

**狀況003 ● 辦理住房手續**

★您要辦理住房手續嗎？

# 체크인 하시겠습니까?

che-keu-in ha-si-get-sseum-ni-kka

**狀況004 ● 詢問客人住房資料**

★可以請教一下您的大名嗎？

# 성함이/가 어떻게 되십니까?

song-ha-mi o-tto-ke dwe-sim-ni-kka

還可以換成以下方式表示：

| 預約號碼 예약번호 | 住宿房客的姓名 투숙하시는 분의 성함 |
|---|---|
| ye-yak-ppo-no | tu-su-ka-si-neun bu-ne song-ham |

★您是已經預約的黃世俊先生，是嗎？

# 예약하신 황세준님 맞으십니까?

ye-ya-ka-sin hwang-se-jun-nim ma-jeu-sim-ni-kka

還可以換成以下方式表示：

| 剛剛打電話給我們的 방금 전에 전화주신 | OO 公司的 OO회사의 |
|---|---|
| bang-geum jo-ne jo-nwa-ju-sin | OOhwe-sa-e |

115

★黃世俊先生，您訂了一間單人房，一個晚上。

# 황세준님, 싱글룸 [1실] [1박] 예약하셨습니다.

hwang-se-jun-nim, ssing-geul-rum il-ssil il-bak ye-ya-ka-syot-sseum-ni-da

○ 還可以換成以下方式表示：

| ○ 1 | ○ 2 | ○ 3 |
|---|---|---|
| 一張大床 퀸 베드룸 <br> kwin be-deu-rum | 兩間 2실 <br> i-sil | 兩晚 2박 <br> i-bak |
| 豪華客房 디럭스 룸 <br> di-rok-sseu rum | 三間 3실 <br> sam-sil | 三晚 3박 <br> sam-bak |
| 兩張小床 트윈 베드룸 <br> teu-win be-deu-rum | 四間 4실 <br> sa-sil | 四晚 4박 <br> sa-bak |
| 標準客房 스탠다드 룸 <br> seu-taen-da-deu rum | 五間 5실 <br> o-sil | 五晚 5박 <br> o-bak |

★跟您確認一下，預定住一晚含早餐，對嗎？

# 확인해 보겠습니다. 조식 포함하셔서 [1박] 맞습니까?

hwa-gin-hae bo-get-sseum-ni-da. jo-sik po-ha-ma-syo-so il-bak mat-sseum-ni-kka

○ 還可以換成以下方式表示：

| 兩晚 2박 <br> i-bak | 三晚 3박 <br> sam-bak | 四晚 4박 <br> sa-bak |
|---|---|---|

| 五晚 5박<br>o-bak | 一間 1실<br>il-ssil | 兩間 2실<br>i-sil |
| --- | --- | --- |
| 三間 3실<br>sam-sil | 一人 1인<br>i-rin | 兩人 2인<br>i-in |
| 三人 3인<br>sa-min | 四人 4인<br>sa-in | 單人房 싱글룸<br>ssing-geul-rum |
| 雙人房（一張大床） 더블룸<br>do-beul-rum | 雙人房（兩張床） 트윈룸<br>teu-win-rum | 預定7月15號退房 7월 15일 퇴실<br>chi-rwol si-bo-il twe-sil |

## 狀況006 ● 填寫住宿表格

MP3 050

★請您填寫一下這張表格。

## 이 서류를 작성해 주십시오.

i so-ryu-reul jak-ssong-hae ju-sip-ssi-o

★可以讓我看一下您的信用卡嗎？

## 신용카드를 보여 주시겠습니까?

sin-yong-ka-deu-reul bo-yo ju-si-get-sseum-ni-kka

還可以換成以下方式表示：

影印您的護照 여권을 복사해도 되겠습니까?

yo-kkwo-neul bok-ssa-hae-do dwe-get-sseum-ni-kka

★信用卡還給您。

# 카드 받으십시오. /카드 여기 있습니다.
ka-deu ba-deu-sip-ssi-o/ka-deu yo-gi it-sseum-ni-da

★這是您的房間鑰匙。

# 객실 열쇠입니다.
gaek-ssil yol-sswe-im-ni-da

還可以換成以下方式表示：

| 影本 복사본 | 感應卡 카드키 | 兌換券 쿠폰 |
|---|---|---|
| bok-ssa-bon | ka-deu-ki | ku-pon |
| 早餐券 조식쿠폰 | 飲料券 음료쿠폰 | 俱樂部折價券 부대시설 할인권 |
| jo-sik-ku-pon | eum-nyo-ku-pon | bu-dae-si-sol ha-rin-kkwon |

★您的房間是 901 號房。

# 고객님의 객실 은/는 901호 입니다.
go-gaeng-ni-me gaek-ssi-reun gu-bae-gi-lo-im-ni-da

還可以換成以下方式表示：

| 1 | 2 |
|---|---|
| 大廳 로비 | ~樓 ~층 |
| ro-bi | cheung |
| 櫃台 프론트 데스크 | 那邊 저쪽 |
| peu-ron-teu de-seu-keu | jo-jjok |

| | |
|---|---|
| 咖啡廳/吧 카페/바<br>kka-pe/ba | 這邊 이쪽<br>i-jjok |
| 自助餐廳 카페테리아<br>ka-pe-te-ri-a | 右邊 우측<br>u-cheuk |
| 樓梯 계단<br>gye-dan | 左邊 좌측<br>jwa-cheuk |
| 電梯 엘리베이터<br>el-ri-be-i-to | 右邊裡面 우측 안쪽<br>u-cheuk an-jjok |
| 手扶梯 에스컬레이터<br>e-seu-kol-re-i-to | 左邊裡面 좌측 안쪽<br>jwa-cheuk an-jjok |
| 保險箱 금고<br>geum-go | ～的那邊 ~가 있는 쪽<br>ga in-neun jjok |
| 停車場 주차장<br>ju-cha-jang | 地下 지하<br>ji-ha |

! 使用時機 / 이럴 때 쓴다

上述的句型，除了介紹飯店設施的位置之外，也可以用來跟客人交代「退房時間」或者「使用房間的時間」。

還可以換成以下方式表示：

| 1 | 2 |
|---|---|
| 退房時間 퇴실/체크아웃 시간<br>twe-sil/che-keu-a-ut si-gan | 到 11 點 11시까지<br>yo-lan si-kka-ji |

119

★負責的職員會帶您到您的房間。

# 담당 직원이 손님을 객실까지 모셔다 드릴 것입니다.

dam-dang ji-gwo-ni son-ni-meul gaek-ssil-kka-ji mo-syo-da deu-ril kko-sim-ni-da

## 狀況008 ● 貼心祝福

★祝您住得舒適愉快。

# 즐겁고 편안한 시간 보내십시오.

jeul-gop-kko pyo-na-nan si-gan bo-nae-sip-ssi-o

還可以換成以下方式表示：

| 旅途 여행 | 連假 연휴 | 休假 휴가 | 新年 새해 |
|---|---|---|---|
| yo-haeng | yon-hyu | hyu-ga | sae-hae |

## ■ 基本會話 / 기본회화

**服務人員：** 어서 오십시오. 반갑습니다.

o-so o-sip-ssi-o. ban-gap-sseum-ni-da

歡迎光臨，很高興為您服務。

**顧　　客：** 윤세아이름으로 예약하였습니다.

yun-se-a-i-reu-meu-ro ye-ya-ka-yot-sseum-ni-da

我是之前預約的尹世雅。

**服務人員：** 네. 윤세아님. 트윈룸 1실 1박 예약하셨지요.

ne. yun-se-a-nim. teu-wil-rum il-ssil il-bak ye-ya-ka-syot-jji-yo

好的，尹世雅小姐，您訂了一晚一間雙人房。

이 서류를 작성해 주시겠습니까?

i so-ryu-reul jak-ssong-hae ju-si-get-sseum-ni-kka

麻煩您填寫一下這張表格。

顧　　客：알겠습니다. 내일 체크아웃 시간이 언제입니까?

al-get-sseum-ni-da. nae-il che-keu-a-ut si-ga-ni on-je-im-ni-kka

好的，明天房間能使用到幾點？

服務人員：늦어도 오전 11시 전까지는 퇴실하셔야 합니다.

neu-jo-do o-jon yo-lan si jon-kka-ji-neun twe-si-la-syo-ya ham-ni-da

最晚早上 11 點之前要退房。

## 狀況009 ● 飯店服務說明
MP3 053

★您外出時，請將鑰匙存放在櫃台。

# 외출 하실 때는 열쇠/키을/를 프런트 데스크에 보관해 주십시오.

we-chul ha-sil ttae-neun yol-sswe/ki-reul peu-ron-teu de-seu-keu-e
bo-gwa-nae ju-sip-ssi-o

還可以換成以下方式表示：

| 1 | 2 | 3 |
|---|---|---|
| 用餐時 식사 하실 때<br>sik-ssa ha-sil ttae | 這張票 이 표<br>i pyo | 拿取 소지하십시오<br>so-ji-ha-sip-ssi-o |

| 有事情 용무가 있을 경우 yong-mu-ga i-sseul gyong-u | 職員/服務人員 직원 ji-gwon | 叫 불러 주십시오 bul-ro ju-sip-ssi-o |
|---|---|---|
| 使用/利用 이용/사용하실 때 i-yong/sa-yong-ha-sil ttae | 收據 영수증 yong-su-jeung | 拿到櫃台 가지고 프런트 데스크로 오십시오 ga-ji-go peu-ron-teu de-seu-keu-ro o-sip-ssi-o |

★如果有什麼需要，請您跟櫃台聯絡。

# 필요하신 것이 있으시면 프런트 데스크로 문의하십시오.

pi-ryo-ha-sin go-si i-sseu-si-myon peu-ron-teu de-seu-keu-ro mu-ni-ha-sip-ssi-o

★早餐可於自助式餐廳用餐。

# 조식은/는 카페테리아에서 이용하실 수 있습니다.

jo-si-geun ka-pe-te-ri-a-e-so i-yong-ha-sil ssu it-sseum-ni-da

還可以換成以下方式表示：

| 1 | 2 |
|---|---|
| 晚餐 석식 sok-ssik | 附近的餐廳用餐 근처 식당에서 이용하실 수 있습니다 geun-cho sik-ttang-e-so i-yong-ha-sil ssu it-sseum-ni-da |

| 吃到飽 뷔페<br>bwi-pe | 本飯店的 2 樓可以用餐 호텔 2층에서 이용하실 수 있습니다<br>ho-tel i-cheung-e-so i-yong-ha-sil ssu it-sseum-ni-da |
| 國際電話 국제전화<br>guk-jje-jo-nwa | 飯店的內線電話可以播打 호텔 내 전화 기로 거실 수 있습니다<br>ho-tel rae jo-nwa-gi-ro go-sil ssu it-sseum-ni-da. |
| 住宿客人 투숙객<br>tu-suk-kkaek | 可以在任何時間利用飯店的停車場 언 제든지 호텔 내 주차장을 이용하실 수 있습니다<br>on-je-deun-ji ho-tel rae ju-cha-jang-eul i-yong-ha-sil ssu it-sseum-ni-da |

## 狀況010 ● 教客人撥打電話

★ （市話）請先按「0」，然後再撥對方的電話號碼。

# (시내전화)먼저 '0'을 누르신 뒤 상대방의 전화번호를 누르십시오.

(si-nae-jo-nwa) mon-jo 'yong'-eul nu-reu-sin dwi sang-dae-bang-e jo-nwa-bo-no-reul nu-reu-sip-ssi-o

還可以換成以下方式表示：

| 國際電話 국제전화<br>guk-jje-jo-nwa | 電信公司的國際電話冠碼 국제전화 서 비스번호인 '002' 또는 '009'<br>guk-jje-jo-nwa sso-bi-sseu-bo-no-in 'gong-gong-i' tto-neun 'gong-gong-gu' |

| | |
|---|---|
| **國碼** 국가번호<br>guk-ga-bo-no | **拿掉區域號碼「0」以外的號碼** 지역번호 앞의 '0'을 제외한 번호<br>ji-yok-ppo-no a-pe 'yong'eul je-we-han bo-no |
| **飯店內線電話** 호텔 내선전화<br>ho-tel nae-son-jo-nwa | **四位數的房間號碼** 객실 번호 네 자리 수<br>gaek-ssil bo-no ne ja-ri-ssu |

## 狀況011 ● 應對客人的要求

★您要用一般郵寄還是國際快遞呢？

# 일반우편[1]으로 보내시겠습니까? 아니면 국제특급우편(EMS)으 로 보내시겠습니까?

il-ba-nu-pyo-neu-ro bo-nae-si-get-sseum-ni-kka? a-ni-myon guk-jje-teuk-kkeu-bu-pyo(EMS)-neu-ro bo-nae-si-get-sseum-ni-kka

◯ 還可以換成以下方式表示：

| ◯ 1 | ◯ 2 |
|---|---|
| **航空郵件** 항공우편<br>hang-gong-u-pyon | **海運** 선박우편<br>son-ba-gu-pyon |
| **冷藏** 냉장<br>naeng-jang | **冷凍** 냉동<br>naeng-dong |

# 내일 오전 몇 시에 모닝콜을 넣어 드릴까요?

nae-il o-jon myot si-e mo-ning-ko-reul no-o deu-ril-kka-yo

■ 基本會話／기본회화

**服務人員**：좋은 아침입니다. 무엇을 도와 드릴까요?

jo-eun a-chi-mim-ni-da. mu-o-seul do-wa deu-ril-kka-yo

早安，很高興為您服務。

**顧　客**：이 것을 한국으로 보내려고 합니다.

i go-seul han-gu-geu-ro bo-nae-ryo-go ham-ni-da

我想把這個行李寄到韓國。

**服務人員**：알겠습니다.

al-get-sseum-ni-da

好的，沒問題。

일반우편으로 보내시겠습니까? 국제특급우편으로 보내시겠습니까?

il-ba-nu-pyo-neu-ro bo-nae-si-get-sseum-ni-kka? guk-jje-teuk-kkeu-bu-pyo-neu-ro bo-nae-si-get-sseum-ni-kka

您想用一般郵寄還是國際快遞？

**顧　客**：일반우편으로 하겠습니다.

il-ba-nu-pyo-neu-ro ha-get-sseum-ni-da

台灣的一般郵寄就好

125

服務人員：그렇다면 이 표를 작성해 주십시오.

geu-ro-ta-myon i pyo-reul jak-ssong-hae ju-sip-si-o

那麻煩您填寫一下這張表格。

★我幫您叫車（計程車）。

## 택시를 불러 드리겠습니다.

taek-ssi-reul bul-ro deu-ri-get-sseum-ni-da

還可以換成以下方式表示：

| 預約　예약해<br>ye-ya-kae | 轉達留言　메모를 남겨<br>me-mo-reul nam-gyo |
|---|---|
| 發傳真　팩스를 보내<br>paek-sseu-reul bo-nae | 保管行李　짐을 보관해<br>ji-meul bo-gwa-nac |
| 保管貴重物品　귀중품을 보관해<br>gwi-jung-pu-meul bo-gwa-nae | 轉交禮物　선물을 전달해<br>son-mu-reul jon-da-lae |
| 預約餐廳　식당을 예약해<br>sik-ttang-eul ye-ya-kae | 取回菜單　메뉴판을 치워<br>me-nyu-pa-neul chi-wo |

！ 使用時機／이럴 때 쓴다

客人要你為他做某些事，例如保管貴重物品、將禮物交給某人時，
可以用以上的客氣說法來表達你會幫他妥善處理。

★現在馬上幫您確認。

## 바로 확인해 드리겠습니다.

ba-ro hwa-gi-nae deu-ri-get-sseum-ni-da

○ 還可以換成以下方式表示：

| 兌換（貨幣） 환전해 hwan-jo-nae | 查詢/查閱 조회해 jo-hwe-hae | 呼叫計程車 택시를 불러 taek-ssi-reul bul-ro |
|---|---|---|

! 使用時機 / 이럴 때 쓴다

若客人突然有所要求，比如想換錢、叫車或請你幫他查詢資料時，就可以使用以上的句型。

## 基本會話 / 기본회화

**服務人員：** 안녕하세요. 무엇을 도와 드릴까요?

an-nyong-ha-se-yo. mu-o-seul do-wa deu-ril-kka-yo

早安。很高興為您服務

**顧　　客：** 이 1,000위안 짜리 지폐를 다른 지폐로 교환하고 싶습니다.

i chon-wi-an jja-ri ji-pye-reul da-reun ji-pye-ro gyo-hwa-na-go sip-sseum-ni-da

我想把 1,000 元找開。

**服務人員：** 네.

ne

好的。

어떻게 바꿔 드릴까요?

o-tto-ke ba-kkwo deu-ril-kka-yo

您想怎麼換呢？

顧　　客：먼저 100위안 9장으로 바꿔 주시고 나머지는 모두
50위안으로 바꿔 주세요.

mon-jo bae-gwi-an a-hop-jang-eu-ro bak-kwo-ju-si-go
na-mo-ji-neun mo-du o-si-bwi-a-neu-ro bak-kwo-ju-se-yo

9 張 100 元，剩下的都換 50 元。

服務人員：알겠습니다.

al-get-sseum-ni-da

好的。

잠시만 기다려 주십시오.

jam-si-man gi-da-ryo ju-sip-ssi-o

請稍等。

職　　員：오래 기다리셨습니다.

o-rae gi-da-ri-syot-sseum-ni-da

讓您久等了。

금액이 맞는지 한번 확인해 보십시오.

geu-mae-gi man-neun-ji han-bon hwa-gi-nae bo-sip-ssi-o

這些金額請您確認一下。

顧　　客：맞습니다. 감사합니다.

mat-sseum-ni-da. gam-sa-ham-ni-da

沒錯，謝謝你。

服務人員：아닙니다.

a-nim-ni-da

不客氣。

★黃世俊先生託我將訊息傳達給您。

황세준씨께서 손님께 이 메시지를 전달해 드리라고 하셨습니다.

hwang-se-jun-ssi-kke-so son-nim-kke i me-ssi-ji-reul jon-da-lae deu-ri-ra-go ha-syot-sseum-ni-da

★黃世俊先生有傳真給您。

황세준씨께서 손님 앞으로 보내신 팩스입니다.

hwang-se-jun-ssi-kke-so son-nim a-peu-ro bo-nae-sin paek-sseu-im-ni-da

還可以換成以下方式表示：

| 行李 짐 | 禮物 선물 | 信件 편지 |
|---|---|---|
| jim | son-mul | pyon-ji |

★很抱歉，我們無法告訴您其他住房旅客的房間號碼。

죄송합니다. 다른 투숙객의 객실번호는 알려 드릴 수 없습니다.

jwe-song-ham-ni-da. da-reun tu-suk-kkae-ge gaek-ssil-bo-no-neun al-ryo deu-ril ssu op-sseum-ni-da

**狀況012 ● 受理房客的要求或抱怨** MP3 056

★服務人員馬上過去。

곧바로 담당 직원을 보내 드리겠습니다.

got-ppa-ro dam-dang ji-gwo-neul bo-nae deu-ri-get-sseum-ni-da

！ 使用時機／이럴 때 쓴다

當住房客人需要服務時，櫃台人員立刻以此句回應並立即派人員過去處理。

129

★很抱歉，吹風機好像壞掉了。

# 죄송합니다. 드라이기이/가 고장 난 것 같습니다.

jwe-song-ham-ni-da. deu-ra-i-gi-ga go-jang nan got gat-sseum-ni-da

還可以換成以下方式表示：

| | |
|---|---|
| 蓮蓬頭 샤워꼭지<br>sya-wo-kkok-jji | 馬桶 변기<br>byon-gi |
| 水龍頭 수도꼭지<br>su-do-kkok-jji | 電視 텔레비전<br>tel-re-bi-jon |
| 電話 전화기<br>jo-nwa-gi | 鬧鐘 자명종<br>jam-yong-jong |
| 檯燈 탁자등(테이블 스탠드)<br>tak-jja-deung(te-i-beul seu-taen-deu) | 落地燈 (플로어)스탠드<br>(peul-ro-o)seu-taen-deu |
| 冷氣 에어컨<br>e-o-kon | 電燈燈泡 전구<br>jon-gu |

★馬上幫您更換。

# 곧바로 교체해 드리겠습니다.

got-ppa-ro gyo-che-hae deu-ri-get-sseum-ni-da

還可以換成以下方式表示：

| | |
|---|---|
| 補充 보충해<br>bo-chung-hae | 拿一個新的 새 것을 가져다<br>sae go-seul ga-jo-da |
| 準備其他的房間 다른 객실을<br>준비해<br>da-reun gaek-ssi-reul jun-bi-hae | 修理 수리해<br>su-ri-hae |

130

★我馬上將衛生紙送過去。

# 곧바로 화장지을/를 가져다 드리겠습니다.

got-ppa-ro hwa-jang-ji-reul ga-jo-da deu-ri-get-sseum-ni-da

還可以換成以下方式表示：

| | | | |
|---|---|---|---|
| 梳子 빗<br>bit | 肥皂 비누<br>bi-nu | 毛巾 수건<br>su-gon | 刮鬍刀 면도기<br>myon-do-gi |
| 牙刷 칫솔<br>chit-ssol | 洗髮精 샴푸<br>syam-pu | 潤髮乳 린스<br>rin-sseu | 沐浴乳 바디워시<br>ba-di-wo-si |
| 護髮乳 트리트먼트<br>teu-ri-teu-mon-teu | | 身體乳液 바디로션<br>ba-di-ro-syon | |

! 使用時機 / 이럴 때 쓴다

客人發現房中設備的某些東西有問題因而向服務人員要求更新，或發現某項用品不夠所以要補充時，服務人員可以用這句話回答客人，表示會立即處理。

★很抱歉我們疏忽了，浴室還沒打掃，我們馬上派人為您清理。

## 대단히 죄송합니다. 저희 부주의로 객실 내 욕실을/를 미처 청소하 지 못했습니다. 곧바로 담당직원을 보내 청소해 드리겠습니다.

dae-da-ni jwe-song-ham-ni-da. jo-hi bu-ju-i-ro gaek-ssil rae yok-ssi-reul mi-cho chong-so-ha-ji mo-taet-sseum-ni-da. got-ppa-ro dam-dang-ji-gwo-neul bo-nae chong-so-hae deu-ri-get-sseum-ni-da

○ 還可以換成以下方式表示：

| 浴缸 욕조 | 洗手台 세면대 | 地毯 카페트 | 沙發 쇼파 |
|---|---|---|---|
| yok-jjo | se-myon-dae | ka-pe-teu | ssyo-pa |

★很抱歉我們疏忽了，床單還沒更換，我們馬上派人為您處理。

# 대단히 죄송합니다. 저희 부주의로 침대 시트을/를 미처 교체하지 못하였습니다. 곧바로 담당직원을 보내 교체해 드리겠습 니다.

dae-da-ni jwe-song-ham-ni-da. jo-hi bu-ju-i-ro chim-dae si-teu-reul mi-cho gyo-che-ha-ji mo-ta-yot-sseum-ni-da. got-ppa-ro dam-dang-ji-gwo-neul bo-nae gyo-che-hae deu-ri-get-sseum-ni-da

○ 還可以換成以下方式表示：

| 枕頭套 베개 커버 | 被子 이불 |
|---|---|
| be-gae ko-bo | i-bul |

## 狀況013 ● 無法提供客人所需要的服務

★真的很抱歉。

# 대단히 죄송합니다.

dae-da-ni jwe-song-ham-ni-da

★不好意思，那幾天全館都客滿了，沒有空房。

# 죄송합니다. 해당날짜는 전 객실의 예약 이 모두 완료되었습니다.

jwe-song-ham-ni-da. hae-dang-nal-jja-neun jon gaek-ssi-re ye-ya-gi mo-du wal-ryo-dwe-ot-sseum-ni-da

★很抱歉，游泳池現在沒有開放。

## 죄송합니다. 현재 수영장은 개방하지 않고 있습니다.

jwe-song-ham-ni-da. hyon-jae su-yong-jang-eun gae-bang-ha-ji an-ko it-sseum-ni-da

★游泳池目前有開放使用。

## 현재 수영장은¹ 이용 가능합니다².

hyon-jae su-yong-jang-eun i-yong ga-neung-ham-ni-da

還可以換成以下方式表示：

| 1 | 2 |
|---|---|
| 候補 대기는/웨이팅은 (명단은)<br>dae-gi-neun/wae-i-ting-eun<br>(myong-da-neun) | 接受預約 접수 중입니다<br>jop-ssu jung-im-ni-da |
| 寵物設施 애완동물시설은<br>a-ewan-dong-mul-si-so-leun | |
| 平日 평일에는<br>pyong-i-le-neun | |
| 周末 주말에는<br>ju-ma-le-neun | |
| 新年 새해에는/설에는<br>sae-hae-e-neun/so-le-neun | 提供 제공합니다<br>je-gong-ham-ni-da |
| 春天 봄에는<br>bo-me-neun | |

| | |
|---|---|
| 夏天 여름에는<br>yo-reu-me-neun | 提供服務 서비스를 제공<br>합니다<br>sso-bi-sseu-reul je-gong-<br>ham-ni-da |
| 秋天 가을에는<br>ga-eu-le-neun | |
| 冬天 겨울에는<br>gyo-u-le-neun | |
| 上午 오전에는<br>o-jo-ne-neun | |
| 白天 낮/주간에는<br>nat/ju-ga-ne-neun | 開放 개방합니다<br>gae-bang-ham-ni-da |
| 晚上 밤에는/야간에는<br>ba-me-neun/ya-ga-ne-neun | |

！ 使用時機 / 이럴 때 쓴다

當客人向服務人員詢問飯店是否有提供一些服務或設備時，可以用
這樣的說法解釋飯店的狀況或者開放的時間等。

★不好意思，我們沒有韓式餐廳，但有法式餐廳。

## 죄송합니다. 저희 호텔에는 한식당은/는 없고 프랑스 식당이/가 있습니다.

jwe-song-ham-ni-da. jo-hi ho-te-re-neun han-sik-ttang-eun op-kko
peu-rang-sseu sik-ttang-i it-sseum-ni-da.

□ 還可以換成以下方式表示：

| 〇 1 | 〇 2 |
|---|---|
| **按摩浴池** 사우나<br>ssa-u-na | **游泳池** 수영장<br>su-yong-jang |
| **健身房** 헬스장<br>hel-seu-jang | **商務中心** 비즈니스센터<br>bi-jeu-ni-sseu-ssen-to |

！ 使用時機 / 이럴 때 쓴다

當客人詢問飯店是否有某些設備或是否有空房時，若沒有客人所需要的設備或房間，可以先解釋現況，再提出解決方案

## 狀況014 ● 退房結帳

MP3 058

★ 請問要辦理退房手續嗎？

## 체크아웃/퇴실하시겠습니까?

che-keu-a-ut/twe-si-la-si-get-sseum-ni-kka

★ 您要使用什麼方式付款？

## 결제는 어떻게 하시겠습니까?

gyol-jje-neun o-tto-ke ha-si-get-sseum-ni-kka

★ 您有沒有使用 mini-bar 的酒類（或冰箱內的飲料）呢？

## 미니바에 있는 주류(또는 냉장고 안의 음료)를 이용하셨습니까?

mi-ni-ba-e in-neun ju-ryu(tto-neun naeng-jang-go a-ne eum-nyo) reul i-yong-ha-syot-sseum-ni-kka

★洗衣費用是 120 元。

## 세탁비용은/는120위안입니다.

se-tak-ppi-yong-eun bae-ki-si-bwi-a-nim-ni-da

還可以換成以下方式表示：

| 乾洗費用 드라이클리닝 비용 | 燙衣費用 다림질 비용 |
|---|---|
| deu-ra-i-keul-ri-ning bi-yong | da-rim-jil bi-yong |
| 網路使用費 인터넷 사용료 | 國際電話使用費 국제 전화 사용료 |
| in-to-net sa-yong-nyo | guk-jje jo-nwa sa-yong-nyo |

★請您在這邊簽名。

## 여기에 서명해 주십시오.

yo-gi-e so-myong-hae ju-sip-ssi-o

還可以換成以下方式表示：

| ～美金 ~달러입니다. |
|---|
| ttal-ro-im-ni-da |
| 信用卡 신용카드 주시겠습니까? |
| sin-yong-ka-deu ju-si-get-sseum-ni-kka |
| 確認(資料跟金額) 확인해 주시겠습니까? |
| hwa-gi-nae ju-si-get-sseum-ni-kka |

！ 使用時機 / 이럴 때 쓴다

**請客人做某些動作時，可以使用這一個句型。**

★這是收據。

## 영수증입니다.

yong-su-jeung-im-ni-da

還可以換成以下方式表示：

| | |
|---|---|
| **明細表** 명세서<br>myong-se-so | **副本** 사본<br>sa-bon |

★早餐已含在費用內。

# 조식은 비용에 포함되어 있습니다.
jo-si-geun bi-yong-e po-ham-dwe-o it-sseum-ni-da

★您使用了 mini-bar 的服務，這是該筆的費用。

# 이것은 고객님께서 미니바을/를 이용하신 비용입니다.
i-go-seun go-gaeng-nim-kke-so mi-ni-ba-reul i-yong-ha-sin bi-yong-im-ni-da

還可以換成以下方式表示：

| 1 | 2 |
|---|---|
| **～服務** ～서비스<br>sso-bi-sseu | |
| **傳真** 팩스<br>paek-sseu | **使用/利用** 이용/사용하신<br>i-yong/sa-yong-ha-sin |
| **影印** 복사<br>bok-ssa | |
| **付費電視** 유료TV<br>yu-ryo TV | |
| **國際電話** 국제전화<br>guk-jje-jo-nwa | **打（電話）** 거신<br>go-sin |

如果客人在結帳時，對費用明細上所列的金額感到困惑，詢問「這個費用是什麼」時，服務人員可以這麼回答。

## ■ 基本會話/기본회화

**服務人員：**퇴실하시겠습니까?

twe-si-la-si-get-sseum-ni-kka

您要退房嗎？

**房　　客：**네.

ne

是的。

**服務人員：**냉장고 안의 음료를 이용하셨습니까?

naeng-jang-go a-ne eum-nyo-reul i-yong-ha-syot-sseum-ni-kka

請問您有使用冰箱內的飲料嗎？

**房　　客：**아니요.

a-ni-yo

沒有。

**服務人員：**알겠습니다.

al-get-sseum-ni-da

好的。

이 내용을 한번 확인해 주십시오.

i nae-yong-eul han-bon hwa-gin-hae ju-sip-ssi-o

請您確認這裡的內容。

房　　客：이 것은 무슨 비용입니까?

i go-seun mu-seun bi-yong-im-ni-kka

請問，這是什麼費用？

服務人員：고객님께서 팩스를 이용하신 금액입니다.

go-gaeng-nim-kke-so paek-sseu-reul i-yong-ha-sin geu-mae-gim-ni-da

這是您使用傳真的費用。

房　　客：알겠습니다.

al-get-sseum-ni-da

好的，我知道了。

## 狀況015 ● 電話預約時的溝通技巧

MP3 059

★早安，訂房部您好，敝姓尹，很高興為您服務。

# 안녕하세요. 객실예약 담당 윤세아입니다. 무엇을 도와 드릴까요?

an-nyong-ha-se-yo. gaek-ssil-rye-yak dam-dang yun-se-a-im-ni-da. mu-o-seul do-wa deu-ril-kka-yo

★麻煩您告訴我一下您的大名。

# 성함이/가 어떻게 되십니까?

song-ha-mi o-tto-ke dwe-sim-ni-kka

還可以換成以下方式表示：

| 房客的姓名 투숙하시는 분의 성함 | 公司名稱 법인명 |
|---|---|
| tu-su-ka-si-neun bu-ne song-ham | bom-nin-myong |

| | |
|---|---|
| 預約號碼 예약번호<br>ye-yak-ppo-no | 電話號碼 연락처<br>yol-rak-cho |
| 預計使用的日期 이용 일자<br>i-yong nil-jja | 抵達的時間、入住的日期 도<br>착 및 입실 일자<br>do-chak mit ip-ssil ril-jja |
| 住宿人數 투숙 인원<br>tu-suk i-nwon | 預定內容 이용 내용<br>i-yong nae-yong |
| 預計退房時間 퇴실 일자<br>twe-sil ril-jja | 特別注意事項 특별한 주의<br>사항<br>teuk-ppyo-lan ju-i sa-hang |

★您需要接送服務嗎？

# 픽업서비스를 이용 하시겠습니까?

pi-gop-sso-bi-sseu-reul i-yong-ha-si-get-sseum-ni-kka

◯ 還可以換成以下方式表示：

| | |
|---|---|
| 選擇房型 룸 타입을 선택<br>rum ta-i-beul son-taek | 洗衣服務 세탁서비스를 이용<br>se-tak-sso-bi-sseu-reul i-yong |
| 用餐服務 식사<br>sik-ssa | 客房服務 룸 서비스를 이용<br>rum sso-bi-sseu-reul i-yong |
| 付費服務 유료 서비스를 이<br>용<br>yu-ryo sso-bi-sseu-reul i-yong | 宅配服務 택배서비스를 이용<br>taek-ppae-sso-bi-sseu-reul<br>i-yong |

**服務人員：** 어떤 룸 타입을 원하십니까?

o-tton rum ta-i-beul wo-na-sim-ni-kka

您需要什麼樣的房間？

**顧　客：** 트윈룸으로 부탁합니다.

teu-wil-ru-meu-ro bu-ta-kam-ni-da

我要兩張床的雙人房。

**服務人員：** 알겠습니다. 침대 2개 있는 트윈룸 1실 맞습니까?

al-get-sseum-ni-da. chim-dae du gae in-neun teu-wil-rum
il-ssil mat-sseum-ni-kka

好的，一間兩床雙人房是嗎？

**顧　客：** 네. 1박에 얼마입니까?

ne. il-ba-ge ol-ma-im-ni-kka.

是，住一晚是多少錢？

**服務人員：** 봉사료 및 세금을 포함해 1박에 3,200위안입니다.

bong-sa-ryo mit se-geu-meul po-ha-mae il-ba-ge sam-
cho-ni-baeg-wi-an-im-ni-da

包含服務費跟稅金在內，一晚 3,200 元。

★ 您到達的時間大概是幾點？

# 도착 예정시간이 언제입니까?

do-chak ye-jong-si-ga-ni on-je-im-ni-kka

★ 這個號碼是您家裡的電話號碼嗎?

# 이 연락처는 고객님의 자택번호입니까?

i yol-rak-cho-neun go-gaeng-ni-me ja-taek-ppo-no-im-ni-kka

★ 我現在給您預約號碼。

# 예약번호를 알려 드리겠습니다.

ye-yak-ppo-no-reul al-ryo deu-ri-get-sseum-ni-da

★ 請問是本人嗎?

# 본인이십니까?

bo-ni-ni-sim-ni-kka

★ 住宿本飯店的房客隨時都可以使用(某項設施)。

# 저희 호텔 투숙객이라면 언제든지 이용 가능합니다.

jo-hi ho-tel tu-suk-kkae-gi-ra-myon on-je-deun-ji i-yong ga-neung-ham-ni-da.

★ 謝謝您的來電預約。

# 예약 감사 드립니다.

ye-yak gam-sa deu-rim-ni-da

★ 若您有疑問,請隨時跟我們連絡,不用客氣。

# 문의사항 있으시면 언제든지 연락 주십시오.

mu-ni-sa-hang i-sseu-si-myon on-je-deun-ji yol-rak ju-sip-ssi-o.

☐ 還可以換成以下方式表示:

| 變更事項 변경사항 | 追加事項 추가사항 | 取消 취소 |
|---|---|---|
| byon-gyong-sa-hang | chu-ga-sa-hang | chwi-so |

※注意：服務人員跟客人說「若您要取消的話」，韓文通常會說
「취소를 원하시면」。
chwi-so-reul wo-na-si-myon

★您需要預約證明單嗎？

## 예약확인서가 필요하십니까?

ye-ya-kwa-gin-so-ga pi-ryo-ha-sim-ni-kka

★衷心期盼 OO 先生/小姐您的光臨。

## 곧 만나 뵙기를 바랍니다./그 때 뵙겠습니다.

got man-na bwep-kki-reul ba-ram-ni-da/geu ttae bwep-kket-sseum-ni-da

還可以換成以下方式表示：

| 您提前跟我們連絡 사전에 미리 연락 주시기를 | 再度光臨 또 만나뵐 수 있기를 |
| --- | --- |
| sa-jo-ne mi-ri yol-rak ju-si-gi-reul | tto man-na-bwel ssu it-kki-reul |

★我是尹世雅，會盡速處理您的問題。

## 윤세아입니다. 최대한 신속하게 처리해 드리겠습니다.

yun-se-a-im-ni-da. chew-dae-han sin-so-ka-ge cho-ri-hae deu-ri-get-sseum-ni-da

! 使用時機 / 이럴 때 쓴다

客人預約完畢準備掛電話時，服務人員以複述的方式再次跟客人確認其所交代的事項，讓客人安心。

| 變更 변경 | 追加 추가 | 取消 취소 | 候補 대기 / 웨이팅 |
|---|---|---|---|
| byon-gyong | chu-ga | chwi-so | dae-gi/wae-i-ting |

※注意：若要告訴客人「我會盡快為您安排候補」，不會說「대기해 드리겠습니다」，而是說「걸어 드리겠습니다」。

go-ro deu-ri-get-sseum-ni-da

## 基本會話1 / 기본회화 1

**服務人員：**안녕하십니까. 객실예약 담당 윤세아입니다. 무엇을 도와 드릴까요?

an-nyong-ha-sim-ni-kka. gaek-ssil-rye-yak dam-dang yun-se-a-im-ni-da. mu-o-seul do-wa deu-ril-kka-yo

訂房部您好，敝姓尹，很高興為您服務。

**顧　　客：**객실을 예약하려고 합니다.

gaek-ssi-reul ye-ya-ka-ryo-go ham-ni-da

我想要訂房。

**服務人員：**네, 감사합니다.

ne, gam-sa-ham-ni-da

謝謝您。

날짜는 정하셨습니까?

nal-jja-neun jong-ha-syot-sseum-ni-kka

您日期決定了嗎?

144

顧　　客：네.

ne

是的。

服務人員：입실일자와 퇴실일자를 알려 주십시오.

ip-ssil-ril-jja-wa twe-sil-ril-jja-reul al-ryo ju-sip-ssi-o

好的，請告訴我到達飯店以及離開的日期。

顧　　客：4월 5일부터 7일까지입니다.

sa-wol o-il-bu-to chir-il-kka-ji-im-ni-da

4 月 5 號到 7 號。

服務人員：2박 맞습니까?

i-bak mat-sseum-ni-kka

住兩晚是嗎？

顧　　客：네.

ne

是的。

■ 基本會話2 / 기본회화 2

顧　　客：더블룸 1박을 예약하고 싶습니다.

do-beul-rum il-ba-geul ye-ya-ka-go sip-sseum-ni-da

我要訂一晚單床雙人房。

服務人員：대단히 죄송합니다.

dae-da-ni jwe-song-ham-ni-da

非常抱歉。

더블룸은 모두 예약 완료되었습니다.

do-beul-ru-meun mo-du ye-yak wal-ryo-dwe-ot-sseum-ni-da

現在單床雙人房都客滿了。

현재 트윈룸만 잔여 객실이 있습니다.

hyon-jae teu-wil-rum-man ja-nyo gaek-ssi-ri it-sseum-ni-da

只剩兩床的雙人房有空房了。

顧　　客：그렇다면 트윈룸으로 예약해 주십시오.

geu-ro-ta-myon teu-wil-ru-meu-ro ye-ya-kae ju-sip-ssi-o

那請給我兩床雙人房。

服務人員：감사합니다. 트윈룸 1실 맞습니까?

gam-sa-ham-ni-da. teu-wil-rum il-ssil mat-sseum-ni-kka

謝謝。請問是一間房嗎？

顧　　客：네.

ne

是的。

服務人員：투숙하시는 분의 성함을 알려 주시겠습니까?

tu-su-ka-si-neun bu-ne song-ha-meul al-ryo ju-si-get-sseum-ni-kka

能告訴我住宿客人的全名嗎？

顧　客：네. 윤세아와 이소연입니다.

ne.yun-se-a-wa i-so-yo-nim-ni-da

好的，名字是尹世雅和李素妍。

服務人員：감사합니다. 잠시만 기다려 주십시오.

gam-sa-ham-ni-da. jam-si-man gi-da-ryo ju-sip-ssi-o

謝謝您，請您稍等一下。

## 狀況016 ● 貼心加值服務

MP3 060

★我來為您叫車。

# 차를 불러 드리겠습니다.

cha-reul bul-ro deu-ri-get-sseum-ni-da

還可以換成以下方式表示：

| 停車場 주차해 | 將鑰匙放在櫃台 열쇠를 프런 |
|---|---|
| ju-cha-hae | 트 데스크에 맡겨 |
| | yol-sswe-reul peu-ron-teu de-seu-keu-e mat-kkyo |

★您要到哪裡去呢？

# 어디로 가십니까?

o-di-ro ga-sim-ni-kka

！使用時機 / 이럴 때 쓴다

若客人在門口東張西望有點不知所措時，你可以用這句話主動上前詢問。

★我們幫您查詢韓式料理餐廳。

# 저희가 분식당을 한번 찾아보겠습니다.

jo-hi-ga bun-sik-ttang-eul han-bon cha-ja-bo-get-sseum-ni-da

還可以換成以下方式表示：

---

**介紹名勝古蹟** 명승지를 소개해 드리겠습니다

myong-seung-ji-reul so-gae-hae deu-ri-get-sseum-ni-da

---

**介紹觀光景點貨型成** 관광지 및 여행루트를 소개해 드리겠습니다

gwang-wang-ji mit yo-haeng-nu-teu-reul so-gae-hae deu-ri-get-sseum-ni-da

---

**附近的醫院** 근처의 병원을 검색해 보겠습니다

geun-cho-e byong-wo-neul gom-sae-kae bo-get-sseum-ni-da

---

※注意：要說「查詢附近的醫院」時，會使用「검색하다」這個動詞。

## 基本會話/기본회화

**服務人員**：좋은 아침입니다. 어디로 가십니까?

jo-eun a-chi-mim-ni-da. o-di-ro ga-sim-ni-kka

早安。您要到哪裡去呢？

**顧　　客**：타이베이 101빌딩 쪽으로 가려고 합니다.

ta-i-ppe-i il-kong-il-ppil-ding jjo-geu-ro ga-ryo-go ham-ni-da

我要到台北 101 大樓那邊去。

**服務人員**：택시를 불러 드릴까요?

taek-ssi-reul bul-ro deu-ril-kka-yo

那要不要幫您叫部車呢？

顧　　客 : 네. 고맙습니다.

ne. go-map-sseum-ni-da

好，謝謝。

★從本飯店到捷運中山站，走路的話大概是 15 分鐘。

# 호텔에서 지하철 중산역까지 도보로 15 분 가량 소요됩니다.

ho-te-re-so ji-ha-chol jung-sa-nyok-kka-ji do-bo-ro si-bo-bun ga-ryang so-yo-dwem-ni-da

還可以換成以下方式表示：

| 1 | 2 |
|---|---|
| 國內機場 국내공항<br>gung-nae-gong-hang | 計程車 택시<br>taek-ssi |
| 國際機場 국제공항<br>guk-jje-gong-hang | 飛機 비행기<br>bi-haeng-gi |
| 台北車站 타이베이 기차역<br>ta-i-ppe-i gi-cha-yok | 機場巴士 공항버스(리무진)<br>gong-hang-ppo-sseu(ri-mu-jin) |
| 地鐵 지하철역<br>ji-ha-chol-ryok | 腳踏車 자전거<br>ja-jon-go |

！ 使用時機 / 이럴 때 쓴다

如果房客問你飯店與其它地方的地理位置關係時，譬如從飯店到某某地方搭乘哪種交通工具會需要多少時間之類的，就可以使用上述的句子來回答。

★我們來幫您安排電車車票。

# 저희가 전차 표/티켓 구매를 도와 드리겠습니다.

jo-hi-ga jon-cha pyo/ti-ket gu-mae-reul do-wa deu-ri-get-sseum-ni-da

還可以換成以下方式表示：

**國內機票** 국내 항공권 구매를 도와
gung-nae hang-gong-kkwon gu-mae-reul do-wa

**到機場的計程車** 공항까지 가는 택시를 불러
gong-hang-kka-ji ga-neun taek-ssi-reul bul-ro

**餐廳預約** 식당을 예약해
sik-ttang-eul ye-ya-kae

**租車** 자동차를 렌트해
ja-dong-cha-reul ren-teu-hae

**演唱會門票** 콘서트 티켓을 구해
kon-sso-teu ti-ke-seul gu-hae

★我幫您查機場巴士的時間。

# 공항 리무진버스 시간을 알아봐 드리겠습니다.

gong-hang ri-mu-jin-ppo-sseu si-ga-neul a-ra-bwa deu-ri-get-sseum-ni-da

※注意：공항 리무진버스是機場到飯店的接駁巴士。

還可以換成以下方式表示：

| **地鐵** 지하철 | **國內線** 국내선 | **演唱會** 콘서트 |
|---|---|---|
| ji-ha-chol | gung-nae-son | kon-sso-teu |

150

★如果要去台北車站的話，搭捷運比較方便。

## 타이베이 기차역까지 가실 경우 지하철을 이용하시는 것이 편리합니다.

ta-i-ppe-i gi-cha-yok-kka-ji ga-sil gyong-u ji-ha-cho-reul i-yong-ha-si-neun go-si pyol-ri-ham-ni-da

★要去觀光的話，我會推薦您故宮博物院、龍山寺等。

## 관광을 원하신다면 ¹고궁박물관과 용산사²을/를 추천해 드립니다.

gwan-gwang-eul wo-na-sin-da-myon go-gung-bang-mul-gwan-gwa yong-san-sa-reul chu-cho-nae deu-rim-ni-da

☐ 還可以換成以下方式表示：

| 1 | 2 |
|---|---|
| 想去國家公園的話 국가공원을 가신다면 <br> guk-kka-gong-wo-neul ga-sin-da-myon | 墾丁國家公園 컨딩국가공원 <br> kon-ding-guk-kka-gong-won |
| 想買敏感性肌膚專用乳液的話 민간성 피부 로션을 사신다면 <br> min-gan-ssong pi-bu ro-syo-neul sa-sin-da-myon | 無印良品 무인양품 <br> mu-in-nyang-pum |
| 想吃蚵仔煎的話 어아젠을 드신다면 <br> o-a-je-neul deu-sin-da-myon | 遼寧夜市的蚵仔煎店 랴오닝제 야시장에 있는 어아젠 가게 <br> rya-o-ning-jye ya-si-jang-e in-neun o-a-jen ga-ge |

| 想吃肉圓的話 로우위안을 드신다면<br>ro-u-wi-a-neul deu-sin-da-myon | 樹林火車站後站的肉圓店 수린기차역 후문쪽 있는 로우위안집<br>su-rin-gi-cha-yok hu-mun-jjok in-neun ro-u-wi-an-jip |
|---|---|

★今天的旅遊行程您覺得如何呢？

# 오늘의 여행 일정은/는 어떠셨습니까?
o-neu-re yo-haeng il-jjong-eun o-tto-syot-sseum-ni-kka

還可以換成以下方式表示：

| 台北 101 大樓 타이베이 101 빌딩<br>ta-i-ppe-i il-kong-il-ppil-ding | 工作 일<br>il |
|---|---|
| 會議 회의<br>hwe-i | 餐點 식사<br>sik-ssa |
| 牛肉麵 뉴러우멘<br>nyu-ro-u-myen | 墾丁國家公園 컨딩국가공원<br>kon-ding-guk-kka-gong-won |

！ 使用時機／이럴 때 쓴다

對外出遊玩、返回飯店的客人問問今天玩得如何，表達關心之意。

★提供您地圖（我為您畫地圖）。

# 지도을/를 그려 드리겠습니다.
ji-do-reul geu-ryo deu-ri-get-sseum-ni-da

還可以換成以下方式表示：

| | 1 | | 2 |
|---|---|---|---|
| **出發時間** 출발시간<br>chul-bal-si-gan | | **寫** 적어<br>jo-go | |
| **開始時間** 시작시간<br>si-jak-ssi-gan | | | |

！使用時機／이럴 때 쓴다

客人問你某地方在哪裡、火車出發時間等問題時，可以幫他們畫地圖或寫時間，這樣能讓客人感到服務很親切。

★您遺失的東西找到後，我們會立即和您聯絡，您可以告訴我方便的聯絡方式嗎？

# 고객님께서 분실하신 물건을 찾으면 즉시 연락 드리겠습니다. 연락처를 알려 주시겠습니까?

go-gaeng-nim-kke-so bun-si-la-sin mul-go-neul cha-jeu-myon jeuk-ssi yol-rak deu-ri-get-sseum-ni-da. yol-rak-cho-reul al-ryo ju-si-get-sseum-ni-kka

# 超好用 服務業必備詞彙

★飯店型態

| 飯店 | 商務旅館 | 溫泉飯店 |
|---|---|---|
| 호텔 | 비즈니스호텔 | 온천호텔 |
| ho-tel | bi-jeu-ni-sseu-ho-tel | on-cho-no-tel |
| 渡假飯店 | 民宿 | 汽車旅館 |
| 리조트 | 민박 | 모텔 |
| ri-jo-teu | min-bak | mo-tel |

★房間型態

| 單人房 | 雙人房（雙人床） |
|---|---|
| 싱글룸 | 더블룸 |
| ssing-geul-rum | do-beul-rum |
| 雙人房（兩張床） | 三人房 |
| 트윈룸 | 트리플룸 |
| teu-wil-rum | teu-ri-peul-rum |
| 套房 | 四人房 |
| 스위트룸 | 쿼드러플룸 |
| seu-wi-teu-rum | kwo-deu-ro-peul-rum |

| 禁菸房 | 吸菸房 |
|---|---|
| 금연객실 | 흡연객실 |
| geu-myon-gaek-ssil | heu-byon-gaek-ssil |

★附加服務

| 餐廳 | 自動販賣機 | 自助洗衣 |
|---|---|---|
| 식당 | 자동판매기 | 코인세탁 |
| sik-ttang | ja-dong-pan-mae-gi | ko-in-se-tak |
| 送洗 | 傳真 | Morning Call |
| 세탁 서비스 | 팩스 | 모닝콜 |
| se-tak sso-bi-sseu | paek-sseu | mo-ning-kol |
| 宅配服務 | 按摩 | 客房服務 |
| 택배서비스 | 마사지 | 룸서비스 |
| taek-ppae-sso-bi-sseu | ma-ssa-ji | rum-sso-bi-sseu |

★客房設備

| 電視 | 電話 | 網路 | 熱水壺 |
|---|---|---|---|
| 텔레비전 | 전화기 | 인터넷 | 전기포트 |
| tel-re-bi-jon | jo-nwa-gi | in-to-net | jon-gi-po-teu |
| 冰箱 | 檯燈 | 加濕器 | 熨斗 |
| 냉장고 | 스탠드 | 가습기 | 다리미 |
| naeng-jang-go | seu-taen-deu | ga-seup-kki | da-ri-mi |
| 嬰兒床 | 吹風機 | 杯子 | 茶包 |
| 유아용 침대 | 헤어 드라이기 | 컵 | 티 백 |
| yu-a-yong chim-dae | he-o deu-ra-i-gi | kop | ti baek |
| 礦泉水 | 三合一即溶咖啡 | 棉花棒 | 針線包 |
| 생수 | 커피믹스 | 면봉 | 반짇고리 |
| saeng-su | ko-pi-mik-sseu | myon-bong | ban-jit-kko-ri |
| 信紙 | 信封袋 | 地毯 | 被子 |
| 편지지 | 편지봉투 | 카페트 | 이불 |
| pyon-ji-ji | pyon-ji-bong-tu | ka-pe-teu | i-bul |

| 枕頭 | 拖鞋 | 睡衣 | 毛衣 |
|---|---|---|---|
| 베개 | 슬리퍼 | 잠옷(파자마) | 수건(타올) |
| be-gae | seul-ri-po | ja-mot(pa-ja-ma) | su-gon(ta-ol) |
| 浴巾 | 浴帽 | 洗髮精 | 潤髮乳 |
| 목욕수건(목욕타올) | 샤워캡 | 샴푸 | 린스 |
| mo-gyok-ssu-gon(mo-gyok-ta-ol) | sya-wo-kaep | syam-pu | rin-sseu |
| 肥皂 | 沐浴乳 | 沐浴露、凝膠 | 身體乳液 |
| 비누 | 바디워시 | 바디클렌저/바디젤 | 바디로션 |
| bi-nu | ba-di-wo-si | ba-di-keul-ren-jo/ba-di-jel | ba-di-ro-syon |
| 牙刷 | 牙膏 | 梳子 | 刮鬍刀 |
| 칫솔 | 치약 | 빗 | 면도기 |
| chit-ssol | chi-yak | bit | myon-do-gi |

Part
5

# 天天用得上的
# 計程車用語

**天天用得上的計程車用語**

★早安。

# 안녕하십니까?
an-nyong-ha-sim-ni-kka

★您好。

# 안녕하세요.
an-nyong-ha-se-yo

★請慢走。

# 안녕히 가세요.
an-nyong-hi ga-se-yo

★再見。

# 안녕히 가십시오.
an-nyong-hi ga-sip-ssi-o

★路上請小心。

# 조심해서 가십시오.
jo-si-mae-so ga-sip-ssi-o

！使用時機 / 이럴 때 쓴다

乘客下車時使用。

★您回來了。

# 오셨습니까.

o-syot-sseum-ni-kka

! 使用時機 / 이럴 때 쓴다

乘客利用包車服務，暫時下車（觀光）後返回時使用。.

★請慢走。

# 안녕히 들어가십시오./안녕히 가십시오.

an-nyong-hi deu-ro-ga-sip-ssi-o/an-nyong-hi ga-sip-ssi-o

! 使用時機 / 이럴 때 쓴다

乘客在稍微時間利用計程車服務，抵達目的地時，為表時親切可以
使用。

## 狀況002 ● 基本服務用語

MP3
062

★請。

# 이쪽입니다. /타십시오.

i-jjo-gim-ni-da/ta-sip-ssi-o

! 使用時機 / 이럴 때 쓴다

有些地方使用叫車服務，當司機地交東西給客人或是請客人上車時
使用。

★我知道了。

# 알겠습니다.

al-get-sseum-ni-da

！ 使用時機 / 이럴 때 쓴다

乘客提出要求或說明時，司機可以用這句話表示「OK，我聽 懂了、我了解了」。

★可以嗎？

# 괜찮으십니까?

gwaen-cha-neu-sim-ni-kka

！ 使用時機 / 이럴 때 쓴다

司機可能在載客的過程中遇到一些小狀況，比如說正在施工必須繞路、只剩零散的零錢可以找錢等等，此時司機需要客氣地 以這句話詢問乘客是否能夠接受。

★謝謝您。

# 감사합니다.

gam-sa-ham-ni-da

！ 使用時機 / 이럴 때 쓴다

當乘客欣賞並讚美司機的服務，或者答應司機的要求時，司機都可以用這句話客氣地回應乘客。

★不客氣。

# 천만의 말씀입니다. /아닙니다.

chon-ma-ne mal-sseu-mim-ni-da/a-nim-ni-da

★對呀、說得也是。

# 맞는 말씀입니다.

man-neun mal-sseu-mim-ni-da

司機同意顧客話的時候可使用。

★歡迎您再度搭乘。

## 다음에 또 뵙겠습니다./다음에 또 이용해 주십시오.

da-eu-me tto bwep-kket-sseum-ni-da/da-eu-me tto i-yong-hae ju-sip-ssi-o

★不好意思。

## 죄송합니다.

jwe-song-ham-ni-da

★很抱歉。

## 대단히 죄송합니다.

dae-da-ni jwe-song-ham-ni-da

★一共是 200 元。

## 200위안입니다.

i-bae-gwi-a-nim-ni-da

★收您 500 元。

## 500위안 받았습니다.

o-bae-gwi-an ba-dat-sseum-ni-da

★這是找您的 300 元。

## (거스름돈) 300위안입니다.

(go-seu-reum-tton) sam-bae-gwi-a-nim-ni-da

★我聽不太懂。

## 잘 못 알아들었습니다.

jal mo ta-ra-deu-rot-sseum-ni-da.

★可以請您再說一次嗎？

## 다시 한번 말씀해 주시겠습니까?

da-si han-bon mal-sseu-mae ju-si-get-sseum-ni-kka

★可以請您說慢一點嗎？

## 조금만 천천히 말씀해 주시겠습니까?

jo-geum-man chon-cho-ni mal-sseu-mae ju-si-get-sseum-ni-kka

■ 基本會話／기본회화

司機：안녕하세요.

　　　an-nyong-ha-se-yo

　　　您好。

乘客：고궁박물관으로 가 주세요.

　　　go-gung-bang-mul-gwa-neu-ro ga ju-se-yo

　　　請到故宮博物院。

司機：죄송합니다. 잘 못 알아들었습니다.

　　　jwe-song-ham-ni-da. jal mo ta-ra-deu-rot-sseum-ni-da

　　　不好意思，我聽不太懂。

조금만 천천히 말씀해 주시겠습니까?

jo-geum-man chon-cho-ni mal-sseu-mae ju-si-get-sseum-ni-kka

請您說慢一點。

乘客：고궁박물관이요.

go-gung-bang-mul-gwa-ni-yo

故宮博物院。

司機：네. 알겠습니다.

ne. al-get-sseum-ni-da

好的，知道了。

## 狀況004 ● 稱呼乘客

★乘客。

# 손님

son-nim

## 狀況005 ● 請問要到哪裡？

★請問您要到哪裡？

# 어디까지 가십니까?

o-di-kka-ji ga-sim-ni-kka

■ 基本會話／기본회화

司機：안녕하세요.

an-nyong-ha-se-yo

您好。

乘客：안녕하세요.

an-nyong-ha-se-yo

您好。

司機：어디까지 가십니까?

o-di-kka-ji ga-sim-ni-kka

請問您要到哪裡？

乘客：국부기념관으로 가주십시오.

guk-ppu-gi-nyom-gwa-neu-ro ga-ju-sip-ssi-o

請到國父紀念館。

司機：국부기념관이요? 알겠습니다.

guk-ppu-gi-nyom-gwa-ni-yo? al-get-sseum-ni-da

國父紀念館嗎？好的。

## 狀況006 ● 和乘客聊天

★請繫好安全帶。

# 안전벨트을/를 착용해[2] 주십시오.

an-jon-bel-teu-reul cha-gyong-hae ju-sip-ssi-o

◯ 還可以換成以下方式表示：

| ◯ 1 | ◯ 2 |
| --- | --- |
| 窗戶 창문<br>chang-mun | 關起來 닫아<br>da-da |
| 門 문<br>mun | 打開 열어<br>yo-ro |

★今天很熱！

# 오늘 참¹ 덥네요²!

o-neul cham dom-ne-yo

還可以換成以下方式表示：

| ⬜ 1 | ⬜ 2 |
|---|---|
| 有點 조금<br>jo-geum | 熱 덥네요<br>dom-ne-yo |
| | 冷 춥네요<br>chum-ne-yo |
| 真的很 정말<br>jong-mal | 溫暖 따뜻하네요<br>tta-tteu-ta-ne-yo |
| | 涼爽 시원하네요<br>si-wo-na-ne-yo |
| 好 좋은<br>jo-eun | 天氣 날씨네요<br>nal-ssi-ne-yo |
| 不好的 안 좋은<br>an jo-eun | |
| 舒服的 쾌적한<br>kwae-jo-kan | |

★真不湊巧下雨了。

# 공교롭게도 비가 오네요.

gong-gyo-rop-kke-do bi-ga o-ne-yo

> **天氣陰陰的呢。** 날이 흐리네요
> na-ri heu-ri-ne-yo

★韓國的夏天比台灣涼快嗎？

# 한국의 여름은/는 대만의 여름보다 더 시원한가요?

han-gu-ge yo-reu-meun dae-ma-ne yo-reum-bo-da do si-wo-nan-ga-yo

⬜ 還可以換成以下方式表示：

| ⬜ 1 | ⬜ 2 |
|---|---|
| **現在** 현재/지금<br>hyon-jae/ji-geum | **熱** 더운<br>do-un |
| **春天** 봄<br>bom | **冷** 추운<br>chu-un |
| **秋天** 가을<br>ga-eul | **溫暖** 따뜻한<br>tta-tteu-tan |
| **冬天** 겨울<br>gyo-ul | **涼爽** 서늘한<br>so-neu-lan |
| **四季** 사계절<br>sa-gye-jol | **明顯** 또렷한<br>tto-ryo-tan |

★您打算在這裡停留幾天呢？

# 이 곳에서 며칠간 머무르실 계획입니까?

i go-se-so myo-chil-gan mo-mu-reu-sil gye-hwe-gim-ni-kka

還可以換成以下方式表示：

| 1 | 2 |
|---|---|
| **哪裡** 어디를<br>o-di-reul | **去** 가실<br>ga-sil |
| **哪裡** 어디에서<br>o-di-e-so | **住宿** 투숙할/묵을<br>tu-su-kal/mu-geul |

★請小心不要中暑。

# 더위 주의하십시오.
do-wi ju-i-ha-sip-ssi-o

還可以換成以下方式表示：

**感冒** 감기
gam-gi

**睡覺的時候小心不要著涼而感冒** 주무실 때 감기에 걸리지 않도록
ju-mu-sil ttae gam-gi-e gol-ri-ji an-to-rok

**弄壞身體** 몸이 상하지 않도록
mo-mi sang-ha-ji an-to-rok

**生病** 아프지 않도록
a-peu-ji an-to-rok

**吃壞肚子** 배탈이 나지 않도록
bae-ta-ri na-ji an-to-rok

司機 : 안녕하세요. 오늘 날씨가 정말 덥지요?

an-nyong-ha-se-yo. o-neul nal-ssi-ga jong-mal dop-jji-yo

您好，今天真的很熱吧？

乘客 : 네. 정말 덥네요.

ne. jong-mal dom-ne-yo

是啊！真的很熱！

司機 : 한국의 여름은 대만의 여름보다 시원한가요?

han-gu-ge yo-reu-meun dae-ma-ne yo-reum-bo-da si-wo-nan-ga-yo

韓國的夏天比台灣涼快嗎？

乘客 : 네. 시원해요.

ne. si-wo-nae-yo

是的，比較涼快。

司機 : 더위를 주의하십시오.

do-wi-reul ju-i-ha-sip-ssi-o

請小心不要中暑。

乘客 : 감사합니다.

gam-sa-ham-ni-da

謝謝。

# 대만에는 업무 차 오셨습니까?

dae-ma-ne-neun om-mu cha o-syot-sseum-ni-kka

還可以換成以下方式表示：

| 出差 출장 | 旅行 여행 | 初次 처음 |
|---|---|---|
| chul-jjang | yo-haeng | cho-eum |
| 幾次 몇 번째 | 時常 자주 | 會議 미팅 |
| myot bon-jjae | ja-ju | mi-ting |

※注意：使用자주的時後，不會用「오셨습니까」來表示，而是
說「오십니까」。
　　　 o-sim-ni-kka

★辛苦您了！

# 고생하십니다/수고하십니다!

go-saeng-ha-sim-ni-da/su-go-ha-sim-ni-da

還可以換成以下方式表示：

| 很棒耶！ 좋네요！ | 很羨慕呢！ 부럽습니다！ |
|---|---|
| jon-ne-yo | bu-rop-sseum-ni-da |
| 很棒耶！ 멋지십니다！ | 真是太厲害了！ 대단하시네요！ |
| mot-jji-sim-ni-da | dae-da-na-si-ne-yo |

■ 基本會話 / 기본회화

司機：실례지만 안전벨트를 착용해 주십시오.

　　　sil-rye-ji-man an-jon-bel-teu-reul cha-gyong-hae ju-sip-ssi-o

　　　不好意思，請您繫好安全帶。

**乘客：**네.

ne

好的。

**司機：**감사합니다.

gam-sa-ham-ni-da

謝謝。

대만에는 일 때문에 오셨나요?

dae-ma-ne-neun il ttae-mu-ne o-syon-na-yo

您是工作的關係來台灣的嗎？

**乘客：**네.

ne

是的。

**司機：**고생하시네요!

go-saeng-ha-si-ne-yo

辛苦您了！

★要不要開冷氣？

# 에어컨을/를 틀어 드릴까요?

e-o-ko-neul teu-ro deu-ril-kka-yo

還可以換成以下方式表示：

| 1 | 2 |
|---|---|
| **廣播** 라디오 <br> ra-di-o | **開** 틀어/켜 <br> teu-ro/kyo |

172

| 暖氣 히터 hi-to | |
| 音樂 음악 eu-mak | |
| 窗戶 창문 chang-mun | 打開 열어 yo-ro |
| | 關上 닫아 da-da |
| 收據 영수증 yong-su-jeung | 寫 써 sso |

## ▎基本會話 / 기본회화

司機 : 오늘 날씨 정말 덥네요!

o-neul nal-ssi jong-mal dom-ne-yo

今天天氣很熱!

에어컨을 틀어 드릴까요?

e-o-ko-neul teu-ro deu-ril-kka-yo

要不要幫您開冷氣呢?

乘客 : 네. 부탁합니다.

ne. bu-ta-kam-ni-da

好的,麻煩您了。

司機 : 네.

ne

好的。

173

★您不舒服嗎？

# 어디 아프신가요?

o-di a-peu-sin-ga-yo

★要不要停車？

# 차를 세워 드릴까요?

cha-reul se-wo deu-ril-kka-yo

還可以換成以下方式表示：

| 開慢一點 천천히 가 | 快點走 빨리 가 |
|---|---|
| chon-cho-ni ga | ppal-ri ga |
| 去藥局 약국으로 가 | 去醫院 병원으로 가 |
| yak-kku-geu-ro ga | byong-wo-neu-ro ga |
| 找洗手間 화장실을 찾아 | 開窗戶 창문을 열어 |
| hwa-jang-si-reul cha-ja | chang-mu-neul yo-ro |

## 基本會話 / 기본회화

司機：손님, 어디 아프십니까?

son-nim, o-di a-peu-sim-ni-kka

您不舒服嗎？

乘客：조금요.

jo-geu-myo

有一點。

司機：차를 세워 드릴까요?

cha-reul se-wo deu-ril-kka-yo

需要停車嗎？

# 트렁크[1] 을/를 열어 드릴까요[2]?

teu-rong-keu yo-ro deu-ril-kka-yo

還可以換成以下方式表示：

| ◯ 1 | ◯ 2 |
|---|---|
| **衛生紙** 휴지<br>hyu-ji | |
| **安全座椅** 유아용 카시트<br>yu-a-yong ka-si-teu | 필요하신가요<br>pi-ryo-ha-sin-ga-yo |
| **筆** 펜<br>pen | |
| **便條紙** 메모지<br>me-mo-ji | |

## ■ 基本會話／기본회화

**司機 :** 트렁크를 열어 드릴까요?

teu-rong-keu yo-ro deu-ril-kka-yo

請問您要使用後車箱嗎？

**乘客 :** 네.

ne

是的。

**司機 :** 제가 도와 드리겠습니다.

je-ga do-wa deu-ri-get-sseum-ni-da

我來幫您。

★下車時，請小心後面的車子。

# 내리실[1] 때 뒤에 오는 차량을 조심하십시오.[2]

nae-ri-sil ttae dwi-e o-neun cha-ryang-eul jo-si-ma-sip-ssi-o

還可以換成以下方式表示：

| 1 | 2 |
|---|---|
| **下車** 하차하실/내리실<br>ha-cha-ha-sil/nae-ri-sil | **請小心腳** 발을 조심하십시오<br>ba-reul jo-si-ma-sip-ssi-o |
| | **不要忘了您的東西** 두고 내리시는 물건이 없는지 살펴보십시오<br>du-go nae-ri-si-neun mul-go-ni om-neun-ji sal-pyo-bo-sip-ssi-o |
| **過馬路** 길을 건너실<br>gi-reul gon-no-sil | **車子** 차량을 조심하십시오<br>cha-ryang-eul jo-si-ma-sip-ssi-o |
| | **摩托車** 오토바이를 조심하십시오<br>o-to-ba-i-reul jo-si-ma-sip-ssi-o |

## 狀況007 ● 即將抵達目的地

MP3 067

★大概再三分鐘會抵達。

# 약 3분 뒤면 도착합니다.

yak sam bun dwi-myon do-cha-kam-ni-da

還可以換成以下方式表示：

| 5分 5분<br>o-bun | 10分 10분<br>sip-ppun | 15分 15분<br>si-bo-bun |
|---|---|---|

| 20分 20분 | 30分 30분 | 40分 40분 |
|---|---|---|
| i-sip-ppun | sam-sip-ppun | sa-sip-ppun |

★到了。

# 도착했습니다.
do-cha-kaet-sseum-ni-da

★不好意思，只有零錢可以找。

# 죄송합니다. 거슬러 드릴 돈이 잔돈 밖에 없네요.
jwe-song-ham-ni-da. go-seul-ro deu-ril do-ni jan-don ba-kke om-ne-yo

還可以換成以下方式表示：

**過年加成** 춘절기간이라 요금이 할증됩니다
chun-jol-gi-ga-ni-ra yo-geu-mi hal-jjeung-dwem-ni-da

**夜間加成** 야간에는 할증이 붙습니다
ya-ga-ne-neun hal-jjeung-i but-sseum-ni-da.

**會繞遠一點** 조금 돌아가야 할 것 같습니다
jo-geum do-ra-ga-ya hal kkot gat-sseum-ni-da

**會稍微晚一點到** 예상보다 조금 늦게 도착할 것 같습니다.
ye-sang-bo-da jo-geum neut-kke do-cha-kal kkot gat-sseum-ni-da

## 基本會話/기본회화

司機：손님. 고궁박물관에 도착했습니다.

son-nim. go-gung-bang-mul-gwa-ne do-cha-kaet-sseum-ni-da

先生，故宮博物院到了。

乘客：얼마입니까?

ol-ma-im-ni-kka

多少錢呢？

司機：120위안입니다.

bae-ki-sib-wi-a-nim-ni-da

一共 120 元。

감사합니다

gam-sa-ham-ni-da

謝謝。

죄송합니다. (거스름돈이) 잔돈밖에 없네요.

jwe-song-ham-ni-da. (go-seu-reum-tto-ni) jan-don-ba-kke om-ne-yo

不好意思，只有零錢可以找。

괜찮으십니까?

gwaen-cha-neu-sim-ni-kka

可以嗎？

乘客：괜찮습니다.

gwaen-chan-sseum-ni-da

沒關係。

司機：감사합니다.

gam-sa-ham-ni-da

謝謝。

★要在十字路口前停嗎？

# 사거리 앞에서 세워 드릴까요?

sa-go-ri a-pe-so se-wo deu-ril-kka-yo

還可以換成以下方式表示：

| 信號燈 신호등<br>si-no-deung | 三叉路口 삼거리<br>sam-go-ri | 大樓 빌딩<br>ppil-ding |
|---|---|---|
| 便利商店 편의점<br>pyo-ni-jom | 銀行 은행<br>eu-naeng | 入口 입구<br>ip-kku |
| 地鐵入口 지하철<br>입구<br>ji-ha-chol ip-kku | 醫院 병원<br>byong-won | 超市 마트<br>ma-teu |

★過了馬路再停嗎？

# 길¹ 건너서² 세워 드릴까요?

gil gon-no-so se-wo deu-ril-kka-yo

還可以換成以下方式表示：

| 1 | 2 |
|---|---|
| 下個信號燈 다음 신호등<br>dae-um si-no-deung<br>十字路口 사거리<br>sa-go-ri | 開過 건너서/지나서<br>gon-no-so/ji-na-so |
| 百貨公司 백화점<br>bae-kwa-jom | |
| 橋 다리<br>da-ri | 過 건너서<br>gon-no-so |

司機：손님. 거의 도착했습니다.

son-nim. go-i do-cha-kaet-sseum-ni-da

先生，快要到了。

사거리 전에 세워 드릴까요? 아니면 길 건너 세워 드릴까요?

sa-go-ri jo-ne se-wo deu-ril-kka-yo? a-ni-myon gil gon-no se-wo deu-ril-kka-yo

要停在前面的十字路口嗎？還是過馬路再停呢？

乘客：아, 사거리 전에 세워 주세요.

a, sa-go-ri jo-ne se-wo ju-se-yo

啊，請停在前面。

司機：사거리 전이요? 알겠습니다.

sa-go-ri jo-ni-yo? al-get-sseum-ni-da

十字路口嗎？好的。

## 狀況008 ● 無法在指定地點下車

★不能直接到入口前面。

# 입구 바로 앞까지는 갈 수 없습니다.

ip-kku ba-ro ap-kka-ji-neun gal su op-sseum-ni-da

還可以換成以下方式表示：

| 巴士站/車站 정류장/역 | 大樓 빌딩 | 銀行 은행 |
|---|---|---|
| jong-nyu-jang/yok | ppil-ding | eun-haeng |

| 餐廳 식당<br>sik-ttang | 百貨公司 백화점<br>bae-kwa-jom | 飯店 호텔<br>ho-tel |
|---|---|---|
| 咖啡廳 커피숍/카페<br>ko-pi-syop/kka-pe | 商店 상점/가게<br>sang-jom/ga-ge | 學校 학교<br>hak-kkyo |

★這裡是單行道。

# 여기는 일방통행입니다.
yo-gi-neun il-bang-tong-haeng-im-ni-da

★要不要在哪裡迴轉一下？

# 어딘가에서 유턴할까요?
o-din-ga-e-so yu-to-nal-kka-yo

★請問，您要在這裡下車嗎?

# 여기서 하차하시겠습니까?
yo-gi-so ha-cha-ha-si-get-sseum-ni-kka

★會遠一點。

# 조금 멀어집니다.
jo-geum mo-ro-jim-ni-da

■ 基本會話/기본회화

司機：여기는 일방통행이라서 입구 바로 앞까지는 갈 수 없습니다.

yo-gi-neun il-bang-tong-haeng-i-ra-so ip-kku ba-ro ap-kka-ji-neun gal ssu op-sseum-ni-da

這裡是單行道，所以不能直接停在入口。

어딘가에서 유턴할까요?

o-din-ga-e-so yu-to-nal-kka-yo

在那邊迴轉好嗎？

아니면 여기서 내리시겠습니까?

a-ni-myon yo-gi-so nae-ri-si-get-sseum-ni-kka

還是要在這裡下車呢？

乘客： 유턴하면 많이 멀어지나요?

yu-to-na-myon ma-ni mo-ro-ji-na-yo

迴轉的話，會很遠嗎？

司機： 네. 조금 멀어집니다.

ne. jo-geum mo-ro-jim-ni-da

是的，會比較遠一點。

乘客： 그러면 여기서 내리겠습니다.

geu-ro-myon yo-gi-so nae-ri-get-sseum-ni-da

那我在這裡下車好了。

司機： 네, 죄송합니다. 감사합니다.

ne, jwe-song-ham-ni-da. gam-sa-ham-ni-da

好的，不好意思。謝謝。

## 狀況009 ● 塞車

★現在的時間台北車站一帶會塞車。

지금 이 시간에 타이베이 기차역은 차가

# 막힙니다.[2]

ji-geum i si-ga-ne ta-i-ppe-i-gi-cha-yo-geun cha-ga ma-kim-ni-da

還可以換成以下方式表示：

| 1 | 2 |
|---|---|
| 星期日 일요일<br>i-ryo-il | |
| 星期六 토요일<br>to-yo-il | 禁止通行 통행금지입니다<br>tong-haeng-geum-ji-im-ni-da |
| 假日 휴일<br>hyu-il | |
| 晚餐（時間） 저녁<br>jo-nyok | 施工中 공사 중입니다<br>gong-sa jung-im-ni-da |
| 上下班時間 출퇴근 시간<br>chul-twe-geun si-gan | 車禍處理中 사고 처리 중입<br>니다<br>sa-go cho-ri jung-im-ni-da |
| 尖峰時段 러시아워<br>ro-si-a-wo | |

※注意：如果只想說「現在這個時間點，後面怎樣怎樣」的話，
□ㅣ後面的助詞「에」應該改成「은/는」。譬如「現在台北車
站正在施工中」，韓語要說「지금은/현재는 타이베이 기차역
은 공사 중입니다。」，而不是「지금에/현재에 타이베이 기차
역은 공사 중입니다。」

★到台北車站。

# 타이베이 기차역으로 가겠습니다.

ta-i-ppe-i gi-cha-yo-geu-ro ga-get-sseum-ni-da

**乘客 :** 타이베이 기차역으로 가 주세요.

ta-i-ppe-i gi-cha-yo-geu-ro ga ju-se-yo

請到台北車站。

**司機 :** 타이베이 기차역을 말씀이십니까?

ta-i-ppe-i gi-cha-yo-geul mal-sseu-mi-sim-ni-kka

台北車站嗎？

타이베이 기차역으로 가려면 중산북로로 가야하는데 지금 이 시간에 그쪽은 차가 막힙니다.

ta-i-ppe-i gi-cha-yo-geu-ro ga-ryo-myon jung-san-bung-no-ro ga-ya-ha-neun-de ji-geum i si-ga-ne geu-jjo-geun cha-ga ma-kim-ni-da

要去台北車站通常是走中山北路，但現在這個時間那邊塞車很嚴重。

린선베이루로 가도 괜찮으십니까?

rin-son-be-i-ru-ro ga-do gwaen-cha-neu-sim-ni-kka

走林森北路也可以嗎？

**乘客 :** 네, 괜찮습니다.

ne, gwaen-chan-sseum-ni-da

好的，沒關係。

**司機 :** 감사합니다.

gam-sa-ham-ni-da

謝謝。

## 狀況010 ● 請問怎麼走？

★下一個轉角要左轉嗎？

# 다음 코너에서 좌회전 할까요?

dae-um ko-no-e-so jwa-hwe-jon hal-kka-yo

還可以換成以下方式表示：

| 1 | 2 |
|---|---|
| 下一個信號燈 다음 신호등<br>dae-um si-no-deung | |
| 十字路口 사거리<br>sa-go-ri | |
| 三叉路 삼거리<br>sam-go-ri | 過 지나갈까요/건너갈까요<br>ji-na-gal-kka-yo/gon-no-gal-kka-yo |
| 橋 다리<br>da-ri | |
| 下一個十字路口 다음 사거리<br>dae-um sa-go-ri | |

※注意：下個十字路口一般韓國司機會說成過下一個紅綠燈口(신호등을 지나갈까요)嗎？所以台灣的司機大哥若若載到韓國客人想講「下個十字路口」時，可以說「신호등을 지나갈까요」，這樣更容易讓他們理解喔。

## ▌基本會話/기본회화

司機：손님, 다음 코너에서 좌회전할까요??

　　　son-nim, da-eum ko-no-e-so jwa-hwe-jo-nal-kka-yo

　　　先生，下一個轉角要左轉嗎？

乘客：그냥 계속 가 주세요.

geu-nyang gye-sok ga ju-se-yo

請繼續走。

司機：계속 직진하라는 말씀이시죠? 알겠습니다.

gye-sok jik-jji-na-ra-neun mal-sseum-i-si-jyo? al-get-sseum-ni-da

繼續直走就好了嗎？好的。

★下一個信號燈的地方右轉嗎？

# 다음 신호등에서 우회전 할까요?

da-eum si-no-deung-e-so u-hwe-jon hal-kka-yo

○ 還可以換成以下方式表示：

**左轉** 좌회전

jwa-hwe-jon

■ 基本會話／기본회화

司機：다음 신호등에서 우회전할까요?

da-eum si-no-deung-e-so u-hwe-jo-nal-kka-yo

下一個信號燈右轉嗎？

乘客：좌회전해 주세요.

jwa-hwe-jo-nae ju-se-yo

請左轉。

司機：좌회전이요? 알겠습니다.

jwa-hwe-jo-ni-yo? al-get-sseum-ni-da

狀況 011 ● 車子故障了 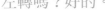 MP3 071

★好像故障了。

# 고장 난 것 같습니다.
go-jang nan got gat-sseum-ni-da

◯ 還可以換成以下方式表示：

| 發生車禍了 사고가 난/발생한 sa-go-ga nan/bal-ssaeng-han | 塞車了 차가 막히는 cha-ga ma-ki-neun |
|---|---|
| 熄火了 시동이 꺼진 si-dong-i kko-jin | 爆胎了 타이어가 펑크 난 ta-i-o-ga pong-keu nan |
| 施工中 공사중인 gong-sa-jung-in | 臨檢中 검문 중인 gom-mun jung-in |
| 禁止通行 통행 금지인 tong-haeng geum-ji-in | 冷氣壞掉了 에어컨이 고장난 e-o-ko-ni go-jang-nan |

★請您等一下。

# 잠시만 기다려 주십시오.
jam-si-man gi-da-ryo ju-sip-ssi-o

★馬上叫別的計程車過來。

# 지금 바로 다른 택시를 불러 드리겠습니다.
ji-geum ba-ro da-reun taek-ssi-reul bul-ro deu-ri-get-sseum-ni-da

○ 還可以換成以下方式表示：

| | |
|---|---|
| **走別條路** 다른 길로 가겠습니다<br>da-reun gil-ro ga-get-sseum-ni-da | |

**發動** 시동을 걸어 보겠습니다
si-dong-eul go-ro bo-get-sseum-ni-da

**修理** 수리해 보겠습니다
su-ri-hae bo-get-sseum-ni-da

**叫人過來（看看）** 사람을 부르겠습니다
sa-ra-meul bu-reu-get-sseum-ni-da

## ▌ 基本會話 / 기본회화

**乘客：** 무슨 일이죠?

mu-seu ni-ri-jyo

發生甚麼事情了？

**司機：** 정말 죄송합니다.

jong-mal jwe-song-ham-ni-da.

真的很抱歉。

아무래도 차가 고장 난 것 같습니다.

a-mu-rae-do cha-ga go-jang nan got gat-sseum-ni-da

車子好像故障了。

지금 즉시 다른 택시를 불러 드리겠습니다.

ji-geum jeuk-ssi da-reun taek-ssi-reul bul-ro deu-ri-get-sseum-ni-da

馬上幫您叫別的計程車過來。

잠시만 기다려 주십시오.

jam-si-man gi-da-ryo ju-sip-ssi-o

請稍等。

## 狀況012 ● 與乘客的其他對話

★這是我的名片。

# 이것은 저의 명함입니다.

i-go-seun jo-e myong-ha-mim-ni-da

還可以換成以下方式表示：

| | |
|---|---|
| 零錢 잔돈<br>jan-don | 地圖 지도<br>ji-do |
| 路線圖 노선도<br>no-son-do | 時間表 시간표<br>si-gan-pyo |
| 旅遊指南 여행안내서/가이드북<br>yo-haeng-an-nae-so/ga-i-deu-buk | 導覽手冊 안내 책자<br>an-nae chaek-jja |

★歡迎再次搭乘。

# 다음에 또 이용해주십시오.

da-eu-me tto i-yong-hae-ju-sip-ssi-o

★這是我的電話號碼。

# 이것은 저의 연락처입니다.

i-go-seun jo-e yol-rak-cho-im-ni-da

| 地址 주소 | 姓名 이름 | 地圖 지도 | 說明 설명 |
|---|---|---|---|
| ju-so | i-reum | ji-do | sol-myong |

## ▌基本會話/기본회화

**司機：**이것은 저의 명함입니다.

i-go-seun jo-e myong-ha-mim-ni-da.

這是我的名片。

여기에 저의 연락처가 있습니다.

yo-gi-e jo-e yol-rak-cho-ga it-sseum-ni-da

在這裡有我的電話號碼。

다음에 또 이용해주십시오.

da-eu-me tto i-yong-hae-ju-sip-ssi-o

下次歡迎再搭乘。

**乘客：**알겠습니다.

al-get-sseum-ni-da

好的。

**司機：**감사합니다.

gam-sa-ham-ni-da.

謝謝。

★我們也有包車服務，歡迎您多加利用。

# 차량 전세서비스도 제공하고 있으니 많은 애용 바랍니다.

cha-ryang jon-se-sso-bi-sseu-do je-gong-ha-go i-sseu-ni ma-neun ae-yong ba-ram-ni-da

還可以換成以下方式表示：

**也有機場接送服務** 공항 픽업 서비스도 제공하고 있으니
gong-hang pi-gop sso-bi-sseu-do je-gong-ha-go i-sseu-ni

**也有觀光導覽** 관광가이드도 있으니
gwan-gwang-ga-i-deu-do i-sseu-ni

**也有各種套裝行程** 각종 패키지투어도 있으니
gak-jjong pae-ki-ji-tu-o-do i-sseu-ni

**也有長途優惠** 장거리 할인도 가능하니
jang-go-ri ha-rin-do ga-neung-ha-ni

**也有身心殘障的優惠** 장애우 우대도 해 드리고 있으니
jang-ae-u u-dae-do hae deu-ri-go i-sseu-ni

**也有兒童安全座椅** 아동용 카시트도 구비하고 있으니
a-dong-yong ka-si-teu-do gu-bi-ha-go i-sseu-ni

**也接受預約** 예약도 가능하니
ye-yak-tto ga-neung-ha-ni

**也有女性駕駛** 여자기사/여기사도 (대기하고) 있으니
yo-ja-gi-sa/yo-gi-sa-do (dae-gi-ha-go) i-sseu-ni

**也有通外語的司機** 외국어 구사가 가능한 기사도 있으니
we-gu-go gu-sa-ga ga-neung-han gi-sa-do i-sseu-ni

★如果您打電話給我，我可以去接您。

# 전화 주시면 모시러 가겠습니다.

jo-nwa ju-si-myon mo-si-ro ga-get-sseum-ni-da

★您下車之後，請就這樣一直往前走。

# 내리신 후에 계속 이 방향으로 직진하십 시오.

nae-ri-sin hu-e gye-sok i bang-hyang-eu-ro jik-jji-na-sip-ssi-o

還可以換成以下方式表示：

往右走 우측으로 기십시오
u-cheu-geu-ro ga-sip-ssi-o

往左走 좌측으로 가십시오
jwa-cheu-geu-ro ga-sip-ssi-o

往那個方向走 그 방향으로 가십시오
geu bang-hyang-eu-ro ga-sip-ssi-o

★您下車之後，走到底就到入口了。

# 내리셔서 길 끝까지 가시면 바로 입구가 있습니다.

nae-ri-syo-so gil kkeut-kka-ji ga-si-myon ba-ro ip-kku-ga it-sseum-ni-da

還可以換成以下方式表示：

| 右邊 우측에<br>u-cheu-ge | 左邊 좌측에<br>jwa-cheu-ge |
| --- | --- |
| 前面 앞쪽에/전방에<br>ap-jjo-ge/jon-bang-e | 正後方 맞은편에<br>ma-jeun-pyo-ne |
| 左前方 좌측 전방에<br>jwa-cheuk jon-bang-e | 右前方 우측 전방에<br>u-cheuk jon-bang-e |

## ■ 基本會話/기본회화

司機：내리셔서 계속 직진하십시오.

nae-ri-syo-so gye-sok jik-jji-na-sip-ssi-o

下車之後，請繼續直走。

길 끝까지 가시다 보면 입구가 나올 것입니다.

gil kkeut-kka-ji ga-si-da bo-myon ip-kku-ga na-ol kko-sim-ni-da

走道路底，就能看到入口了。

乘客：알겠습니다. 감사합니다.

al-get-sseum-ni-da. gam-sa-ham-ni-da

好的，謝謝您。

## 狀況014 ● 建議客人或推薦景點

MP3
074

★走高速公路比較快。

# 고속도로로/으로 가는 것이 더 빠릅니다.

go-sok-tto-ro-ro ga-neun go-si do ppa-reum-ni-da

還可以換成以下方式表示：

| | 1 | | 2 |
|---|---|---|---|
| 計程車 택시<br>taek-ssi | | 便利 편리합니다<br>pyol-ri-ham-ni-da | |
| 公車（巴士） 버스<br>ppo-sseu | | 輕鬆 편안합니다<br>pyo-na-nam-ni-da | |
| 地鐵（捷運） 지하철<br>ji-ha-chol | | 有趣 재미 있습니다<br>jae-mi it-sseum-ni-da | |
| 小巷子 좁은 골목<br>jo-beun gol-mok | | 好玩 놀거리가 많습니다<br>nol-go-ri-ga man-sseum-ni-da | |

★說到台灣夜市，士林夜市是最好玩的。

# 대만 야시장¹ 중에서는 스린 야시장²이/가 제일 볼 거리가 많습니다³.

dae-man ya-si-jang jung-e-so-neun seu-rin ya-si-jang-i je-il bol go-ri-ga man-sseum-ni-da

還可以換成以下方式表示：

| | 1 | | 2 | | 3 |
|---|---|---|---|---|---|
| 中式料理 중국요리/중식<br>jung-gung-nyo-ri /<br>jung-sik | | 宮保雞丁 궁보계정<br>gung-bo-gye-jong | | 好吃 맛있습니다<br>ma-sit-sseum-ni-da | |
| 日式料理 일본요리/일식<br>il-bo-nyo-ri/il-ssik | | 烏龍麵 우동<br>u-dong | | 不油膩 느끼하지 않습니다<br>neu-kki-ha-ji an-sseum-ni-da | |

| 韓式料理 한식요리<br>han-sing-nyo-ri | 春川辣炒雞 닭갈비<br>dak-kkal-bi | 有名 유명합니다<br>yu-myong-ham-ni-da |
| --- | --- | --- |
| 台灣飲料 대만 음료수<br>dae-man eum-nyo-su | 珍珠奶茶 버블티<br>bo-beul-ti | 特別 특별합니다<br>teuk-ppyo-lam-ni-da |
| 溫泉 온천<br>on-chon | 礁溪溫泉 지아오시 온천<br>ji-a-o-si on-chon | 便宜 저렴합니다<br>jo-ryom-ham-ni-da |
| 咖啡廳 커피숍/카페<br>ko-pi-syop/ka-pe | Cama café 카마 카페<br>ka-ma kka-pe | 好、品質優良 좋습니다/품질이 우수합니다<br>jo-sseum-ni-da/pum-ji-ri u-su-ham-ni-da |
| 百貨公司 백화점<br>bae-kwa-jom | 夢時代購物中心 몽시대 쇼핑몰<br>mong-si-dae syo-ping-mol | 漂亮 아름답습니다<br>a-reum-dap-sseum-ni-da |

! 使用時機 / 이럴 때 쓴다

司機希望客人也能有個豐富有趣的旅程，將自己的心得分享給客人時就可以這麼說。句子中的「士林夜市」可以依狀況替換成適合的地點。

乘客：오늘 쇼핑하려고 하는데 어디로 가는 것이 좋습니까?

o-neul ssyo-ping-ha-ryo-go ha-neun-de o-di-ro ga-neun go-si jo-sseum-ni-kka.

我今天想去購物，去哪裡比較好呢？

司機：스린 야시장 가면 가장 살 게 많습니다!

seu-rin ya-si-jang ga-myon ga-jang sal ge man-sseum-ni-da

士林夜市有最多樣化可以買的東西。

乘客：그런가요? 그러면 그 곳으로 가봐야겠군요.

geu-ron-ga-yo. geu-ro-myon geu go-seu-ro ga-bwa-ya-get-kku-nyo

是嗎？那我要去士林夜市看看。

司機：전화 주시면 모시러 가겠습니다.

jo-nwa ju-si-myon mo-si-ro ga-get-sseum-ni-da

如果您打電話給我，我可以過去接您。

乘客：그럼 부탁 드립니다.

geu-rom bu-tak deu-rim-ni-da

那麼就拜託你了。

★這一帶最有名的就是滿滿的服飾店。

# 이 근처에서 가장 유명한 것은 바로 옷가 게에요.

i geun-cho-e-so ga-jang yu-myong-han go-seun ba-ro ot-kka-ge-e-yo

○ 還可以換成以下方式表示：

| | |
|---|---|
| **補習街** 학원가에요<br>ha-gwon-ga-e-yo | **書店街** 서점가에요<br>so-jom-ga-e-yo |
| **政府機關** 정부 행정기관 밀<br>집지에요<br>jong-bu haeng-jong-gi-gwan<br>mil-jjip-jji-e-yo | **家具街** 가구거리에요<br>ga-gu-go-ri-e-yo |
| **商業大樓** 비즈니스 빌딩이지요<br>bi-jeu-ni-sseu ppil-ding-i-ji-yo | |

★如果您有興趣的話，要不要繞過去看一看？

# 관심 있으시면 돌아가서 한번 보시겠습니까?

gwan-sim i-sseu-si-myon do-ra-ga-so han-bon bo-si-get-sseum-ni-kka

## 基本會話／기본회화

**司機：**여기가 단수이 라오제입니다. 아주 유명하지요.

　　　yo-gi-ga dan-ssu-i ra-o-je-im-ni-da. a-ju yu-myong-ha-ji-yo

　　　這個地方是淡水老街。非常有名。

**乘客：**오, 그렇습니까?

　　　o, geu-ro-sseum-ni-kka

　　　哦？真的嗎？

**司機：**관심 있으시면 가서 보시겠습니까?

　　　gwan-sim i-sseu-si-myon ga-so bo-si-get-sseum-ni-kka

　　　如果你有興趣，要不要過去看看呢？

乘客：네. 부탁 드려요.

ne. bu-tak deu-ryo-yo

好的，麻煩您了。

★也請您務必要嚐嚐這邊的水果。

# 이 곳의 과일은 꼭 드셔 보세요.

i go-se gwa-i-reun kkok deu-syo bo-se-yo

☐ 還可以換成以下方式表示：

| 試試看 해 보세요 | 嚐嚐看 드셔 보세요 | 喝喝看 마셔 보세요 |
|---|---|---|
| hae bo-se-yo | deu-syo bo-se-yo | ma-syo bo-se-yo |

★龍山寺很受觀光客歡迎喔。

# 용산사도 관광객들 에게 아주 인기죠!

yong-san-sa-do gwan-gwan-ggaek-tteu-le-ge a-ju in-kki-jyo

☐ 還可以換成以下方式表示：

| 老年人 어르신들 | 年輕人 젊은 사람들 |
|---|---|
| o-reu-sin-deul | jol-meun sa-ram-deul |
| 家庭 가족 단위 | 情侶 커플/연인들 |
| ga-jok dan-wi | ko-peul/yo-nin-deul |
| 小朋友 어린이/아이들 | 外國人 외국인들 |
| o-ri-ni/a-i-deul | we-gu-gin-deul |
| 女性 여성들 | 男性 남성들 |
| yo-song-deul | nam-song-deul. |

！ 使用時機 / 이럴 때 쓴다

句子主詞的【龍山寺】可以換成任何地方、食物、或物品。

# 용산사는 가보셨습니까?

yong-san-sa-neun ga-bo-syot-sseum-ni-kka

## ▌基本會話/기본회화

**司機：** 대만에 여행 오신 겁니까?

dae-ma-ne yo-haeng o-sin gom-ni-kka.

請問，您是來台灣旅行嗎？

**乘客：** 네.

ne

是的。

**司機：** 용산사는 가보셨나요?

yong-san-sa-neun ga-bo-syon-na-yo

您去過龍山寺了嗎？

**乘客：** 아직이요.

a-ji-gi-yo

還沒呢！

**司機：** 용산사는 꼭 가보세요. 강력 추천합니다.

yong-san-sa-neun kkok ga-bo-se-yo. gang-nyok chu-cho-nam-ni-da.

非常推薦您去喔！

관광객들이 아주 좋아하는 관광지입니다.

gwan-gwang-gaek-tteu-ri a-ju jo-a-ha-neun gwan-gwang-ji-im-ni-da.

觀光客非常喜歡的觀光地點呢！

199

# 超好用 服務業必備詞彙

## >> 司機必備單字

★計程車設備&名稱

| 門<br>문<br>mun | 窗戶<br>창문<br>chang-mun | 駕駛座<br>운전석<br>un-jon-sok |
| --- | --- | --- |
| 副駕駛座<br>보조석<br>bo-jo-sok | 前座<br>앞좌석<br>ap-jjwa-sok | 後座<br>뒷좌석<br>dwi-jjwa-sok |
| 座椅<br>좌석<br>jwa-sok | 後車箱<br>트렁크<br>teu-rong-keu | 安全帶<br>안전벨트/안전띠<br>an-jon-bel-teu/<br>an-jon-tti |
| 安全氣囊<br>에어백<br>e-o-ppaek | 兒童安全座椅<br>아동용 카시트<br>a-dong-yong ka-si-teu | 計程車執業登記證<br>택시운전자격 증명서<br>taek-ssi-un-jon-ja-gyok jeung-myong-so |
| 方向盤<br>핸들<br>haen-deul | 後視鏡<br>사이드미러<br>ssa-i-deu-mi-ro | 車內後視鏡<br>백미러<br>baeng-mi-ro |

| | | |
|---|---|---|
| 前擋風玻璃<br>앞유리<br>am-nyu-ri | 後擋風玻璃<br>뒷유리<br>dwin-nyu-ri | 車牌<br>번호판<br>bo-no-pan |
| 剎車<br>브레이크<br>beu-re-i-keu | 引擎<br>엔진<br>en-jin | 雨刷<br>와이퍼<br>wa-i-po |
| 輪胎<br>타이어<br>ta-i-o | 汽車音響<br>카오디오<br>ka-o-di-o | 收音機<br>라디오<br>ra-di-o |
| 冷氣<br>에어컨<br>e-o-kon | 車用空氣清淨機<br>공기청정기<br>gong-gi-chong-jong-gi | 計程車碼錶<br>미터기<br>mi-to-gi |
| 計程車無線電<br>무선통신<br>mu-son-tong-sin | 汽車導航<br>내비게이션<br>nae-bi-ge-i-syon | 壓縮機<br>콤프레샤<br>kom-peu-re-sya |

★服務項目

| 叫車服務 | 搭車 | 目的地 |
|---|---|---|
| 택시를 부르다 | 차를 타다/탑승하다 | 목적지 |
| taek-ssi-reul bu-reu-da | cha-reul ta-da/tap-sseung-ha-da | mok-jjok-jji |
| 接送服務 | 機場接送服務 | 共乘 |
| 픽업 서비스 | 공항 픽업 서비스 | 합승 |
| pi-gop sso-bi-sseu | gong-hang pi-gop sso-bi-sseu | hap-sseung |
| 包車 | 計時包車 | 一日包車 |
| 택시 전세 | 시간당 대절 | 하루 전세 |
| taek-ssi jon-se | si-gan-dang dae-jol | ha-ru jon-se |
| 觀光計程車 | 送貨計程車 | 打折/折扣 |
| 관광 택시 | 화물 운반용 택시 | 할인 |
| gwan-gwang taek-ssi | hwa-mul un-ba-nyong taek-ssi | ha-rin |
| 夜間加成 | 身心障礙者優惠 | 遠程優惠 |
| 야간 할증 | 장애우 우대 | 장거리 우대 |
| ya-gan hal-jjeung | jang-ae-u u-dae | jang-go-ri u-dae |

| 個人計程車<br>개인택시<br>gae-in taek-ssi | 空車<br>빈 차<br>bin cha | 乘車人數<br>승차인원<br>seung-cha-i-nwon |
| --- | --- | --- |
| 基本車資<br>기본요금<br>gi-bo-nyo-geum | 乘車距離<br>운행거리<br>u-naeng-go-ri | 拒絕乘載<br>승차 거부<br>seung-cha go-bu |
| 禁菸計程車<br>금연 택시<br>geu-myon taek-ssi | 無線叫車<br>무선 콜 택시<br>mu-son kol taek-ssi | 遺失物<br>분실물<br>bun-sil-mul |
| 付款<br>결제<br>gyol-jje | 信用卡付款<br>신용카드 결제<br>sin-yong-ka-deu gyol-jje | 收據<br>영수증<br>yong-su-jeung |

Part
6

天天用得上的
美髮沙龍用語

**天天用得上的美髮沙龍用語**

★請問您是初次蒞臨本店嗎？

# 저희 미용실에는 첫 방문이십니까?
jo-hi mi-yong-si-re-neun chot bang-mu-ni-sim-ni-kka

★請問有預定哪一天過來嗎？

# 어느 날짜로 예약을 원하십니까?
o-neu nal-jja-ro ye-ya-geul wo-na-sim-ni-kka

　　還可以換成以下方式表示：

| |
|---|
| 哪位設計師？ 어느 디자이너/어느 선생님(으로)<br>o-neu di-ja-i-no/o-neu son-saeng-ni(meu-ro) |
| 那種項目？ 어떤 헤어 시술<br>o-tton he-o si-sul |

★禮拜六的上午還有位子。

# 토요일 오전에 가능합니다.
to-yo-il o-jo-ne ga-neung-ham-ni-da

　　還可以換成以下方式表示：

| 星期一 월요일<br>wo-ryo-il | 星期二 화요일<br>hwa-yo-il | 星期三 수요일<br>su-yo-il |
|---|---|---|
| 星期四 목요일<br>mo-gyo-il | 星期五 금요일<br>geu-myo-il | 星期日 일요일<br>i-ryo-il |

| 下午 오후 | 白天 낮 | 傍晚 저녁 |
| o-hu | nat | jo-nyok |
| 晚上 밤 | 一點左右 1시경 | 這個禮拜 이번 주 |
| bam | han si-gyong | i-bon ju |
| 下個禮拜 다음 주 | 這個月 이번 달 | 下個月 다음 달 |
| da-eum ju | i-bon dal | da-eum dal |

★李素妍小姐，那麼 1 月 12 號 10 點恭候您的光臨。

# 이소연님, 그럼 1월 12일 10시에 뵙겠습니다.

i-so-yon-nim, geu-rom i-rwol si-bi-il yol-ssi-e bwep-kket-sseum-ni-da

## 基本會話 / 기본회화

顧客 : 안녕하세요. 커트 예약하려고 합니다.

an-nyong-ha-se-yo. ko-teu ye-ya-ka-ryo-go ham-ni-da

你好，我想要預約剪頭髮。

職員 : 네. 저희 미용실에 오신 적이 있으십니까?

ne. jo-hi mi-yong-si-re o-sin jo-gi i-sseu-sim-ni-kka

好的，請問您有來過我們美容院嗎？

顧客 : 네. 있습니다.

ne. it-sseum-ni-da

有的。

職員：어느 날짜로 예약해 드릴까요?

o-neu nal-jja-ro ye-ya-kae deu-ril-kka-yo

請問有預計哪一天過來呢？

顧客：주말 오전에 예약 가능한가요?

ju-mal o-jo-ne ye-yak ga-neung-han-ga-yo

週末的上午時段請問可以預約嗎？

職員：주말 오전이라면 일요일 10시경에 가능합니다.

ju-mal o-jo-ni-ra-myon i-ryo-il yol-ssi-gyong-e ga-neung-ham-ni-da

週末的上午的話，星期日的 10 點左右是可以的

顧客：그럼 그 시간으로 예약해 주세요.

geu-rom geu si-ga-neu-ro ye-ya-kae ju-se-yo

好的，那請幫我預約那時候。

職員：네. 고객님의 성함과 연락처를 말씀해 주시겠습니까?

ne. go-gaeng-ni-me song-ham-gwa yol-rak-cho-reul mal-sseu-mae ju-si-get-sseum-ni-kka

好的！請您告訴我您的大名及連絡電話是？

顧客：이소연이고요, 전화번호는 0980-123-456입니다.

i-so-yo-ni-go-yo, jo-nwa-bo-no-neun yong-gu-pal-gong i-li-sam sa-o-lyu-gim-ni-da

我是李素妍，電話號碼是 0980-123-456。

職員：일요일 10시에 예약해 드리겠습니다.

i-ryo-il yol-ssi-e ye-ya-kae deu-ri-get-sseum-ni-da

*好的，已經幫你預約了週日早上 10 點。*

## 狀況002 ● 接待來店的客人

MP3 076

★歡迎光臨！李素妍小姐，我們在此恭候已久。

# 이소연님, 어서 오십시오. 기다리고 있었습니다.

i-so-yon-nim, o-so o-sip-ssi-o. gi-da-ri-go i-ssot-sseum-ni-da

★您有會員卡嗎？

# 회원카드 가지고 계십니까?

hwe-won-ka-deu ga-ji-go gye-sim-ni-kka

★麻煩您填寫一下這裡。

# 이 것을 작성해 주십시오.

i go-seul jak-ssong-hae ju-sip-ssi-o

！ 使用時機／이럴 때 쓴다

當要利用客人等候的時間請他填寫一些資料時，就可以使用這句話。

★我幫您寄放東西。

# 소지품을/를 보관해 드리겠습니다.

so-ji-pu-meul bo-gwa-nae deu-ri-get-sseum-ni-da

還可以換成以下方式表示：

| 外套 외투 | 包包 가방 |
|---|---|
| we-tu | ga-bang |

★我為您帶位。

# 이쪽으로 오십시오.
i jjo-geu-ro o-sip-ssi-o

## 狀況003 ● 尋問客人的剪髮需求

★今天您是要剪髮，對嗎？

# 오늘 커트하실 거죠?
o-neul ko-teu-ha-sil kko-jyo

★您想要什麼樣的顏色？

# 어떤 컬러를 원하십니까?
o-tton kol-ro-reul wo-na-sim-ni-kka

還可以換成以下方式表示：

| 顏色 색깔 | 長度 길이 | 瀏海 앞머리 |
|---|---|---|
| saek-kkal | gi-ri | am-mo-ri |

★需要護髮嗎？

# 영양 케어도 하시겠습니까?
yong-yang ke-o-do ha-si-get-sseum-ni-kka

■ 基本會話／기본회화

**職員：** 오늘 염색과 파마 하시는 거죠?

o-neul yom-saek-kkwa pa-ma ha-si-neun go-jyo

您今天是想要染髮及燙髮對嗎？

**顧客：** 네. 머리 색을 좀 진하게 하고 싶습니다.

ne. mo-ri sae-geul jom ji-na-ge ha-go sip-sseum-ni-da

嗯，我想要把髮色弄暗一點。

**職員：** 알겠습니다. 파마는 어떤 스타일로 해 드릴까요?

al-get-sseum-ni-da. pa-ma-neun o-tton seu-ta-il-ro hae deu-ril-kka-yo

好的，請問您想怎麼燙呢？

**顧客：** 전체적으로는 스트레이트로 두시고, 머리 끝부분만 안쪽으로 웨이브가 들어가게 해 주세요.

jon-che-jo-geu-ro-neun seu-teu-re-i-teu-ro du-si-go, mo-ri kkeut-ppu-bun-man an-jjo-geu-ro wae-i-beu-ga deu-ro-ga-ge hae ju-se-yo

整體來說保留直髮，然後髮尖要向內燙捲（燙成內彎髮型）。

## 狀況004 ● 說明服務過程

★我是今天為您服務的髮型師尹世雅。

## 저는 오늘 고객님의 헤어 시술을 담당할 디자이너 윤세아입니다.

jo-neun o-neul go-gaeng-nim-e he-o si-su-reul dam-dang-hal di-ja-i-no yun-se-a-im-ni-da

★我先幫您洗頭髮，然後才開始剪唷！

# 먼저 머리를 감으신/샴푸하신 다음에 커트해 드릴게요!

mon-jo mo-ri-reul ga-meu-sin/syam-pu-ha-sin da-eu-me ko-teu-hae deu-ril-kke-yo

! 使用時機 / 이럴 때 쓴다

開始服務前，可以對客人簡單的說明一下今天的過程，客人清楚了解之後，可以讓他有安心感。

★按照燙髮，染髮，護髮的順序進行對吧！

# 파마 먼저 하고 그 다음에 염색, 영양 케어 순서로 진행할게요.

pa-ma mon-jo ha-go geu da-eu-me yom-saek, yong-yang ke-o sun-so-ro ji-naeng-hal-kke-yo

## ▍基本會話 / 기본회화

**職員 : 안녕하세요.**

an-nyong-ha-se-yo

您好。

오늘 고객님의 헤어 시술을 담당할 디자이너 윤세아입니다.

o-neul go-gaeng-ni-me he-o si-su-reul dam-dang-hal di-ja-i-no yun-se-a-im-ni-da

我是今天為您服務的髮型師尹世雅。

오늘 커트와 염색 예약하셨지요?

o-neul ko-teu-wa yom-saek ye-ya-ka-syot-jji-yo

今天您預約了剪髮及染髮的服務對吧？

염색 먼저 진행한 후 커트해 드리겠습니다.

yom-saek mon-jo ji-naeng-han hu ko-teu-hae deu-ri-get-sseum-ni-da

我們先從染髮開始，然後再進入剪髮的階段。

顧客：네. 잘 부탁 드립니다.

ne. jal bu-tak deu-rim-ni-da

好的！麻煩您了。

職員：그럼 염색약을 준비하겠습니다.

geu-rom yom-saeng-nya-geul jun-bi-ha-get-sseum-ni-da.

잠시만 기다려 주십시오.

jam-si-man gi-da-ryo ju-sip-ssi-yo

那麼我先調一下染髮劑，請您先稍候一下。

## 狀況005 ● 請客人移步

MP3
079

★請注意腳下。

# 발 조심하십시오.

bal jo-si-ma-sip-ssi-o

！ 使用時機 / 이럴 때 쓴다

地上有一些電線之類的障礙物，或是有修剪後掉落的頭髮時 都可以用這句話來提醒客人。

★請移動到洗髮台。

## 샴푸실로 이동하시지요.

syam-pu-sil-ro i-dong-ha-si-ji-yo

★這邊請。

## 이쪽으로 오십시오.

i-jjo-geu-ro o-sip-ssi-o

★請在此等候。

## 여기서 잠시만 기다려 주십시오.

yo-gi-so jam-si-man gi-da-ryo ju-sip-ssi-o

## 狀況006 ● 幫客人洗頭髮

★溫度還可以嗎?

## 온도는 괜찮으십니까?

on-do-neun gwaen-cha-neu-sim-ni-kka

還可以換成以下方式表示:

| 溫度 온도 | 力道 세기 |
|---|---|
| on-do | se-gi |

★還有哪裡需要加強的嗎?

## 더 헹구고 싶은 곳이 있습니까?

do heng-gu-go si-peun go-si it-sseum-ni-kka

★您可以稍微向上方挪一下嗎?

## 살짝 위 쪽으로 올라와 주시겠습니까?

sal-jjak wi jjo-geu-ro ol-ra-wa ju-si-get-sseum-ni-kka

★椅子會向上抬高喲。

# 의자를 조금 높이겠습니다.

ui-ja-reul jo-geum no-pi-get-sseum-ni-da

！ 使用時機 / 이럴 때 쓴다

裝設有電動椅的店家便可以在調整椅子時使用這句話。

★請放輕鬆。

# 힘 빼시고 편안히 계십시오.

him ppae-si-go pyo-na-ni gye-sip-ssi-o

！ 使用時機 / 이럴 때 쓴다

有些客人在洗頭髮的時候，會為了支撐頭部而用力，此時可以說這句話請客人放髮。

## 狀況007 ● 確認客人是否會過敏

★曾經有藥劑過敏嗎？

# 전에 약품 이상 반응이 나타났던 적이 있습니까?

jo-ne yak-pum i-sang ban-eung-i na-ta-nat-tton jo-gi it-sseum-ni-kka

還可以換成以下方式表示：

| 發炎 염증이 생긴 | 不舒服 불편했던 | 疼痛 아팠던 |
|---|---|---|
| yom-jjeung-i saeng-gin | bul-pyo-naet-tton | a-pat-tton |

★如果會燙，請告訴我。

# 뜨거우시면 말씀해 주세요.

tteu-go-u-si-myon mal-sseu-mae ju-se-yo

★有辛辣灼熱感的疼痛嗎？

# 타는 것처럼 아프십니까?

ta-neun go-cho-rom a-peu-sim-ni-kka

★很抱歉，我們沒有打折。

# 죄송합니다. 저희 미용실은 정가제를 시행하고 있습니다.

jwe-song-ham-ni-da. jo-hi mi-yong-si-reun jong-kka-je-reul si-haeng-ha-go it-sseum-ni-da

★您的頭髮並不適合染髮，因為髮梢有可能會斷掉。

# 고객님의 모발은 현재 염색이 어렵습니다. 모발 끊어짐 현상이 발생할 수 있습니다.

go-gaeng-ni-me mo-ba-reun hyon-jae yom-sae-gi o-ryop-sseum-ni-da. mo-bal kkeu-no-jim hyon-sang-i bal-ssaeng-hal ssu it-sseum-ni-da

! 使用時機 / 이럴 때 쓴다

當客人頭髮傷的很嚴重，無法替他染髮時可以這麼說。

★沒有先漂的話，是染不出這個顏色的。

# 탈색하지 않으면 이 컬러가 나오지 않습니다.

tal-ssae-ka-ji a-neu-myon i kol-ro-ga na-o-ji an-sseum-ni-da

顧客 : 이 정도 밝기로 염색하고 싶은데요.

i jong-do bak-kki-ro yom-sae-ka-go si-peun-de-yo

我想要染成這個亮感。

店員 : 이 컬러는 먼저 탈색을 하셔야 가능합니다. 탈색하시겠습니까?

i kol-ro-neun mon-jo tal-ssae-geul ha-syo-ya ga-neung-ham-ni-da. tal-ssae-ka-si-get-sseum-ni-kka

這個顏色要先漂過才能染喔！那麼請問您要做漂的部分嗎？

顧客 : 아니요. 아픈 것이 무서워서요.

a-ni-yo. a-peun go-si mu-so-wo-so-yo.

不了，我怕痛。

## 狀況009 ● 跟客人聊天　MP3 083

★您是從哪裡來的？

# 어디(어느 나라/어느 지역)에서 오셨습니까?

o-di(o-neu na-ra/o-neu ji-yok)e-so o-syot-sseum-ni-kka

★您是在哪裡知道我們店呢？

# 저희 샵은 어떻게 알게 되셨습니까?

jo-hi sya-beun o-tto-ke al-ge dwe-syot-sseum-ni-kka

★這附近有好吃的麵包店喔。

# 저희 샵 근처에 맛있는 빵집이 있습니다.
jo-hi syap geun-cho-e ma-sin-neun ppang-jji-bi it-sseum-ni-da

★平常您會去哪一間美容室呢？

# 평소에는 어느 미용실로 다니시나요?
pyong-so-e-neun o-neu mi-yong-sil-ro da-ni-si-na-yo

## 狀況010 ● 剪髮完成後的確認

★剪完了，您看一下？

# 다 되었습니다. 한번 보시겠습니까?
da dwe-ot-sseum-ni-da. han-bon bo-si-get-sseum-ni-kka

★後面大概是這個樣子。

# 뒤쪽은 이러한 모양(스타일)입니다.
dwi-jjo-geun i-ro-han mo-yang(seu-ta-il)im-ni-da

！ 使用時機／이럴 때 쓴다

**拿著鏡子，要給客人看頭後部作確認時可以說這一句。**

★還要剪一點嗎？

# 더 잘라 드릴까요?
do jal-ra deu-ril-kka-yo

★染出來的顏色很漂亮。

# 컬러가 예쁘게 나왔네요.
kol-ro-ga yep-peu-ge na-wan-ne-yo

## 狀況011 ● 招待飲料

MP3 085

★請。

# 여기 있습니다./맛있게 드십시오.

yo-gi it-sseum-ni-da/ma-sit-kke deu-sip-ssi-o

★請問您要咖啡還是紅茶?

# 커피¹ 드시겠습니까, 홍차² 드시겠습니까?

ko-pi deu-si-get-sseum-ni-kka, hong-cha deu-si-get-sseum-ni-kka

1、2 還可以替換成以下方式表示:

| 麥茶 보리차 bo-ri-cha | 奶茶 밀크티 mil-keu-ti | 綠茶 녹차 nok-cha |
| --- | --- | --- |
| 蘋果汁 사과주스 sa-gwa-ju-sseu | 烏龍茶 우롱차 u-rong-cha | 柳橙汁 오렌지주스 o-ren-ji-ju-sseu |

★您要冰的還是熱的?

# 시원한 물 드릴까요? 따뜻한 물 드릴까요?

si-wo-nan mul deu-ril-kka-yo? tta-tteu-tan mul deu-ril-kka-yo

## 狀況012 ● 推薦美髮商品

MP3 086

★您在家裡會護髮嗎?

# 집에서 따로 관리하시나요?

ji-be-so tta-ro gwal-ri-ha-si-na-yo

219

★您有髮蠟嗎?

# 왁스 가지고 계십니까?

wak-sseu ga-ji-go gye-sim-ni-kka

★這款護髮油，不會黏膩，很好用。

# 이 헤어 오일은 끈적임이 없어 쓰시기 좋은 제품입니다.

i he-o o-i-reun kkeun-jo-gi-mi op-sso sseu-si-gi jo-eun je-pu-mim-ni-da

◯ 還可以換成以下方式表示：

| |
|---|
| **不會油膩** 기름지지 않아<br>gi-reum-ji-ji a-na |
| **可以讓頭髮容易整理** 머리손질을 쉽게 해줘서<br>mo-ri-son-ji-reul swip-kke hae-jwo-so |
| **可以讓頭髮自然捲順** 컬을 자연스럽게 해줘서<br>ko-reul ja-yon-seu-rop-kke hae-jwo-so |
| **讓頭髮柔順亮麗** 머릿결을 부드럽고 윤기 나게 해줘서<br>mo-rit-kkyo-reul bu-deu-rop-kko yun-kki na-ge hae-jwo-so |

★這款洗髮精，它很著重在洗的部分，對頭髮負擔較少。

# 이 샴푸는 세정에 특화되어 세정력이 우수하며 모발에 부담이 적은 제품입니다.

i syam-pu-neun se-jong-e teu-kwa-dwe-o se-jong-nyo-gi u-su-ha-myo mo-ba-re bu-da-mi jo-geun je-pu-mim-ni-da

★如果購買整套，則另有優惠喔！

# 한 세트를 전부 구매하시면 할인해 드립니다.

han sse-teu-reul jon-bu gu-mae-ha-si-myon ha-rin-hae deu-rim-ni-da

## 基本會話 / 기본회화

**店員：** 집에서 모발 관리하시나요?

ji-be-so mo-bal gwal-ri-ha-si-na-yo

您在家裡會自己護髮嗎？

**顧客：** 아니요. 그냥 기본적으로 샴푸만 하는데요.

a-ni-yo. geu-nyang gi-bon-jo-geu-ro syam-pu-man ha-neun-de-yo

沒有耶！只有做一般基本的洗髮而已。

**店員：** 그러세요? 그러면 이 헤어 오일을 추천해 드려요.

geu-ro-se-yo? geu-ro-myon i he-o o-i-reul chu-cho-nae deu-ryo-yo.

這樣呀！那我們推薦您這款護髮油。

이 제품을 바르시면 컬이 자연스럽고 사용법도 간단합니다.

i je-pu-meul ba-reu-si-myon ko-ri ja-yon-seu-rop-kko sa-yong-bop-tto gan-dan-ham-ni-da

若您塗抹這款護髮油，捲度就會很自然，而且使用上相當輕鬆容易。

顧客：한번 써보고 싶네요. 가격은 얼마입니까?

han-bon sso-bo-go sim-ne-yo. ga-gyo-geun ol-ma-im-ni-kka

聽了好想試試喔，請問價格怎麼算？

店員：한 병에 1,000위안입니다.

han byong-e chon wi-a-nim-ni-da

一瓶 1,000 元。

샴푸와 함께 구매하시면 할인해 드려요!

syam-pu-wa ham-kke gu-mae-ha-si-myon ha-rin-hae deu-ryo-yo

如果跟洗髮精一起合購，另外還有優惠喔！

## 狀況013 ● 告知客人整髮的建議狀況

★頭髮要全部吹乾喔。

### 모발은 완전히 말려 주셔야 합니다.

mo-ba-reun wan-jo-ni mal-ryo ju-syo-ya ham-ni-da

★用捲髮棒將髮梢稍微內彎一點，就可以把頭髮整的很好看。

### 고데기를 이용하여 머리카락을 안쪽으로 살짝 말아 주시기만 하면 예쁘게 손질/스타일링하실 수 있습니다.

go-de-gi-reul i-yong-ha-yo mo-ri-ka-ra-geul an-jjo-geu-ro sal-jjak
ma-ra ju-si-gi-man ha-myon yep-peu-ge son-jil/seu-ta-il-ring-ha-sil
ssu it-sseum-ni-da

★噴髮膠時，請保持離頭髮至少 15 公分的距離再噴。

# 스프레이를 뿌리실 때는 최소 15센티미터의 간격을 두고 하십시오.

seu-peu-re-i-reul ppu-ri-sil ttae-neun chew-so si-bo sen-ti-mi-to-e gan-gyo-geul du-go ha-sip-ssi-o

**狀況014 ● 談論下次光顧的事宜**

★這是您的會員卡和我的名片。

# 여기 고객님의 회원카드와 저의 명함입니다.

yo-gi go-gaeng-nim-e hwe-won-ka-deu-wa jo-e myong-ham-im-ni-da

★如果有問題，請打此電話或用 LINE 跟我聯絡。

# 문의사항 있으시면 전화 주시거나 LINE 으로 연락 주시면 됩니다.

mu-ni-sa-hang i-sseu-si-myon jo-nwa ju-si-go-na ra-i-neu-ro yol-rak ju-si-myon dwem-ni-da

★期待您再次的光臨。

# 다음에 또 오세요.

da-eu-me tto o-se-yo

★很抱歉，我們免費幫您修剪一下。

## 죄송합니다. 무상으로 커트해 드리겠습니다.

jwe-song-ham-ni-da. mu-sang-eu-ro ko-teu-hae deu-ri-get-sseum-ni-da

★很抱歉，我請經理過來。

## 죄송합니다. 매니저를 불러 드리겠습니다.

jwe-song-ham-ni-da. mae-ni-jo-reul bul-ro deu-ri-get-sseum-ni-da

★真的很抱歉。

## 정말 죄송합니다.

jong-mal jwe-song-ham-ni-da

### ▌基本會話／기본회화

顧客：어머! 머리 색깔이 너무 이상하네요.

o-mo! mo-ri saek-kka-ri no-mu i-sang-ha-ne-yo

哎呀！我的髮色怎麼染得亂七八糟的。

店員：정말 죄송합니다.

jong-mal jwe-song-ham-ni-da.

非常抱歉！

무상으로 다시 염색해 드리겠습니다.

mu-sang-eu-ro da-si yom-sae-kae deu-ri-get-sseum-ni-da

我免費幫您重新染過。

顧客：됐습니다.

dwaet-sseum-ni-da.

不必了！

염색은 필요 없어요. 환불해 주세요!

yom-sae-geun pil-ryo op-sso-yo. hwan-bul-hae ju-se-yo

我不染了，請您退錢吧！

店員：매니저를 불러 드리겠습니다. 잠시만 기다려 주십시오.

mae-ni-jo-reul bul-ro deu-ri-get-sseum-ni-da. jam-si-man gi-da-ryo ju-sip-ssi-o

我請上司過來，請您稍候一下。

# 超好用 服務業必備詞彙

## ≫ 美髮師必備單字

★美髮沙龍項目表

| 剪髮 | 剪瀏海 | 染色 |
|---|---|---|
| 커트 | 앞머리 커트 | 염색 |
| ko-teu | am-mo-ri ko-teu | yom-saek |
| **層次染色** | **漂髮** | **燙髮** |
| 그래쥬에이션 커트 | 탈색 | 파마 |
| geu-rae-jyu-e-i-syon ko-teu | tal-ssaek | pa-ma |
| **燙直髮** | **離子燙** | **接髮** |
| 스트레이트 펌 | 매직 펌 | 붙임머리 |
| seu-teu-re-i-teu pom | mae-jik pom | bu-chim-mo-ri |
| **護髮(管理)** | **洗髮** | **護髮** |
| 헤어케어/클리닉 | 샴푸 | 트리트먼트 |
| he-o-ke-o/keul-ri-nik | syam-pu | teu-ri-teu-mon-teu |

★美髮用品

| 洗髮精<br>샴푸<br>syam-pu | 潤髮乳<br>컨디셔너<br>kon-di-syo-no |
|---|---|
| 護髮<br>트리트먼트<br>teu-ri-teu-mon-teu | 免洗護髮用品<br>바르는(씻지 않는) 트리트먼트<br>ba-reu-neun(ssit-jji an-neun)<br>teu-ri-teu-mon-teu |
| 髮油<br>헤어 오일<br>he-o o-ir | 髮蠟<br>왁스<br>wak-sseu |
| 髮膠<br>헤어 젤/스프레이<br>he-o jel/seu-peu-re-i | 乾洗髮噴霧<br>드라이샴푸<br>deu-ra-i-syam-pu |

★美髮工具

| 髮刷 | 梳子 | 髮夾 | 髮圈 |
|---|---|---|---|
| 브러시 | 빗 | 머리핀 | 머리끈/고무줄 |
| beu-ro-si | bit | mo-ri-pin | mo-ri-kkeun/<br>go-mu-jul |
| 美髮剪刀 | 髮夾 | 離子夾 | 捲髮棒 |
| 미용가위 | 헤어 클립 | 매직기 | 고데기 |
| mi-yong-ga-wi | he-o keul-rip | mae-jik-kki | go-de-gi |

**Part**
**7**

# 天天用得上的
# 美體按摩用語

★請問您需要哪種服務呢？

**어떤 서비스를 원하십니까?**

o-tton sso-bi-sseu-reul wo-na-sim-ni-kka

★請問要試試看我們的泰式按摩嗎?

**태국식 마사지 한 번 받아보시겠습니까?**

tae-guk-ssik ma-ssa-ji han bon ba-da-bo-si-get-sseum-ni-kka

★我們有 40 分鐘跟 60 分鐘的療程。

**40분짜리가 있고 60분짜리가 있습니다.**

sa-sip-ppun-jja-ri-ga it-kko yuk-ssip-ppun-jja-ri-ga it-sseum-ni-da

★您要做指壓還是油壓呢？

**건식마사지(지압/스포츠)를 받으시겠습
니까, 아니면 습식(오일/아로마)마사지를
받으시겠습니까?**

gon-sing-ma-ssa-ji(ji-ap/seu-po-cheu)reul ba-deu-si-get-sseum-ni-
kka, a-ni-myon seup-ssik(o-il/a-ro-ma)ma-ssa-ji-reul ba-deu-si-get-
sseum-ni-kka

★您需不需要去角質呢？

**각질 제거 해 드릴까요?**

gak-jjil je-go hae deu-ril-kka-yo

□ 還可以換成以下方式表示：

| 上半身按摩 상반신 마사지<br>sang-ban-sin ma-ssa-ji | 全身按摩 전신 마사지<br>jon-sin ma-ssa-ji |
|---|---|
| 頭皮按摩 두피 마사지<br>du-pi ma-ssa-ji | 腳底按摩 발 마사지<br>bal ma-ssa-ji |

## ▌基本會話 / 기본회화

顧客：발 마사지를 받으려고 합니다.

bal ma-ssa-ji-reul ba-deu-ryo-go ham-ni-da

麻煩我要腳底按摩。

店員：40분짜리가 있고 1시간짜리가 있습니다. 어떤 것으로 하시겠습니까?

sa-sip-ppun-jja-ri-ga it-kko han-si-gan-jja-ri-ga it-sseum-ni-da.

o-tton go-seu-ro ha-si-get-sseum-ni-kka.

我們有 40 分鐘跟一小時的品項。請問您要哪一種？

顧客：1시간짜리로 하겠습니다.

han-si-gan-jja-ri-ro ha-get-sseum-ni-da

按一小時的好了。

店員：네. 안쪽으로 들어오십시오.

ne. an-jjo-geu-ro deu-ro-o-sip-ssi-o

好的。裡面請。

→非全身按摩的引導時

★請坐在這邊。

# 이 쪽에 앉으십시오.

i jjo-ge an-jeu-sip-ssi-o

★請脫掉襪子。

# 양말을/를 벗어 주십시오.

yang-ma-reul bo-so ju-sip-ssi-o

◻ 還可以換成以下方式表示：

| 絲襪（薄） 스타킹 | 絲襪（厚） 타이즈 |
|---|---|
| seu-ta-king | ta-i-jeu |
| 衣服 옷 | 內衣 속옷 |
| ot | so-got |

→全身按摩的引導時

★更衣室的話，這邊請。

# 탈의실은/는 이쪽에 있습니다.

ta-ri-si-reun i-jjo-ge it-sseum-ni-da

◻ 還可以換成以下方式表示：

| 化妝室 화장실 | 按摩室 마사지실 |
|---|---|
| hwa-jang-sil | ma-ssa-ji-sil |
| 收銀台（結帳區） 계산대/카운터 | |
| gye-san-dae/ka-un-to | |

★麻煩先沖洗一下身體，並換上這件衣服。

# 먼저 몸을 가볍게 씻으신 뒤 이 옷으로 갈아입으십시오.

mon-jo mo-meul ga-byop-kke ssi-seu-sin dwi i o-seu-ro ga-ra-i-beu-sip-ssi-o

★請您趴在按摩床上，臉朝著那個洞陷下去。

# 침대 위에 엎드리셔서 구멍에 얼굴을 넣어 주십시오.

chim-dae wi-e op-tteu-ri-syo-so gu-mong-e ol-gu-reul no-o ju-sip-ssi-o

## 狀況003 ● 打招呼與寒暄

MP3 092

★請多多指教。

# 잘 부탁 드립니다.

jal bu-tak deu-rim-ni-da

★您常常按摩嗎？

# 마사지는 자주 받으시나요?

ma-ssa-ji-neun ja-ju ba-deu-si-na-yo

★您是來觀光旅行的嗎?

# 여행하러 오신 건가요?

yo-haeng-ha-ro o-sin gon-ga-yo

還可以換成以下方式表示：

| 來工作 업무 차 오신 | 出差 출장오신 |
|---|---|
| om-mu cha o-sin | chul-jjang-o-sin |

| 留學 유학오신 | 住在這裡 이곳에 거주하시는 |
|---|---|
| yu-ha-ko-sin | i-go-se go-ju-ha-si-neun |

## 狀況004 ● 力道的拿捏

★請問這個力道可以嗎？

# 이 정도 강도/세기는 괜찮으십니까?

i jong-do gang-do/se-gi-neun gwaen-cha-neu-sim-ni-kka

★如果會痛，請告訴我。

# 아프시면 말씀해 주십시오.

a-peu-si-myon mal-sseu-mae ju-sip-ssi-o

◯ 還可以換成以下方式表示：

| 太燙的話 뜨거우면 | （液體）冰 （액체）차가우면 |
|---|---|
| tteu-go-u-myon | (aek-che)cha-ga-u-myon |
| 會癢的話 간지러우시면 | （溫度）太冰的話 （온도）차가우면 |
| gan-ji-ro-u-si-myon. | (on-do)cha-ga-u-myon |

★會不會太燙？

# 뜨거우신가요?

tteu-go-u-sin-ga-yo

## 狀況005 ● （腳底按摩）提醒健康問題

★這邊跟肝臟有關。

# 이 부분은 간과 관련이 있습니다.

i bu-bu-neun gan-gwa gwal-ryo-ni it-sseum-ni-da

！ 使用時機 / 이럴 때 쓴다

這句話完整的句子是「這邊的穴道跟肝臟有關係」，按摩師可以用
這句話來告訴客人他身體不正常或是疲勞的地方。

★您有睡眠不足的問題，對吧？

# 평소 수면량이 부족하시지요?

pyong-so su-myol-ryang-i bu-jo-ka-si-ji-yo

★請多喝一點水。

# 물을 많이 마시십시오.

mu-reul ma-ni ma-si-sip-ssi-o

## 狀況006 ● 客人的主訴及請求

★這邊會痛是身體哪裡不好呢？

# 이 부분이 아프다는 것은 신체 어느 부위
# 가 안 좋다는 신호인가요?

i bu-bu-ni a-peu-da-neun go-seun sin-che o-neu bu-wi-ga an jo-ta-
neun si-no-in-ga-yo

顧　　客 : 이 부분이 아프다는 것은 몸의 어디가 안 좋다는 신
호인가요?

i bu-bu-ni a-peu-da-neun go-seun mo-me o-di-ga an jo-ta-neun si-no-in-ga-yo

這邊會痛是身體哪裡不好呢？

服務人員 : 이 부분은 눈과 관련있습니다. 평소에 휴대폰이나
텔레비전을 많이 보십니까?

i bu-bu-neun nun-gwa gwal-ryo-nit-sseum-ni-da. pyong-so-e hyu-dae-po-ni-na tel-re-bi-jo-neul ma-ni bo-sim-ni-kka

這裡是眼睛的問題。您平時都常常會看手機或是電腦嗎？

顧　　客 : 네.

ne

是的。

服務人員 : 그러면 다 보신 뒤에 눈을 충분히 쉬게 해 주어야 합
니다.

geu-ro-myon da bo-sin dwi-e nu-neul chung-bu-ni swi-ge hae ju-o-ya ham-ni-da

那麼看完之後請讓眼睛好好休息才行。

★這邊會痛。

# 이 부분이 아픕니다.
i bu-bu-ni a-peum-ni-da

★再按輕一點。

# 조금만 약하게/살살 해주십시오.

jo-geum-man ya-ka-ge/sal-sal hae-ju-sip-ssi-o

還可以換成以下方式表示：

| 用力一點 세게 | 溫柔一點 부드럽게 |
|---|---|
| se-ge | bu-deu-rop-kke |

## 狀況007 ● 讚美客人

MP3 096

★您的皮膚很好。

# 피부가 정말 좋으시네요.

pi-bu-ga jong-mal jo-eu-si-ne-yo

還可以換成以下方式表示：

| 很光滑 매끄럽네요 | 很白皙 뽀얗네요 |
|---|---|
| mae-kkeu-rom-ne-yo | ppo-yan-ne-yo |
| 有光澤 윤기가 나네요 | 看不到皺紋 주름이 안 보이네요 |
| yun-kki-ga na-ne-yo | ju-reu-mi an bo-i-ne-yo |

★您的身體不會水腫。

# 붓기가 하나도 없네요

but-kki-ga ha-na-do om-ne-yo

★您保養的非常好。

# 정말 관리 잘하셨네요.

jong-mal gwal-ri ja-la-syon-ne-yo

★正在進行縮小毛孔的療程。

## 모공 축소 시술하겠습니다.

mo-gong chuk-sso si-su-la-get-sseum-ni-da

★我幫您矯正歪曲。

## 휜 부분을 교정해 드리겠습니다.

hwin bu-bu-neul gyo-jong-hae deu-ri-get-sseum-ni-da

★我現在要幫您清潔臉部的部分。

## 얼굴 클렌징해 드리겠습니다.

ol-gul keul-ren-jing-hae deu-ri-get-sseum-ni-da

★我先幫您清除粉刺。

## 먼저 여드름을 제거해 드리겠습니다.

mon-jo yo-deu-reu-meul je-go-hae deu-ri-get-sseum-ni-da

★現在開始幫您做鎮定保溼，然後再幫您敷臉喔。

## 먼저 수분진정 케어를 한 후에 팩 해 드리 겠습니다.

mon-jo su-bun-jin-jong ke-o-reul han hu-e paek hae deu-ri-get-sseum-ni-da

★幫您擦上乳液，回去後有任何問題請再告訴我們。

## 로션 발라 드렸습니다.돌아 가셔서 문의 사항 있으시면 언제든지 연락 주십시오.

ro-syon bal-ra deu-ryot-sseum-ni-da. do-ra ga-syo-so mu-ni-sa-hang i-sseu-si-myon on-je-deun-ji yol-rak jju-sip-ssi-o

★對消除橘皮組織有效果。

## 셀룰라이트를 없애는 데 매우 효과적입니다.

sel-rul-ra-i-teu-reul op-ssae-neun de mae-u hyo-kkwa-jo-gim-ni-da

★我來幫您消除水腫。

## 붓기를 제거해 드리겠습니다.

but-kki-reul je-go-hae deu-ri-get-sseum-ni-da

★我先開始幫您鬆筋喔！

## 먼저 근육을 풀어 드릴게요.

mon-jo geu-nyu-geul pu-ro deu-ril-kke-yo

★您的身體好緊繃，平常很少運動吧？

## 많이 뭉쳐 있네요. 평소에 운동 자주 안 하시나요?

ma-ni mung-cho in-ne-yo. pyong-so-e un-dong ja-ju a na-si-na-yo

★幫您進行頭皮按摩的服務。

## 두피 마사지 해 드리겠습니다.

du-pi ma-ssa-ji hae deu-ri-get-sseum-ni-da

還可以換成以下方式表示：

| 手 손 son | 臀部 엉덩이 ong-dong-i | 手指頭 손가락 son-kka-rak |
|---|---|---|
| 肚子 배 bae | 腳步 발 bal | 膝蓋 무릎 mu-reup |

★請抬高您的頭。

# 머리를 들어 주십시오.

mo-ri-reul deu-ro ju-sip-ssi-o

★請您翻正面。

# 앞쪽으로 돌아누워 주십시오.

ap-jjo-geu-ro do-ra-nu-wo ju-sip-ssi-o

★請問您的胸部要按嗎？

# 가슴 부분도 마사지해 드릴까요?

ga-seum bu-bun-do ma-ssa-ji-hae deu-ril-kka-yo

！ 使用時機／이럴 때 쓴다

有些女性貴賓可能不喜歡按摩胸部，所以可以先用這句話做確認。

## 狀況010 ● 介紹商品

★這是幫助塑身的按摩霜。

# 체형 보정 효과가 있는 마사지 크림입니다.

che-hyong bo-jong hyo-kkwa-ga in-neun ma-ssa-ji keu-ri-mim-ni-da

★這是有助於發汗作用的入浴劑。

# 발한 작용에 도움이 되는 입욕제입니다.

ba-lan ja-gyong-e do-u-mi dwe-neun i-byok-jje-im-ni-da

★這花草茶可以讓您的身體溫熱起來。

# 이 허브차로 몸이 따뜻해질 것입니다.

i ho-beu-cha-ro mo-mi tta-tteu-tae-jil kko-sim-ni-da

★要注意不要讓體質變寒。

# 몸을 차갑게 하지 마십시오.

mo-meul cha-gap-kke ha-ji ma-sip-ssi-o

還可以換成以下方式表示：

**每天要三餐飲食正常** 하루 세 끼 규칙적인 식사를 하십시오
ha-ru se-kki gyu-chik-jjo-gin sik-ssa-reul ha-sip-ssi-o

**用餐時間要固定** 정해진 시간에 식사하십시오
jong-hae-jin si-ga-ne sik-ssa-ha-sip-ssi-o

**不要太晚睡** 너무 늦게 잠자리에 들지 마십시오
no-mu neut-kke jam-jja-ri-e deul-ji ma-sip-ssi-o

**要做適量的運動** 적당한 운동을 해야 합니다
jok-ttang-han un-dong-eul hae-ya ham-ni-da

**不要累積太多壓力** 과도한 스트레스를 받지 마십시오
gwa-do-han seu-teu-re-sseu-reul bat-jji ma-sip-ssi-o

★要加強保濕。

# 보습을 강화하십시오.

bo-seu-beul gang-hwa-ha-sip-ssi-o

◻ 還可以換成以下方式表示：

**擦乳液** 로션을 바르십시오
ro-syo-neul ba-reu-sip-ssi-o

**習慣性的按摩** 습관적으로(자주) 마사지 하십시오
seup-kkwan-jo-geu-ro(ja-ju)ma-ssa-ji ha-sip-ssi-o

**洗臉後馬上保濕** 세안 후 즉시 보습제를 바르십시오
se-an hu jeuk-ssi bo-seup-jje-reul ba-reu-sip-ssi-o

★洗臉要洗得很乾淨。

# 세안 시 잔여물 없이 깨끗하게 닦아내셔야 합니다.

se-an si ja-nyo-mul op-ssi kkae-kkeu-ta-ge da-kka-nae-syo-ya ham-ni-da

狀況013 ● 介紹美體按摩課程

★我們有三個月以上開始的課程。

# 3개월짜리부터 있습니다.

sam-gae-wol-jja-ri-bu-to it-sseum-ni-da

◻ 還可以換成以下方式表示：

| 6 個月　6개월 | 1 年　1년 | 10 回　10회 |
|---|---|---|
| yuk-kkae-wol | il-ryon | si-pwe |

★我們也有提供婚前美體按摩的服務。

# 저희 샵에는 신부 관리 프로그램도 있습니다.

jo-hi sya-be-neun sin-bu gwal-ri peu-ro-geu-raem-do it-sseum-ni-da

★腳底按摩 40 分鐘，總共是 800 元。

# 발 마사지 40분에 800위안입니다.

bal ma-ssa-ji sa-sip-ppu-ne pal-bae-gwi-a-nim-ni-da

★收您 800 元整，謝謝。

# 800위안 받았습니다. 감사합니다.

pal-bae-gwi-an ba-dat-sseum-ni-da. gam-sa-ham-ni-da

★收您 1,000 元，找您 200 元。

# 1,000위안 받았습니다. 200위안 거슬러 드리겠습니다.

chon-wi-an ba-dat-sseum-ni-da. i-bae-gwi-an go-seul-ro deu-ri-get-sseum-ni-da

## 基本會話 / 기본회화

顧客：계산해 주세요.

gye-sa-nae ju-se-yo

請幫我結帳。

店員：네. 발 마사지 120분에 2,400위안입니다.

ne. bal ma-ssa-ji bae-ki-sip-ppu-ne i-chon-sa-bae-gwi-a-nim-ni-da

好的。腳底按摩 120 分鐘，一共 2,400 元。

顧客：（付款動作）

店員：2,400위안 받았습니다. 감사합니다.

i-chon-sa-bae-gwi-an ba-dat-sseum-ni-da. gam-sa-ham-ni-da

收您 2,400 元，謝謝。

## 狀況015 ● 客人再度光臨

★李素妍小姐，歡迎光臨。

# 이소연님, 반갑습니다.

i-so-yon-nim, ban-gap-sseum-ni-da

! 使用時機 / 이럴 때 쓴다

如果已經知道客人的姓氏，可以叫對方的姓，比較有親切感。

★您以前曾經來過嗎？

# 예전에 방문하신 적 있으신가요?

ye-jo-ne bang-mu-na-sin jok i-sseu-sin-ga-yo

# 超好用服務業必備詞彙

## ≫ 腳底按摩師必備單字

★內臟名稱一覽表

| 腦<br>뇌/머리<br>nwe/mo-ri | 眼<br>눈<br>nun | 胃<br>위<br>wi | 心臟<br>심장<br>sim-jang |
|---|---|---|---|
| 腎臟<br>신장<br>sin-jang | 肝臟<br>간<br>gan | 胰臟<br>췌장<br>chwae-jang | 脾臟<br>비장<br>bi-jang |
| 肺臟<br>폐장<br>pye-jang | 十二指腸<br>십이지장<br>si-bi-ji-jang | 小腸<br>소장<br>so-jang | 大腸<br>대장<br>dae-jang |
| 子宮<br>자궁<br>ja-gung | 尿道<br>요도<br>yo-do | 膀胱<br>방광<br>bang-gwang | 生殖器<br>생식기<br>saeng-sik-kki |

# Part
## 8

天天用得上的
攝影寫真用語

狀況001 ● 接待客人

★歡迎光臨。請問有預約嗎？

## 어서 오세요. 예약하셨나요?

o-so o-se-yo. ye-ya-ka-syon-na-yo

★您今天要拍照，對吧？

## 오늘 사진 촬영하시기로 하셨죠?

o-neul sa-jin chwa-ryong-ha-si-gi-ro ha-syot-jjo

　還可以換成以下方式表示：

| 結婚照 웨딩사진<br>wae-ding-sa-jin | 家族照 가족사진<br>ga-jok-sa-jin | 嬰兒照 아기사진<br>a-gi-sa-jin |
|---|---|---|
| 紀念照 기념사진<br>gi-nyom -sa-jin | 證件照 증명사진<br>jeung-myong-sa-jin | 寶寶百日紀念照<br>백일 사진<br>bae-gil sa-jin |

★在攝影師到之前，請稍等一下。

## 작가님이 오시기 전까지 잠시만 기다려 주십시오.

jak-kka-ni-mi o-si-gi jon-kka-ji jam-si-man gi-da-ryo ju-sip-ssi-o

## 狀況002 ● 詢問客人想要的感覺

MP3
106

★請問您要怎麼樣的風格？

# 어떤 스타일을 원하십니까?

o-tton seu-ta-i-reul wo-na-sim-ni-kka

★最近近代風格的寫真照也很受歡迎。

# 요즘은 근대풍 사진이 인기입니다.

yo-jeu-meun geun-dae-pung sa-ji-ni in-gi-im-ni-da

★整體上我們以可愛風格為主進行拍攝，但也可以拍幾張酷酷的。

# 전체적으로 귀여운 이미지 위주로 촬영하고, 시크한 느낌으로도 몇 장 찍겠습니다.

jon-che-jo-geu-ro gwi-yo-un i-mi-ji wi-ju-ro chwa-ryong-ha-go, si-keu-han neu-kki-meu-ro-do myot jang jjik-kket-sseum-ni-da

## 狀況003 ● 指導表情

MP3
107

★笑一個！

# 웃으세요!

u-seu-se-yo

還可以換成以下方式表示：

---

**提起嘴角** 입꼬리를 살짝 올리세요
ip-kko-ri-reul sal-jjak ol-ri-se-yo

---

**撇開眼睛** 다른 곳을 보세요/시선을 피하세요
da-reun go-seul bo-se-yo/si-so-neul pi-ha-se-yo

**要收下巴** 턱을 당기세요
to-geul dang-gi-se-yo

要露出幸福的表情 행복한 표정을 지으세요
haeng-bo-kan pyo-jong-eul ji-eu-se-yo

來點挑逗的眼神 도발적인 눈빛을 해보세요
do-bal-jjo-gin nun-ppi-cheul hae-bo-se-yo

眼珠朝上看 눈동자를 위로 올리세요
nun-ttong-ja-reul wi-ro ol-ri-se-yo

★不要看鏡頭。

# 렌즈를 보지 마세요.

ren-jeu-reul bo-ji ma-se-yo

★要自然的表情。

# 자연스러운 표정을 지어 보세요.

ja-yon-seu-ro-un pyo-jong-eul ji-o bo-se-yo

**狀況004 ● 指導姿勢的擺法**

★身體要偏斜，臉看前面。

# 몸은 기울이시고 얼굴은 앞을 보세요.

mo-meun gi-u-ri-si-go ol-gu-reun a-peul bo-se-yo

★把手放到腰部。

# 손을 허리에 갖다대세요.

so-neul ho-ri-e gat-tta-dae-se-yo

☐ 還可以換成以下方式表示：

| 頭髮 머리 | 下巴 턱 | 肩膀 어깨 | 腳 발 |
|---|---|---|---|
| mo-ri | tok | o-kkae | bal |

★重心要放在左腳。

# 무게중심을 왼발에 두세요.
mu-ge-jung-si-meul wen-ba-re du-se-yo

## 狀況005 ● 誇獎被拍攝的對象

★很可愛！

# 귀여워요!
gwi-yo-wo-yo

★很好！

# 좋습니다!
jo-sseum-ni-da

★很棒！

# 훌륭합니다!
hul-ryung-ham-ni-da

！ 使用時機 / 이럴 때 쓴다

誇獎可以給客人安心感，可以消除緊張，要拍好相片要學會讚美他人。

## 狀況006 ● 幫助被拍攝的對象放鬆

★您可以假設這裡沒有照相機。

# 여기 카메라가 없다고 생각하세요.
yo-gi ka-me-ra-ga op-tta-go saeng-ga-ka-se-yo

★放輕鬆。

# 긴장 푸세요.

gin-jang pu-se-yo

★要覺得自己像模特兒！

# 내가/본인이 모델이라고 생각하세요!

nae-ga/bo-ni-ni mo-de-ri-ra-go saeng-ga-ka-se-yo

★您平常也會拍照嗎？

# 평소에 사진을 잘 찍으시나요?

pyong-so-e sa-ji-neul jal jji-geu-si-na-yo

■ 基本會話 / 기본회화

攝影師 : 긴장하지 마세요.

　　　　gin-jang-ha-ji ma-se-yo.

　　　　不要緊張。

　　　　평소에 사진을 자주 찍으시나요?

　　　　pyong-so-e sa-ji-neul ja-ju jji-geu-si-na-yo

　　　　您平常也會拍照嗎？

顧　客 : 아니요. 거의 안 찍습니다.

　　　　a-ni-yo. go-i an jjik-sseum-ni-da

　　　　不會，我很少拍照。

攝影師 : 그러시군요. 그럼 여기 카메라가 없다고 생각하세요.

　　　　geu-ro-si-gun-nyo. geu-rom yo-gi ka-me-ra-ga op-tta-go
　　　　saeng-ga-ka-se-yo

　　　　是喔。那請您想像這裡沒有照相機。

저와 가볍게 대화한다고 생각하시면서 편하게 촬영해 봅시다!

jo-wa ga-byop-kke dae-hwa-han-da-go saeng-ga-ka-si-myon-so pyo-na-ge chwa-ryong-hae bop-ssi-da

當作來跟我聊天輕鬆進行拍攝吧！

## 狀況007 ● 怎麼整理照片

★要做成相簿嗎？

# 앨범으로 만들어 드릴까요?

ael-bo-meu-ro man-deu-ro deu-ril-kka-yo

★我們還可以做成卡片版的。

# 카드로도 만들어 드립니다.

ka-deu-ro-do man-deu-ro deu-rim-ni-da

★完成的相片，我們燒成光碟給您。

# 완성된 사진은 CD에 담아 드립니다.

wan-song-dwen sa-ji-neun CD-e da-ma deu-rim-ni-da

## 狀況008 ● 要不要修圖

★修圖的部分，由我們來幫您調整，可以嗎？

# 저희가 보정/리터칭 해 드려도 될까요?

jo-hi-ga bo-jong/ri-to-ching hae deu-ryo-do dwel-kka-yo

★有沒有特別想修哪個部分呢？

# 특별히 수정하고 싶으신 곳이 있습니까?

teuk-ppyo-li su-jong-ha-go si-peu-sin go-si it-sseum-ni-kka

★我們會幫您調整顏色。

# 컬러를 조정해 드릴 수 있습니다.

kol-ro-reul jo-jong-hae deu-ril ssu it-sseum-ni-da

○ 還可以換成以下方式表示：

| 彩度 채도 | 明亮度 명도(밝기) | 尺寸 사이즈 |
|---|---|---|
| chae-do | myong-do(bak-kki) | ssa-i-jeu |

## 狀況009 ● 拍攝婚紗照

★兩個人緊緊靠在一起。

# 두 분 더 가까이 붙으세요.

du bun do ga-kka-i bu-teu-se-yo

★把戒指現出來給我看。

# 반지가 보이게 해주세요.

ban-ji-ga bo-i-ge hae-ju-se-yo

！ 使用時機／이럴 때 쓴다

使用於當要強調拍攝到戒指的時候可以說這句話。意思是請將手擺出來。

★牽手一下。

# 손을 잡으세요.

so-neul ja-beu-se-yo

★看著您的老婆，微笑一下。

# 신부님을 바라보시면서 미소를 지으세요.

sin-bu-ni-meul ba-ra-bo-si-myon-so mi-so-reul ji-eu-se-yo

## 狀況010 ● 擔任婚禮攝影

★各位，我們要來拍個大合照。

# 하객 여러분. 이제 단체사진 촬영이 있겠습니다.

ha-gaeg yo-ro-bun. i-je dan-che-sa-jin chwa-ryong-i it-kket-sseum-ni-da

★您要不要拍一張？

# 사진 찍으시겠습니까?

sa-jin jji-geu-si-get-sseum-ni-kka

## 狀況011 ● 拍攝全家福照片

★請大家稍微移動到左邊。

# 모두 좌측로/으로 조금씩 이동해 주십시오.

mo-du jwa-cheu-geu-ro jo-geum-ssik i-dong-hae ju-sip-ssi-o

還可以換成以下方式表示：

| 右側 우측 | 前面 앞 | 中間 가운데 |
|---|---|---|
| u-cheu | ap | ga-un-de |

★身體要往側邊，臉要看前面。

# 몸은 측면으로 돌리시고 얼굴은 정면을 보세요.

mo-meun cheung-myo-neu-ro dol-ri-si-go ol-gu-reun jong-myo-neul bo-se-yo

★小朋友們站在前排。

# 어린이들은 맨 앞줄에 서세요.

o-ri-ni-deu-reun maen ap-jju-re so-se-yo

## 狀況012 ● 證件照

★請用側邊的頭髮蓋住耳朵。

# 옆머리로 귀를 덮어 주세요.

yom-mo-ri-ro gwi-reul do-po ju-se-yo

★瀏海遮住眼睛了。

# 앞머리가 눈을 가렸습니다.

am-mo-ri-ga nu-neul ga-ryot-sseum-ni-da

★請輕輕的微笑喔。

# 살짝 미소 지어 보세요!

sal-jjak mi-so ji-o bo-se-yo

★請把嘴角抬高一點。

# 입꼬리를 살짝 올리세요.

ip-kko-ri-reul sal-jjak ol-ri-se-yo

## 狀況013 ● 拍攝嬰兒照

★不見了，不見了，有了！

# 어디 있나? 어디 있나? 까꿍!

o-di in-na? o-di in-na? kkak-kung

這是嬰兒的用語，這句話可以給嬰兒安心感與歡樂。必要時試著用嬰兒語跟他溝通。

★媽媽，請過來站在後面。

# 어머니, 이쪽으로 오셔서 아기 뒤쪽에 서 주세요.

o-mo-ni, i-jjo-geu-ro o-syo-so a-gi dwi-jjo-ge so-ju-se-yo

# 超好用 服務業必備詞彙

★攝影風格

| | | |
|---|---|---|
| 可愛的<br>귀여운<br>gwi-yo-un | 溫馨<br>따스한<br>tta-seu-han | 近代風格<br>근대풍<br>geun-dae-pung |
| 典雅<br>단아한<br>da-na-han | 性感<br>섹시한<br>ssek-si-han | 韓風<br>한국스타일<br>han-guk-sseu-ta-il |
| 新清自然<br>신선하고 자연스러운<br>sin-so-na-go ja-yon-<br>seu-ro-un | 中式<br>중국풍<br>jung-guk-pung | 甜美<br>달콤한<br>dal-ko-man |
| 夢幻<br>몽환적인<br>mong-hwan-jo-gin | 恐怖<br>공포스러운<br>gong-po-seu-ro-un | 校園<br>캠퍼스풍<br>kaem-po-sseu-pung |
| 復古<br>복고풍<br>bok-kko-pung | 羅莉<br>로리타풍<br>ro-ri-ta-pung | 歐洲風格<br>유럽 스타일<br>yu-rop seu-ta-il |

★拍攝方式及相關環境、物品

| 攝影棚<br>(攝影)스튜디오/세트장<br>(chwa-ryong)seu-tyu-di-o/sse-teu-jang | 背景<br>배경<br>bae-gyong | 布幕<br>천막<br>chon-mak |
|---|---|---|
| 棚拍<br>스튜디오 촬영<br>seu-tyu-di-o chwa-ryong | 外拍<br>야외촬영<br>ya-we-chwa-ryong | 夕拍<br>저녁촬영<br>jo-nyok-chwa-ryong |
| 夜拍<br>야간촬영<br>ya-gan-chwa-ryong | 海外拍攝<br>해외촬영<br>hae-we-chwa-ryong | 拍攝用的道具<br>촬영도구/소품<br>chwa-ryong-do-gu/so-pum |
| 新娘捧花<br>부케<br>bu-ke | 愛心汽球<br>하트 풍선<br>ha-teu pung-son | 波浪鼓<br>딸랑이<br>ttal-rang-i |

★攝影必知用語

| 廣角<br>광각<br>gwang-gak | 鏡頭<br>렌즈<br>ren-jeu | 濾鏡<br>필터<br>pil-to |
|---|---|---|
| 閃光燈<br>플래시<br>peul-rae-si | 比例<br>비율<br>bi-yul | 按快門<br>셔터를 누르다<br>syo-to-reul nu-reu-da |
| 調整光圈<br>조리개 조절<br>jo-ri-gae jo-jol | 消除紅眼<br>적목현상 제거<br>jong-mo-kyon-sang je-go | 對焦<br>초점을 맞추다<br>cho-jjo-meul ma-chu-da |
| 打光<br>조명을 비추다<br>jo-myong-eul bi-chu-da | 錄影<br>녹화<br>no-kwa | 連拍<br>연속촬영<br>yon-sok-chwa-ryong |
| 背光<br>역광<br>yokk-kwang | 曝光<br>노광/(빛의) 노출<br>no-gwang/(bi-che) no-chul | 感光<br>감광<br>gam-gwang |

# Part
## 9

天天用得上的
導遊韓語

# 09 天天用得上的導遊韓語

★「芒果旅行團」的貴賓，請往這邊走。

## '망고투어' 고객님들께서는 이쪽으로 오십시오.

'man-ggo-tu-o' go-gaeng-nim-deul-kke-so-neun i-jjo-geu-ro o-sip-ssi-o

★長途旅行辛苦了，請在這邊稍等一下。

## 먼 길 오시느라 고생 많으셨습니다. 이쪽에서 잠시만 기다려 주십시오.

mon gil o-si-neu-ra go-saeng ma-neu-syot-sseum-ni-da. i-jjo-ge-so jam-si-man gi-da-ryo ju-sip-ssi-o

★歡迎各位的到訪。

## 이 곳에 오신 여러분들을 환영합니다.

i go-se o-sin yo-ro-bun-deu-reul hwan-yong-ham-ni-da

★我是「芒果旅遊」的當地導遊，敝姓黃。

## 저는 '망고 투어'의 현지 가이드 황세준입니다.

jo-neun 'man-ggo-tu-o'e hyon-ji ga-i-deu hwang-se-ju-nim-ni-da

★現在要開始點名，被叫到名字的貴賓請回答。

# 지금부터 명단을 부를테니 호명되신 분들 께서는 대답해 주십시오.

ji-geum-bu-to myong-da-neul bu-reul-te-ni ho-myong-dwe-sin bun-deul-kke-so-neun dae-da-pae ju-sip-ssi-o

★需要匯兌的貴賓，請跟我來。

# 환전하실 분들은 저와 함께 가시지요.

hwan-jo-na-sil ppun-deu-reun jo-wa ham-kke ga-si-ji-yo

★車子已經準備好了，請往這邊來。

# 차량이/가 이미 준비되어 있습니다. 이쪽 으로 오십시오.

cha-ryang-i i-mi jun-bi-dwe-o it-sseum-ni-da. i-jjo-geu-ro o-sip-ssi-o

還可以換成以下方式表示：

| **遊覽車** 관광버스<br>gwan-gwang-ppo-sseu | **船** 배<br>bae |
|---|---|
| **接駁車** 셔틀버스<br>syo-teul-ppo-sseu | **飛機** 비행기<br>bi-haeng-gi |

★大型行李要放在遊覽車上，請集中到這邊來。

# 큰 짐은/는 버스 안에 실어야 하니 이쪽에 모아 주십시오.

keun ji-meun ppo-sseu a-ne si-ro-ya ha-ni i-jjo-ge mo-a ju-sip-ssi-o

□ 還可以換成以下方式表示：

| □ 1 | □ 2 |
|---|---|
| **護照** 여권<br>yok-kwon | **收** 걷어야<br>go-do-ya |
| **機票** 항공권<br>hang-gong-kkwon | **代為保管** (다른 곳에) 맡겨야<br>(da-reun go-se) mat-kkyo-ya |

★那麼，接下來我們要搭車前往飯店。

## 자, 이제 차를 타고 호텔로 이동하겠습니다.

ja, i-je cha-reul ta-go ho-tel-ro i-dong-ha-get-sseum-ni-da

★各位貴賓請上車。

## 모든 분들께서는 차량에 탑승해 주십시오.

mo-deun bun-deul-kke-so-neun cha-ryang-e tap-sseung-hae ju-sip-ssi-o

## 狀況002 ● 自我介紹

★我再重新自我介紹一次。

## 다시 한번 소개해 드리겠습니다.

da-si han-bon so-gae-hae deu-ri-get-sseum-ni-da

★我的綽號是芒果，請叫我芒果。

## 제 닉네임은 망고입니다. 망고라고 불러 주십시오.

je ning-ne-i-meun man-ggo-im-ni-da. man-ggo-ra-go bul-ro ju-sip-ssi-o

★我來自於台灣的台北。

# 전 대만의 타이베이 출신입니다.

jon dae-man-ne ta-i-ppe-i chul-ssin-im-ni-da

還可以換成以下方式表示：

| 高雄 가오슝<br>ga-o-syung | 桃園 타오위안<br>ta-o-wi-an | 基隆 지룽<br>ji-rung |
|---|---|---|
| 新竹 신주<br>sin-ju | 苗栗 먀오리<br>mya-o-ri | 屏東 핑둥<br>ping-dung |
| 台中 타이중<br>ta-i-jung | 宜蘭 이란<br>i-ran | 南投 난터우<br>nan-to-u |
| 花蓮 화렌<br>hwa-ryen | 彰化 장화<br>jang-hwa | 台東 타이둥<br>ta-i-dung |
| 雲林 윈린<br>wil-rin | 澎湖 펑후<br>pong-hu | 嘉義 쟈이<br>jya-i |
| 金門 진먼<br>jin-mon | 台南 타이난<br>ta-i-nan | 連江 렌쟝<br>ryen-jyang |

★遊覽車的司機是黃世俊先生。

# 관광버스의 기사님은 황세준님입니다.

gwan-gwang-ppo-sseu-e gi-sa-ni-meun hwang-se-jun-ni-mim-ni-da

★這五天請多多指教。

# 5일 동안 잘 부탁 드립니다.

o-il dong-an jal bu-tak deu-rim-ni-da

★首先，請別上標示用的胸針。

# 먼저 저희 팀 표시용으로 배지를 착용해 주십시오.

mon-jo jo-hi tim pyo-si-yong-eu-ro bae-jji-reul cha-gyong-hae ju-sip-ssi-o

還可以換成以下方式表示：

**貼上貼紙** 스티커를 붙여/부착해 주십시오.
seu-ti-ko-reul bu-cho/bu-cha-kae ju-sip-ssi-o

**戴上帽子** 모자를 써/착용해 주십시오.
mo-ja-reul sso/chag-yong-hae ju-sip-ssi-o

★現在的氣溫是攝氏二十五度。

# 현재 기온은 섭씨 25도입니다.

hyon-jae gi-o-neun sop-ssi i-si-bo-do-im-ni-da

★晚上會有一點冷，請帶著薄上衣。

# 저녁엔 다소 쌀쌀하니¹ 얇은 겉 옷을/를² 준비하십시오.

jo-nyo-gen da-so ssal-ssa-la-ni yal-beun go to-seul jun-bi-ha-sip-ssi-o

還可以換成以下方式表示：

| 1 | 2 |
|---|---|
| **日曬很熱** 햇빛이 뜨거우니<br>haet-ppi-chi tteu-go-u-ni | **帽子** 모자<br>mo-ja |

266

| | 陽傘 양산<br>yang-san |
|---|---|
| | 太陽眼鏡 선글라스<br>sson-geul-ra-sseu |
| 氣象預報會下雨 비 예보가<br>있으니<br>bi ye-bo-ga i-sseu-ni | 雨傘 우산<br>u-san |
| | 雨衣 우비/우의<br>u-bi/u-i |

★水龍頭裡的水不能直接飲用，請煮開了之後再喝。

## 수돗물은 바로 음용하시면 안 되며 끓인 뒤 식혀서 드십시오.

su-don-mu-reun ba-ro eu-myong-ha-si-myon an dwe-myo kkeu-rin dwi si-kyo-so deu-sip-ssi-o

★衛生紙不可以丟進馬桶。

## 휴지는 변기에 넣지 마십시오

hyu-ji-neun byon-gi-e no-chi ma-sip-ssi-o

還可以換成以下方式表示：

| 1 | 2 |
|---|---|
| 捷運上 지하철에서<br>ji-ha-cho-re-so | 飲食 음식을 드시지<br>eum-si-geul deu-si-ji |
| 公車上 버스에서<br>ppo-sseu-e-so | 嚼口香糖 껌을 씹지<br>kko-meul ssip-jji |

| 電梯內 엘리베이터에서 | 吸菸 흡연하지 |
|---|---|
| el-ri-be-i-to-e-so | heu-byo-na-ji |

★搭乘手扶梯時，請靠右側站立。

## 에스컬레이터를 타실 때는 우측에 서십시오.

e-seu-kol-re-i-to-reul ta-sil ttae-neun u-cheu-ge so-sip-ssi-o

★便利商店的袋子要另外購買。

## 편의점에서 비닐봉지는 별도로 구매하셔야 합니다.

pyo-ni-jo-me-so bi-nil-bong-ji-neun byol-tto-ro gu-mae-ha-syo-ya ham-ni-da

★在台灣沒有給小費的習慣。

## 대만에는 팁 문화가 없습니다.

dae-ma-ne-neun tim mu-nwa-ga op-sseum-ni-da

★在接受服務的時候，小費隨意給就可以了。

## 팁은 서비스를 받으신 뒤 원하시는 대로 주시면 됩니다.

ti-beun sso-bi-sseu-reul ba-deu-sin dwi wo-na-si-neun dae-ro ju-si-myon dwem-ni-da

## 狀況004 ● 提醒團員注意安全

★護照和貴重物品請妥善保管。

# 여권과 귀중품은 잘 보관하십시오.

yo-kkwon-gwa gwi-jung-pu-meun jal bo-gwa-na-sip-ssi-o

★台灣的車子是靠右行駛。

# 대만에서는 차량이 우측통행 합니다.

dae-ma-ne-so-neun cha-ryang-i u-cheuk-tong-haeng ham-ni-da

★夜間外出時,請務必攜帶飯店的名片。

# 늦은 밤 외출하실 때는 반드시 호텔의 명함을 소지하십시오.

neu-jeun bam we-chu-la-sil ttae-neun ban-deu-si ho-te-re myong-ha-meul so-ji-ha-sip-ssi-o

★晚上單獨外出很危險,請務必減少外出。

# 저녁시간 혼자 외출하시는 것은 상당히 위험하오니 최대한 외출을 자제하시기 바랍니다.

jo-nyok-ssi-gan hon-ja we-chu-la-si-neun go-seun sang-dang-hi wi-ho-ma-o-ni chew-dae-han we-chu-reul ja-je-ha-si-gi ba-ram-ni-da

★請不要到人少的地方去。

# 인적이 드문 곳은 피하십시오.

in-jo-gi deu-mun go-seun pi-ha-sip-ssi-o

★請小心留意主動以韓語攀談的人士。

# 한국어로 말을 건네는 낯선 사람을 조심 하십시오.

han-gu-go-ro ma-reul gon-ne-neun nat-sson sa-ra-meul jo-si-ma-sip-ssi-o

★在人潮眾多的地方請小心扒手。

# 사람이 많은 곳에서는 소매치기를 조심하 십시오.

sa-ra-mi ma-neun go-se-so-neun so-mae-chi-gi-reul jo-si-ma-sip-ssi-o

★請不要忘記自己的行李。

# 본인의 짐은 잊어버리지 않도록 잘 챙기 십시오.

bo-ni-ne ji-meun i-jo-bo-ri-ji an-to-rok jal chaeng-gi-sip-ssi-o

★如果有任何不對勁或是困擾的地方，請儘早和我聯絡。

# 불편한 점이나 곤란한 사항이 생기면 즉 시 저에게 연락하십시오.

bul-pyo-nan jo-mi-na gol-ra-nan sa-hang-i saeng-gi-myon jeuk-ssi jo-e-ge yol-ra-ka-sip-ssi-o

## 狀況005 ● 教團員打電話

★要打電話回韓國時，首先要按「002」。

# 한국으로 전화를 거시려면 먼저 ‘002’를 누르십시오.

han-gu-geu-ro jo-nwa-reul go-si-ryo-myon mon-jo 'gong-gong-i' reul nu-reu-sip-ssi-o

★接下來按韓國國碼「82」。

그 다음 한국의 국가번호인 '82'을 누르십시오.

geu da-eum han-gu-ge guk-kka-bo-no-in 'pa-ri'reul nu-reu-sip-ssi-o

★接下來按區域號碼，去掉前面的「0」。

그 다음 맨 앞의 숫자 '0'을 제외한 지역번호를 누르십시오.

geu da-eum maen a-pe su-jja 'yong'eul je-we-han ji-yok-ppo-no-reul nu-reu-sip-ssi-o

★最後依序輸入電話號碼。

마지막으로 전화번호를 입력하시면 됩니다.

ma-ji-ma-geu-ro jo-nwa-bo-no-reul im-nyo-ka-si-myon-dwem-ni-da

★要撥打韓國手機的時候，輸入「82」之後，去掉手機號碼開頭的「0」再撥打。

한국휴대전화로 걸 경우 '82'를 누르신 후 휴대폰번호의 맨 앞 자리 '0'을 제외한 나머지 숫자를 입력하십시오.

han-gu-kyu-dae-jo-nwa-ro gol gyong-u 'pa-ri'reul nu-reu-sin hu hyu-dae-pon-bo-no-e maen ap-ja-ri 'yong'eul je-we-han na-mo-ji su-jja-reul im-nyo-ka-sip-ss-io

台灣的市內電話要撥打韓國的電話時，首先要先按「002」(電信公司服務號碼)，然後輸入韓國國碼「82」，「當地區碼」去掉開頭「0」(如首爾是「02」則按「2」)，最後直接撥打電話號碼即可。如果是要撥打韓國手機，則在「82」之後去掉手機號碼開頭的「0」直接撥打。

## 狀況006 ● 行程說明

★我來簡單說明一下行程。

## 일정에 대해 간략히 설명해 드리겠습니다.

il-jjong-e dae-hae gal-rya-ki sol-myong-hae deu-ri-get-sseum-ni-da

★首先請看一下您手邊的行程表。

## 먼저 들고 계신 일정표를 보십시오.

mon-jo deul-go gye-sin il-jjong-pyo-reul bo-sip-ssi-o

★第一天的行程是台北市內的觀光。

## 첫째 날 일정은 타이베이 시내 관광입니다.

chot-jjae nal il-jjong-eun ta-i-ppe-i si-nae gwan-gwang-im-ni-da

還可以換成以下方式表示：

| 1 | 2 |
| --- | --- |
| 第二天 둘째 날<br>dul-jjae nal | 參觀故宮博物院 고궁박물관 관람<br>go-gung-bang-mul-gwan gwal-ram |

| | |
|---|---|
| 第三天 셋째 날<br>set-jjae nal | |
| 第四天 넷째 날<br>net-jjae nal | 參觀中正紀念堂 중정기념당 관광<br>jung-jong-gi-nyom-dang gwan-gwang. |
| 第五天 다섯째 날<br>da-sot-jjae nal | |
| 第六天 여섯째 날<br>yo-sot-jjae nal | 前往購物中心 쇼핑센터 투어<br>ssyo-ping-ssen-to tu-o |
| 最後一天 마지막 날<br>ma-ji-mang nal | |
| 明天上午 내일 오전<br>nae-il o-jon | |
| 下午 오후<br>o-hu | 自由活動 자유 활동/자유 일정<br>ja-yu hwal-ttong/ja-yu il-jjong |
| 傍晚 저녁<br>jo-nyok | |

★今天住宿的飯店是晶華酒店。

# 오늘 묵으실 호텔은 <u>리젠트 호텔</u>입니다.
o-neul mu-geu-sil ho-te-reun ri-jen-teu ho-te-rim-ni-da

還可以換成以下方式表示：

| 圓山大飯店 그랜드 호텔<br>geu-raen-deu ho-tel | 國賓大飯店 앰배서더 호텔<br>aem-bae-sso-do ho-tel |
|---|---|

| | |
|---|---|
| 君悅大飯店 그랜드 하얏트 호텔<br>geu-raen-deu ha-yat-teu ho-tel | 老爺大酒店 로열 호텔<br>ro-yol ho-tel |
| 喜來登大飯店 쉐라톤 호텔<br>swae-ra-ton ho-tel | 西華飯店 셔우드 호텔<br>syo-u-deu ho-tel |
| 凱薩大飯店 시저 파크 호텔<br>si-jo pa-keu ho-tel | 亞都麗緻飯店 랜디스 호텔<br>raen-di-seu ho-tel |

★早餐是自助式的。

# 조식은 뷔페식입니다.

jo-si-geun bwi-pe-si-gim-ni-da

★最後一天是下午 3 點的飛機。

# 마지막 날 이용하실 비행기 시간은 오후 3시입니다.

ma-ji-mang nal i-yong-ha-sil bi-haeng-gi si-ga-neun o-hu se-si-im-ni-da

## 狀況007 ● 抵達飯店

★現在要開始辦理住宿手續，請稍等一下。

# 지금부터 체크인을 하겠으니 잠시만 기다려 주십시오.

ji-geum-bu-to che-keu-i-neul ha-ge-sseu-ni jam-si-man gi-da-ryo-ju sip-ssi-o

★尹世雅小姐、李素妍小姐，兩位的房間是 503 號房。

# 윤세아님, 이소연님 두 분의 객실은 503 호입니다.

yun-se-a-nim, i-so-yon-nim du bu-ne gaek-ssi-reun o-baek-ssam-ho-im-ni-da

! 使用時機 / 이럴 때 쓴다

在分配房間時，先叫同房團員的名字，告知房號並交付給團員房間鑰匙。

★請妥善保管房間的鑰匙，不要弄丟了。

# 방 열쇠는 잊어 버리지 않게 잘 보관하십시오.

bang yol-sswe-neun i-jo bo-ri-ji an-ke jal bo-gwa-na-sip-ssi-o

★房間裡有保險箱。

# 객실 내에 금고가 비치되어 있습니다.

gaek-ssil rae-e geum-go-ga bi-chi-dwe-o it-sseum-ni-da

★貴重物品請放在保險箱裡面。

# 귀중품은 금고 안에 보관하십시오.

gwi-jung-pu-meun geum-go a-ne bo-gwa-na-sip-ssi-o

★房間內冰箱裡的礦泉水是免費的。

# 객실 내 냉장고에 비치된 생수는 무료입니다.

gaek-ssil rae naeng-jang-go-e bi-chi-dwen saeng-su-neun mu-ryo-im-ni-da

★飯店的隔壁有便利商店。

# 호텔 옆에 편의점이/가 있습니다.
ho-tel yo-pe pyo-ni-jo-mi it-sseum-ni-da

還可以換成以下方式表示：

| ⚪1 | ⚪2 |
|---|---|
| 2 樓 2층<br>i-cheung | 餐廳 식당<br>sik-ttang |
| 地下 1 樓 지하 1층<br>ji-ha il-cheung | 麵包店 빵집/베이커리<br>ppang-jjip/be-i-ko-ri |
| 對面 맞은편<br>ma-jeun-pyon | 名產店 특산품 매장<br>teuk-ssan-pum mae-jang |
| 藥局 약국<br>yak-kkuk | 藥劑師 약사<br>yak-ssa |
| 美容店 미용실<br>mi-yong-sil | 自動販賣機 자동판매기<br>ja-dong-pan-mae-gi |
| 按摩店 마사지샵<br>ma-ssa-ji-syap | 飲水機 정수기<br>jong-su-gi |
| 走廊 복도<br>bok-tto | 製冰機 제빙기<br>je-bing-gi |

★現在開始發早餐券。

# 지금부터 조식쿠폰을 나누어 드리겠습니다.
ji-geum-bu-to jo-sik-ku-po-neul na-nu-o deu-ri-get-sseum-ni-da

★請拿著早餐券，到二樓的餐廳用早餐。

조식쿠폰을 소지하시고 2층에 있는 식당에서 식사하시면 됩니다.

jo-sik-ku-po-neul so-ji-ha-si-go i-cheung-e in-neun sik-ttang-e-so sik-ssa-ha-si-myon dwem-ni-da

★我的房間是 312 號房。

제 방은 312호입니다.

je bang-eun sam-baek-ssi-bi-ho-im-ni-da

★有事的話，隨時都可以叫我。

도움이 필요하시면 언제든지 연락하십시오.

do-u-mi pi-ryo-ha-si-myon on-je-deun-ji yol-ra-ka-sip-ssi-o

## 狀況008 ● 約定集合時間

MP3 125

★早上七點的時候會 Morning Call。

오전 7시에 모닝콜을 넣어 드리겠습니다.

o-jon il-gop-ssi-e mo-ning-ko-reul no-o deu-ri-get-sseum-ni-da

★八點三十分出發。

8시30분 출발입니다.

yo-dol ssi sam-sip ppun chul-ba-rim-ni-da

還可以換成以下方式表示：

| 1 點 1시 | 2 點 2시 | 3 點 3시 | 4 點 4시 |
|---|---|---|---|
| han si | du si | se si | ne si |

| | | | |
|---|---|---|---|
| 5 點 5시<br>da-sot ssi | 6 點 6시<br>yo-sot ssi | 7 點 7시<br>il-gop ssi | 8 點 8시<br>yo-dol ssi |
| 9 點 9시<br>a-hop ssi | 10 點 10시<br>yol ssi | 11 點 11시<br>yo-lan si | 12 點 12시<br>yol-ttu si |

○ 還可以換成以下方式表示：

| | | | |
|---|---|---|---|
| 1 分 1분<br>il bun | 2 分 2분<br>i bun | 3 分 3분<br>sam bun | 4 分 4분<br>sa bun |
| 5 分 5분<br>o bun | 6 分 6분<br>yuk ppun | 7 分 7분<br>chil bun | 8 分 8분<br>pal bun |
| 9 分 9분<br>gu bun | 10 分 10분<br>sip ppun | 20分 20분<br>i-sip ppun | 50分 50분<br>o-sip ppun |

★十一點半在飯店大廳集合。

# 11시 30분에 호텔 로비로/으로 집합하십시오.

yo-lan si sam-sip ppu-ne ho-tel ro-bi-ro ji-pa-pa-sip-ssi-o

○ 還可以換成以下方式表示：

| | | | |
|---|---|---|---|
| 入口 입구<br>ip-kku | 巴士前 버스 앞<br>ppo-sseu ap | 出口 출구<br>chul-gu | 機場 공항<br>gong-hang |

★現在起，有兩小時的自由活動時間。

# 지금부터 2시간 동안 자유시간을 드리겠습니다.

ji-geum-bu-to du-si-gan dong-an ja-yu-si-ga-neul deu-ri-get-sseum-ni-da

★兩點前請回到遊覽車上。

# 2시 전까지 버스로 돌아와 주십시오.

du si jon-kka-ji ppo-sseu-ro do-ra-wa ju-sip-ssi-o

★請遵守集合時間。

# (집합)시간을 반드시 지켜 주십시오.

(ji-pap)si-ga-neul ban-deu-si ji-kyo ju-sip-ssi-o

## 狀況009 ● 逛夜市  MP3 126

★這裡是士林夜市，有許多知名的台灣小吃。

# 이 곳은 스린 야시장입니다. 대만의 유명한 먹거리이/가 정말 많지요.

i go-seun seu-rin ya-si-jang-im-ni-da. dae-ma-ne yu-myong-han mok-kko-ri-ga jong-mal man-chi-yo

還可以換成以下方式表示：

| 好吃的路邊攤料理 맛있는 길거리 음식<br>ma-sin-neun gil-kko-ri eum-sik | 便宜的服飾 저렴한 옷<br>jo-ryo-man ot |
|---|---|
| 可愛的飾品 귀여운 장식품<br>gwi-yo-un jang-sik-pum | 各式各樣的雜貨 각양각색의 잡화<br>ga-gyang-gak-ssae-ge ja-pwa |

這個句子也可以改成其他的夜市,例如「스다 야시장(師大夜市)」
等等。夜市是台灣最知名的景點之一,找出每個夜市的特色,讓你
的團員們好好感受台灣特有的文化。

★在這裡可以感受到台灣人的活力。

# 이 곳에서 대만 사람들의 에너지를 느낄 수 있을 것입니다.

i go-se-so dae-man sa-ram-deu-re e-no-ji-reul neu-kkil ssu i-sseul
kko-sim-ni-da

★請一定要嚐嚐看台灣小吃。。

# 대만 먹거리들은 꼭 드셔 보세요.

dae-man mok-kko-ri-deu-reun kkok deu-syo bo-se-yo

★我推薦雞排。

# 지파이(닭가슴살 튀김)을/를 추천합니다.

ji-pa-i (dak-kka-seum-sal twi-gim)reul chu-cho-nam-ni-da

☐ 還可以換成以下方式表示:

| 中文音譯 | 韓文說法 |
| --- | --- |
| 鹹酥雞 옌수지<br>yen-su-ji | 鹹酥雞 바삭닭튀김<br>ba-sak-ttak-twi-gim |
| 大雞排 다지파이<br>da-ji-pa-i | 大雞排 대형 닭가슴살 튀김<br>dae-hyong dak-kka-seum-sal<br>twi-gim |

| | |
|---|---|
| 蜜汁雞排 미즈지파이<br>mi-jeu-ji-pa-i | 蜜汁雞排 꿀맛닭가슴살튀김<br>kkul-mat-dak-kka-seum-sal-twi-gim |
| 臭豆腐 처우더우푸<br>cho-u-do-u-pu | 臭豆腐 발효두부 튀김<br>bal-hyo-du-bu twi-gim |
| 大香腸 다샹창<br>da-syang-chang | 大香腸 소시지<br>sso-si-ji |
| 大腸包小腸 다창바오샤오창<br>da-chang-ba-o-sya-o-chang | 大腸包小腸 핫도그<br>hat-tto-geu |
| 蚵仔煎 어아젠<br>o-a-jen | 蚵仔煎 굴전<br>gul-jon |
| 蚵仔麵線 어아몐셴<br>o-a-myen-syeng | 蚵仔麵線 굴 국수<br>gul guk-ssu |
| 滷味 루웨이<br>ru-wae-i | 滷味 졸임<br>jo-rim |
| 滷肉飯 루로우판<br>ru-ro-u-pan | 滷肉飯 고기졸임덮밥<br>go-gi-jo-rim-dop-ppap |
| 肉圓 로우위안<br>ro-u-wi-an | 肉圓 고기만두<br>go-gi-man-du |
| 肉羹湯 로우겅탕<br>ro-u-gong-tang | 肉羹 고기완자탕<br>go-gi-wan-ja-tang |
| 潤餅 룬빙<br>run-bing | 潤餅 잡채쌈<br>jap-chae-ssam |

| | |
|---|---|
| 紅油抄手 홍유차오셔우<br>hong-nyu-cha-o-syo-u | 紅油抄手 굴소스 물만두<br>gul-sso-sseu mul-man-du |
| 貢丸湯 공완탕<br>gong-wan-tang | 貢丸湯 대만식 완자탕<br>dae-man-sik wan-ja-tang |
| 魚丸湯 위완탕<br>wi-wan-tang | 魚丸湯 어묵탕<br>o-muk-tang |
| 黑輪 헤이룬<br>he-i-run | 黑輪 어묵<br>o-muk |
| 甜不辣 텐부라<br>tyen-bu-ra | 甜不辣 덴푸라<br>den-pu-ra |
| 蝦捲 샤쥐안<br>sya-jwi-an | 蝦捲 새우말이튀김<br>sae-u-ma-ri-twi-gim |
| 涼麵 량몐<br>ryang-myen | 涼麵 냉면<br>naeng-myon |
| 鍋貼 궈톄<br>gwo-tye | 鍋貼 군만두<br>gun-man-du |
| 地瓜球 디과추<br>di-gwa-chu | 地瓜球 고구마볼<br>go-gu-ma-bol |
| 擔仔麵 단자이몐<br>dan-ja-i-myen | 擔仔麵 새우탕면<br>sae-u-tang-myon |
| 牛肉麵 뉴러우몐<br>nyu-ro-u-myen | 牛肉麵 쇠고기탕면<br>swe-go-gi-tang-myon |

| | |
|---|---|
| 炒米粉 차오미펀<br>cha-o-mi-pon | 炒米粉 볶음쌀국수<br>bok-keum-ssal-guk-ssu |
| 肉粽 로우쫑<br>ro-u-jjong | 肉粽 찹쌀밥<br>chap-ssal-bap |

! 使用時機 / 이럴 때 쓴다

到了夜市當然要向團員介紹國際知名的道地台灣小吃，不過許多台灣的食物是日本沒有的，介紹的時候可以先用日本類似食物的說法來介紹，例如蚵仔煎可以說成「어아젠」，再說中文名稱「蚵仔煎」並向團員描述這項食物的特性。請參考下面幾項特色小吃的說法。

→如何用韓文介紹台灣的食物

★ 臭豆腐

# 처우더우푸, 발효두부

cho-u-do-u-pu, ba-lyo-du-bu

1. 臭豆腐是一種豆腐發酵製品。

# 처우더우푸는 두부를 발효시킨 음식입니다.

cho-u-do-u-pu-neun du-bu-reul ba-lyo-si-kin eum-si-gim-ni-da

2. 做法是將豆腐放入培養過發酵菌的水中浸泡。

# 발효균을 배양한 물에 두부를 담가 만듭니다.

ba-lyo-gyu-neul bae-yang-han mu-re du-bu-reul dam-ga man-deum-ni-da

283

3. 一般都用油炸的方式料理。

## 일반적으로 기름에 튀겨 만듭니다.

il-ban-jo-geu-ro gi-reu-me twi-gyo man-deum-ni-da

4. 也有蒸的和煮的料理方法。

## 물론 찌거나 끓이는 조리법도 있습니다.

mul-ron jji-go-na kkeu-ri-neun jo-ri-ppop-tto it-sseum-ni-da

★蚵仔煎

## 어아젠 굴전

o-a-jen gul-jon

1. 蚵仔煎是以新鮮蚵仔加上蛋、青菜淋上太白粉水製成的。

## 어아젠은 신선한 굴에 달걀과 부추를 넣고 녹말가루와 물을 섞은 뒤 부쳐 만든 음식입니다.

o-a-je-neun sin-so-nan gu-re dal-gyal-gwa bu-chu-reul no-ko nong-mal-kka-ru-wa mu-reul so-kkeun dwi bu-cho man-deun eum-si-gim-ni-da

2. 在加了油的鐵板上煎。

## 기름을 두른 철판에서 부칩니다.

gi-reu-meul du-reun chol-pa-ne-so bu-chim-ni-da

3. 淋上店家特製醬汁會更美味喔。

## 여기에 특제소스까지 곁들이면 훨씬 더 맛있습니다.

yo-gi-e teuk-jje-sso-sseu-kka-ji gyot-tteu-ri-myon hwol-ssin do ma-sit-sseum-ni-da

★肉圓

# 로우위안  고기만두
ro-u-wi-an go-gi-man-du

1. 肉圓的外皮是太白粉做成的。

# 로우위안의 피는 녹말가루로 만듭니다.
ro-u-wi-an-e pi-neun nong-mal-kka-ru-ro man-deum-ni-da

2. 特徵是口感香 Q 帶勁。

# 고소하며 맛이 쫄깃합니다.
go-so-ha-myo ma-si jjol-gi-tam-ni-da

3. 內餡有筍絲和肉等等。

# 소는 죽순과 고기 등으로 만듭니다.
so-neun juk-ssun-gwa go-gi deung-eu-ro man-deum-ni-da

4. 依製作方式可分為清蒸肉圓、油炸肉圓兩種。

# 만드는 방식에 따라 찐 것, 튀긴 것의 두 종류로 나뉩니다.
man-deu-neun bang-si-ge tta-ra jjin got, twi-gin go-se du jong-nyu-ro
na-nwim-ni-da

★大餅包小餅

# 다빙바오샤오빙
da-bing-ba-o-sya-o-bing

1. 大餅包小餅是指外層用一張麵餅皮包著油炸過的酥餅。

## 다빙바오샤오빙이란 밀가루반죽으로 만든 피 안에 튀긴 과자가 들어있는 음식입니다.

da-bing-ba-o-sya-o-bing-i-ran mil-kka-ru-ban-ju-geu-ro man-deun pi an-e twi-gin gwa-ja-ga deu-ro-in-neun eum-si-gim-ni-da

2. 有鹹、甜兩種口味。

## 짠 맛과 단 맛 두 가지 맛이 있습니다.

jjan mat-kkwa dan mat du ga-ji ma-si it-sseum-ni-da

3. 吃的時候口感酥脆，非常特殊。

## 식감이 바삭바삭해서 정말 독특합니다.

sik-kka-mi ba-sak-ppa-sa-kae-so jong-mal dok-teu-kam-ni-da

4. 外層白色大張的是大餅。

## 바깥의 커다란 하얀색 피가 바로 '다빙'입니다.

ba-kka-te ko-da-ran ha-yan-saek pi-ga ba-ro 'da-bing' im-ni-da

5. 跟小餅合在一起，就變成大餅包小餅。

## '샤오빙'과 합쳐지면서 바로 '다빙바오샤오빙'이 되는 것이지요.

'sya-o-bing' gwa hap-cho-ji-myon-so ba-ro 'da-bing-ba-o-sya-o-bing' i dwe-neun go-si-ji-yo

→用韓文介紹服飾店

★從經典款到新潮流行款，在這裡可以找到各種牛仔褲。

클래식한 스타일부터 트렌디한 제품까지
다양한 종류의 청바지가 있습니다.

keul-rae-si-kan seu-ta-il-bu-to teu-ren-di-han je-pum-kka-ji da-yang-
han jong-nyu-e chong-ba-ji-ga it-sseum-ni-da

★可以以划算的價格買到許多流行款式的衣服。

착한 가격으로 요즘 유행하는 옷을 다양
하게 구매하실 수 있습니다.

cha-kan ga-gyo-geu-ro yo-jeum yu-haeng-ha-neun o-seul da-yang-
ha-ge gu-mae-ha-sil ssu it-sseum-ni-da

★以平價供應各式各樣的包鞋和涼鞋，款式非常齊全。

다양한 스타일의 펌프스나 로퍼 샌들을
적정가격에 판매하고 있습니다.

da-yang-han seu-ta-i-re pom-peu-seu-na ro-po ssaen-deu-reul jok-
jjong-kka-gyo-ge pan-mae-ha-go it-sseum-ni-da

## 狀況010 ● 參觀台灣的宮廟　MP3 127

★行天宮是觀光客一定會造訪的觀光景點之一。

싱티옌궁 은/는 꼭 한번 가봐야 할 관광지
중 하나입니다.

sing-ti-yen-gung-eun kko kan-bon ga-bwa-ya hal gwan-gwang-ji
jung ha-na-im-ni-da

| | |
|---|---|
| 龍山寺 용산사<br>yong-san-sa | 台南孔子廟 타이난 공자묘<br>ta-i-nan gong-ja-myo |
| 清水祖師廟 청수조사 사원<br>chong-su-jo-sa sa-won | 基隆天后宮 지룽 천후궁<br>ji-rung cho-nu-gung |
| 大甲鎮瀾宮 다자 전란궁<br>da-ja jol-ran-gung | 高雄佛光山 가오슝 불광산<br>ga-o-syung bul-gwang-san |

★每天會有許多的參拜者和觀光客造訪。

## 매일 수많은 참배객들과 관광객들이 이 곳을 찾습니다.

mae-il su-ma-neun cham-bae-gaek-tteul-gwa gwan-gwang-gaek-tteu-ri i go-seul chat-sseum-ni-da

★一天的到訪的人數達到兩萬人。

## 일일 방문객이 2만명에 달합니다.

i-ril bang-mun-gae-gi i-man-myong-e da-lam-ni-da

★雖然是道教的寺廟，在建築上也融合了儒家和佛教，有種素雅莊嚴之美。

## 도교 사원이지만 건축적인 측면으로 볼 때 유교와 불교의 양식이 한데 어우러져 있기 때문에 소박하면서도 우아하고 장엄한 아름다움이 있습니다.

do-gyo sa-wo-ni-ji-man gon-chuk-jjo-gin cheung-myo-neu-ro bol ttae yu-gyo-wa bul-gyo-e yang-si-gi han-de o-u-ro-jo it-kki ttae-mu-ne so-ba-ka-myon-so-do u-a-ha-go jang-o-man a-reum-da-u-mi it-sseum-ni-da

★屋頂的形狀是燕尾飛翔的姿勢，展現廟宇造型之美。

지붕 끝 부분이 마치 날아오르는 제비 꼬리 모양을 하고 있어 아름다운 조형미를 뽐내고 있습니다.

ji-bung kkeut bu-bu-ni ma-chi na-ra-o-reu-neun je-bi kko-ri mo-yang-eul ha-go i-sso a-reum-da-un jo-hyong-mi-reul ppom-nae-go it-sseum-ni-da

★除夕夜、初一以及恭祝神明聖誕，迎神、送神期間才會開放。

매년 말일과 새해 첫날 및 신의 탄신일에는 제전(祭典)시에만 개방합니다.

mae-nyon ma-ril-gwa sae-hae chon-nal mit si-ne tan-si-ni-re-neun je-jon-si-e-man gae-bang-ham-ni-da

★這間廟主要祭拜觀世音菩薩。

이 사원은 관세음보살을/를 주존으로 모시고 있습니다.

i sa-wo-neun gwan-se-eum-bo-sa-reul ju-jo-neu-ro mo-si-go it-sseum-ni-da

還可以換成以下方式表示：

| | |
|---|---|
| **釋迦牟尼佛** 석가모니<br>sok-kka-mo-ni | **玉皇大帝** 옥황대제<br>o-kwang-dae-je |
| **藥師如來佛** 약사여래불<br>yak-ssa-yo-rae-bul | **城隍爺** 성황신<br>song-hwang-sin |
| **阿彌陀佛** 아미타불<br>a-mi-ta-bul | **文昌帝君** 문창제군<br>mun-chang-je-gun |

| | |
|---|---|
| 千手觀音 천수관음<br>chon-su-gwa-neum | 關聖帝君 관성제군<br>gwan-song-je-gun |
| 文殊菩薩 문수보살<br>mun-su-bo-sal | 孔子 공자<br>gong-ja |
| 地藏王菩薩 지장왕보살<br>ji-jang-wang-bo-sal | 鄭成功 정성공<br>jong-ssong-gong |
| 土地公 토지의 신<br>to-ji-e sin | 保生大帝 보생대제<br>bo-saeng-dae-je |
| 三山國王 삼산국왕<br>sam-san-gu-gwang | 媽祖 마조<br>ma-jo |

★這位神明善於管理財務，因此被奉為財神。

# 이 신은 재무 관리에 뛰어나<sup>1</sup> 재물<sup>2</sup>의 신으로 받들어지고 있습니다.

i si-neun jae-mu gwal-ri-e ttwi-o-na jae-mu-re si-neu-ro bat-tteu-ro-ji-go it-sseum-ni-da

還可以換成以下方式表示：

| 1 | 2 |
|---|---|
| 掌管學業和考試 학업과 시험을 관장하여<br>ha-gop-kkwa si-ho-meul gwan-jang-ha-yo | 學業 학업<br>ha-gop |
| 掌管姻緣 혼인을 관장하여<br>ho-ni-neul gwan-jang-ha-yo | 戀愛 사랑<br>sa-rang |

| 掌管平安生產 순산을 관장하여 <br> sun-sa-neul gwan-jang-ha-yo | 順產 순산 <br> sun-san |
|---|---|

★也被視為商人的保護神。

# 상인들의 수호신으로도 여겨집니다.

sang-in-deu-re su-ho-si-neu-ro-do yo-gyo-jim-ni-da

還可以換成以下方式表示：

| 考生 수험생 <br> su-hom-saeng | 孕婦 임산부 <br> im-san-bu |
|---|---|
| 小孩 어린아이 <br> o-rin-a-i | 農民 농민 <br> nong-min |

★用鮮花、水果和餅乾祭拜即可。

# 꽃과 과일, 과자를 차려놓고 제사를 지내면 됩니다.

kkot-kkwa gwa-il, gwa-ja-reul cha-ryo-no-ko je-sa-reul ji-nae-myon dwem-ni-da

★在這間廟裡可以求籤占卜。

# 이 사찰에서는 점괘로 길흉을 점칠 수 있습니다.

i sa-cha-re-so-neun jom-kkwae-ro gil-hyung-eul jom-chil ssu it-sseum-ni-da

（）還可以換成以下方式表示：

**可以求平安符** 평안을 비는 부적인 '평안부'를 받을 수 있습니다.

pyong-a-neul bi-neun bu-jo-gin 'pyong-an-bu'reul ba-deul ssu it-sseum-ni-da

**可以收驚** 마음 속에 있는 나쁜 액을 쫓는 의식인 '수경收驚'을 받을 수 있습니다.

ma-eum so-ge in-neun na-ppeun ae-geul jjon-neun ui-si-gin 'su-gyong'eul ba-deul ssu it-sseum-ni-da

**可以點光明燈** 촛불을 점등할 수 있습니다

chot-ppu-reul jom-deung-hal ssu it-sseum-ni-da

**可以消災解厄** 재액을 물리칠 수 있습니다

jae-ae-geul mul-ri-chil ssu it-sseum-ni-da

→廟宇儀式的介紹

★ (筊杯,쟈오베이) 던지기

(jya-o-be-i) don-ji-gi

1. 是向神明請示的占卜工具。

# 신의 계시를 구하는 점괘 도구입니다.

si-ne gye-si-reul gu-ha-neun jom-kkwae do-gu-im-ni-da

2. 兩個為一對，呈立體的新月形狀，並分有正反面。

# 입체적인 초승달 모양으로 두 짝이 한 쌍을 이루며 정면과 반대면이 있습니다.

ip-che-jo-gin cho-seung-ttal mo-yang-eu-ro du jja-gi han ssang-eul i-ru-myo jong-myon-gwa ban-dae-myo-ni it-sseum-ni-da

3. 將兩個笅杯擲出，來探測神明的心意。

두개의 바뷔를 던져서 신의 뜻을 점치는
것입니다.

du-gae-e ba-bwae-reul don-jo-so si-ne tteu-seul jom-chi-neun go-sim-ni-da

4. 一正一反叫「聖笅」。

하나는 정면이 나오고 하나는 반대면이
나오는 것을 '싱뷔(聖笅)라고 합니다.

ha-na-neun jong-myo-ni na-o-go ha-na-neun ban-dae-myo-ni na-o-neun go-seul 'sing-bwae'ra-go ham-ni-da

5. 表示神明答應所祈求的事情。

신이 소원을 들어주는 것을 동의했다는
의미입니다.

si-ni so-wo-neul deu-ro-ju-neun go-seul dong-i-haet-tta-neunu i-mi-im-ni-da.

6. 兩面都是正面叫「笑笅」。

양쪽 모두 정면이 나오는 것을 '치요뷔'라
고 합니다.

yang-jjong mo-du jong-myo-ni na-o-neun go-seul 'chi-yo-bwae'ra-go ham-ni-da

7. 表示所講的內容不清楚無法裁示，或所提問題已經心裡有數，不必再問。

이는 무엇을 묻는지 불명확하여 대답할
수 없거나 이미 마음 속에 해결책이 있으

니 재차 물어볼 필요가 없다는 뜻입니다.

i-neun mu-o-seul mun-neun-ji bul-myong-hwa-ka-yo dae-da-pal ssu
op-kko-na i-mi ma-eum so-ge hae-gyol-chae-gi i-sseu-ni jae-cha mu-
ro-bol pi-ryo-ga op-tta-neun tteu-sim-ni-da

8. 兩面都是反面叫「陰笅」。

양쪽 모두 반대면이 나오는 것을 '인붸'라
고 합니다.

yang-jjong mo-du ban-dae-myo-ni na-o-neun go-seul 'in-bwae'ra-go
ham-ni-da

9. 表示神明不答應所祈求的事情。

소원을 들어줄 수 없다는 것을 의미합니
다.

so-wo-neul deu-ro-jul ssu op-tta-neun go-seul ui-mi-ham-ni-da

★求平安符

평안부 받기

pyong-an-bu bat-kki

1. 先在大殿中央的箱子裡拿笅。

먼저 대전 중앙에 있는 상자 안에서 패를
꺼냅니다.

mon-jo dae-jon jung-ang-e in-neun sang-ja a-ne-so pae-reul kko-
naem-ni-da

2. 對神明報上自己的姓名、出生時辰、住址以及請求的事。

신에게 자신의 이름, 출생일 및 시간, 주
소와 소원을 이야기합니다.

si-ne-ge ja-si-ne i-reum, chul-saeng-il mit si-gan, ju-so-wa so-wo-neul i-ya-gi-ham-ni-da

3. .擲筊直到聖筊才可以算成功。

## 반달 패를 던져 싱뷔가 나와야 성공할 수 있습니다.

ban-dal pae-reul don-jo sing-bwae-ga na-wa-ya song-gong-hal ssu it-sseum-ni-da

4.聖筊之後，感謝神明的保佑，再到服務處向廟方人員求取平安符。

## 싱뷔가 나오면 신의 도우심에 감사를 표한 뒤 안내 사무소의 직원에게 평안 부적을 요청합니다.

sing-bwae-ga na-o-myon si-ne do-u-si-me gam-sa-reul pyo-han dwi an-nae sa-mu-so-e ji-gwo-ne-ge pyong-an bu-jo-geul yo-chong-ham-ni-da

5.告知廟方人員已請示神明，並且得到同意即可（領取平安符）。

## 직원에게 신에게 소원을 빌어 동의를 얻었음을 알립니다.(평안 부적을 받습니다)

ji-gwo-ne-ge si-ne-ge so-wo-neul bi-ro dong-i-reul o-do-sseu-meul al-rim-ni-da (pyong-an bu-jo-geul bat-sseum-ni-da)

★求籤

## 점괘로 길흉 점치기

jom-kkwae-ro gil-hyung jom-chi-gi

1. 向神明稟明自己的姓名、年齡、出生年月日、住址， 以及祈求指示的事由。

## 신에게 자신의 이름, 나이, 생년월일, 주소 및 소원을 이야기합니다.

si-ne-ge ja-si-ne i-reum, na-i, saeng-nyon-wo-ril, ju-so mit so-wo-neul i-ya-gi-ham-ni-da

2. 求到聖筊才能夠抽取籤支。

## 싱뭬가 나와야 점괘를 뽑을 수 있습니다.

sing-bwae-ga na-wa-ya jom-kkwae-reul ppo-beul ssu it-sseum-ni-da

3. 一件事求取一支籤為原則。

## 질문 하나에 점괘 하나가 원칙입니다.

jil-mun ha-na-e jom-kkwae ha-na-ga won-chi-gim-ni-da

4. 從籤筒中抽取一支竹籤。

## 첨통에서 점괘 하나를 뽑습니다.

chom-tong-e-so jom-kkwae ha-na-reul ppop-sseum-ni-da

5. 確認籤號後先將竹籤放回。

## 점괘에 적힌 번호를 확인한 후 점괘를 다시 원 위치로 돌려놓습니다.

jom-kkwae-e jo-kin bo-no-reul hwa-gi-nan hu jom-kkwae-reul da-si won wi-chi-ro dol-ryo-no-sseum-ni-da

6. 擲筊向神明確認所抽到的籤號正不正確。

## 바뭬를 던져 뽑은 점괘의 번호가 맞는지 신에게 확인합니다.

ba-bwae-reul don-jo ppo-beun jom-kkwae-e bo-no-ga man-neun-ji
si-ne-ge hwa-gin-ham-ni-da

7. 若擲到笑筊或陰筊，則須再繼續抽取另外一支籤。

### 치요붸나 인붸가 나오면 다른 점괘를 뽑아야 합니다.

chi-yo-bwae-na in-bwae-ga na-o-myon da-reun jom-kkwae-reul ppo-ba-ya ham-ni-da

8. 如此動作一直到擲出聖筊為止。

### 이를 싱붸가 나올 때까지 반복합니다.

i-reul sing-bwae-ga na-ol ttae-kka-ji ban-bo-kam-ni-da

9. 最後確認籤支無誤後，再前往事務所「發籤處」請領籤詩。

### 마지막으로 점괘가 틀리지 않았음을 확인한 후, 안내 사무소로 가서 점괘 종이를 받습니다.

ma-ji-ma-geu-ro jom-kkwae-ga teul-ri-ji a-na-sseu-meul hwa-gin-han
hu, an-nae sa-mu-so-ro ga-so jom-kkwae jong-i-reul bat-sseum-ni-da

10. 請解籤的工作人員為此籤解釋其意義。

### 담당 직원에게 해당 점괘의 해석을 요청합니다.

dam-dang ji-gwo-ne-ge hae-dang jom-kkwae-e hae-so-geul yo-chong-ham-ni-da

★來到台灣，一定會去的地方是中正紀念堂。

## 대만에 오셔서 반드시 가보셔야 할 곳이 바로 중정기념당입니다.

dae-ma-ne o-syo-so ban-deu-si ga-bo-syo-ya hal go-si ba-ro jung-jong-gi-nyom-dang-im-ni-da

還可以換成以下方式表示：

| 台北 101 타이베이 101빌딩 | 故宮博物院 고궁박물관 |
|---|---|
| ta-i-ppe-i il-kong-il ppil-ding | go-gung-bang-mul-gwan |
| 龍山寺 용산사/룽산쓰 | 國父紀念館 국부기념관 |
| yong-san-sa/rung-san-sseu | guk-ppu-gi-nyom-gwan |
| 忠烈祠 충렬사 | 赤崁樓 적감루/츠칸러우 |
| chung-nyol-ssa | jok-kkam-nu/cheu-kal-ro-u |

★建設紀念館的目的是為了紀念先總統蔣中正先生。

## 기념관은 대만의 초대 총통이었던 장개석 (蔣介石)을/를 기념하기 위해서 설립되었습니다.

gi-nyom-gwa neun dae-ma-ne cho-dae chong-tong-i-ot-tton jang-gae-so-keul gi-nyo-ma-gi wi-hae-so sol-rip-ttwe-ot-sseum-ni-da

還可以換成以下方式表示：

| 紀念國父孫中山先生 국부 손문(孫文 쑨원) |
|---|
| guk-ppu son-mun(ssun-won) |

追思殉職軍人 순직한 군인을 추모
sun-ji-kan gu-ni-neul chu-mo

★在 1980 年先總統蔣中正逝世紀念日的 4 月 5 號開館。

# 1980년, 초대 총통 장개석의 서거기념일 인 4월 5일에 개관하였습니다.

chon-gu-baek-pal-sim-nyon, cho-dae chong-tong jang-gae-so-ge so-go-gi-nyo-mi-rin sa-wol o-i-re gae-gwa-na-yot-sseum-ni-da

★展示了很多與蔣公相關的文物。

# 장개석과 관련된 많은 기념 문물이/가 전 시되어 있습니다.

jang-gae-sok-kkwa gwal-ryon-dwen ma-neun gi-nyom mun-mu-ri jon-si-dwe-o it-sseum-ni-da

還可以換成以下方式表示：

豐富的文化遺產 풍부한 문화유산
pung-bu-han mu-nwa-yu-san

當時使用的物品 당시 사용하던 물품
dang-si sa-yong-ha-don mul-pum

→中外知名文化景點

★故宮博物院

# 고궁박물관.
go-gung-bang-mul-gwan

1. 台北故宮珍藏著中國五千多年 65 萬件的豐厚文物遺產。

타이베이 고궁박물관에는 5천 여 년의 중국 역사가 녹아있는 문물 65만점이 소장되어 있습니다.

ta-i-ppe-i go-gung-bang-mul-gwa-ne-neun o-chon yo nyon-ne jung-guk yok-ssa-ga no-ga-in-neun mun-mul ryuk-ssi-bo man-jjo-mi so-jang-dwe-o it-sseum-ni-da

2. 展示了新石器時代到晚清末年，近七千年歷史的華夏文物。

신석기 시대부터 청나라 말기까지 약 7천년에 가까운 역사가 녹아있는 중화민족의 문물이 전시되어 있습니다.

sin-sok-kki si-dae-bu-to chong-na-ra mal-gi-kka-ji yak chil-chon-nyo-ne ga-kka-un yok-ssa-ga no-ga-in-neun jung-hwa-min-jo-ge mun-mu-ri jon-si-dwe-o it-sseum-ni-da

3. 會依照展覽文物的特色，平均每三個月固定更換展示文物。

전시품의 특색에 따라 3개월마다 전시물을 교체하고 있습니다.

jon-si-pu-me teuk-ssae-ge tta-ra sam-gae-wol-ma-da jon-si-mu-reul gyo-che-ha-go it-sseum-ni-da

4. 但是有三件從未更換過的作品。

하지만 그 동안 한번도 전시목록에서 빠지지 않은 전시품이 3점 있습니다.

ha-ji-man geu dong-an han-bon-do jon-si-mong-no-ge-so ppa-ji-ji a-neun jon-si-pu-mi se-jjom it-sseum-ni-da

5. 分別為「翠玉白菜」、「東坡肉形石」和「毛公鼎」。

바로 '취옥백채(翠玉白菜)'와'동파육형석
(東坡肉形石)' 그리고'모공정(毛公鼎)'입
니다.

ba-ro 'chwi-ok-ppaek-chae' wa 'dong-pa-yu-kyong-sok' geu-ri-go
'mo-gong-jong'-im-ni-da

6. 被稱為「鎮館之寶」。

이들은 '보물중의 진짜 보물'로 추앙받는
'진관지보(鎮館之寶)'라 불립니다.

i-deu-reun 'bo-mul-jung-e jin-jja bo-mul' ro chu-ang-ban-neun 'jin-
gwan-ji-bo' ra bul-rim-ni-da

7. 「翠玉白菜」是透過一塊半白半綠的翠玉雕刻出的。

'취옥백채'는 반은 흰색, 반은 푸른색을 띄
는 취옥으로 조각한 것입니다.

'chwi-ok-ppaek-chae' neun ba-neun hin-saek, ba-neun pu-reun-sae-
geul tti-neun chwi-o-geu-ro jo-ga-kan go-sim-ni-da

8. 葉子上面的兩隻昆蟲是「螽斯」及「蝗蟲」。

이파리 위에 있는 두 마리의 곤충은 여치
와 메뚜기입니다.

i-pa-ri wi-e in-neun du ma-ri-e gon-chung-eun yo-chi-wa met-tu-gi-
im-ni-da

9. 雕刻得栩栩如生，非常生動。

마치 살아있는 것처럼 생동감이 있습니다.

ma-chi sa-ra-in-neun go-cho-rom saeng-dong-ga-mi it-sseum-ni-da

10.「肉形石」是一塊天然的石頭。

## '육형석'은 천연석입니다.

'yu-kyong-so'geun cho-nyon-so-gim-ni-da

11. 色澤紋理神似一塊五花肉。

## 색채나 결이 삼겹살 덩어리와 매우 흡사 합니다.

saek-chae-na gyo-ri sam-gyop-ssal dong-o-ri-wa mae-u heup-ssa-ham-ni-da

12.「毛公鼎」為西周晚期的文物。

## '모공정'은 서주만기(西周晚期)의 문물입 니다.

'mo-gong-jong'eun so-ju-man-gi-e mun-mu-rim-ni-da

13. 口大腹圓，口沿上有兩隻大耳，腹下有三隻獸蹄形足。

## 입 부분이 넓고 배 부분은 원형이며, 구연 부에 큰 귀 두 개가 있고 배 아래 부분에 는 짐승의 발을 닮은 다리 세 개가 있습니 다.

ip bu-bu-ni nol-kko bae bu-bu-neun wo-nyon-gi-myo, gu-yon-bu-e keun gwi du gae-ga it-kko bae a-rae bu-bu-ne-neun jim-seung-e ba-reul dal-meun da-ri se gae-ga it-sseum-ni-da

14. 鼎的內部刻滿了銘文。

## 모공정의 안쪽에는 명문이 가득 새겨져 있습니다.

mo-gong-jong-e an-jjo-ge-neun myong-mu-ni ga-deuk sae-gyo-jo it-sseum-ni-da

★現在我們來到了陽明山。

## 지금 우리는 양밍산에 도착했습니다.

ji-geum u-ri-neun yang-ming-san-e do-cha-kaet-sseum-ni-da

還可以換成以下方式表示：

| 阿里山 아리산<br>a-ri-san | 澄清湖 청칭후<br>chong-ching-hu | 日月潭 르웨탄<br>reu-wae-tan |
|---|---|---|
| 野柳 예류<br>ye-ryu | 愛河 아이허<br>a-i-ho | 墾丁 컨딩<br>kon-ding |

★因為地下蘊藏著大量的地熱，所以這裡有許多的溫泉。

## 땅 속에 엄청난 양의 지열에너지가 있어 이 곳에 수많은 온천이 형성되어 있습니다.

ttang so-ge om-chong-nan yang-e ji-yo-re-no-ji-ga i-sso i go-se su-ma-neun on-cho-ni hyong-song-dwe-o it-sseum-ni-da

★可以看到噴火口或是火山口等等的奇觀。

## 분화구나 화산구 등과 같은 기이한 경관을 보실 수 있습니다.

bu-nwa-gu-na hwa-san-gu deung-gwa ga-teun gi-i-han gyong-gwa-neul bo-sil ssu it-sseum-ni-da

★陽明山國家公園內有各種豐富的生態。

# 양밍산국가공원(국립공원)은/는 풍부한 생태환경을 보존하고 있습니다.

yang-ming-san-guk-kka-gong-won(gung-nip-kkon-gwon)eun pung-bu-han saeng-tae-hwan-gyong-eul bo-jo-na-go it-sseum-ni-da

還可以換成以下方式表示：

| | |
|---|---|
| 墾丁國家公園 컨딩국가공원<br>kon-ding-guk-kka-gong-won | 玉山國家公園 위산국가공원<br>wi-san-guk-kka-gong-won |
| 太魯閣國家公園 타이루거국가공원<br>ta-i-ru-go-guk-kka-gong-won | 雪霸國家公園 쉐바국가공원<br>swae-ba-guk-kka-gong-won |
| 金門國家公園 진먼국가공원<br>jin-mon-guk-kka-gong-won | 澎湖南方四島國家公園 평후남방사섬국가공원<br>pong-hu-nam-bang-sa-som-guk-kka-gong-won |

★櫻花鉤吻鮭被政府指定為瀕臨絕種的動物。

# '대만송어'은/는 정부가 멸종 위기종으로 지정한 동물입니다.

'dae-man-song-o'neun jong-bu-ga myol-jjong wi-gi-jong-eu-ro ji-jong-han dong-mu-rim-ni-da

還可以換成以下方式表示：

| | |
|---|---|
| 黑熊 대만 흑곰<br>dae-man heuk-kkom | 雲豹 구름 표범<br>gu-reum pyo-bom |
| 梅花鹿 꽃사슴<br>kkot-ssa-seum | 台灣獼猴 대만 원숭이<br>dae-man won-sung-i |

★牠只棲息在大甲溪的源頭流域。

# 다쟈강의 상류에서 서식합니다.

da-jya-gang-e sang-nyu-e-so so-si-kam-ni-da

★玉山是台灣最高的山。

# 위산은/는 대만에서 가장 높은 산입니다.

wi-sa-neun dae-ma-ne-so ga-jang no-peun sa-nim-ni-da

還可以換成以下方式表示：

| 1 | 2 | 3 |
|---|---|---|
| 濁水溪 쥐수이강 jwo-su-i-gang | 長的 긴 gin | 河川 하천 ha-chon |
| 日月潭 르웨탄 reu-wae-tan | 大的 큰 keun | 湖泊 호수 ho-su |
| 台北 101 타이베이101빌딩 ta-i-ppe-i il-kong-il ppil-ding | 高的 높은 no-peun | 建築物 건축물 gon-chung-mul |

★從玉山山頂可以看到非常美麗的日出。

# 위산 정상에서 매우 아름다운 일출을/를 조망하실 수 있습니다.

wi-san jong-sang-e-so mae-u a-reum-da-un il-chu-reul jo-mang-ha-sil ssu it-sseum-ni-da

| ◯1 | ◯2 |
|---|---|
| 台北 101 頂樓 타이베이101 빌딩 꼭대기층 ta-i-ppe-i il-kong-il ppil-ding kkok-ttae-gi-cheung | 台北的全景 타이베이 전경 ta-i-ppe-i jong-yong |
| 愛河河畔 아이허 강변 a-i-ho gang-byon | 高雄的夜景 가오슝의 야경 ga-o-syung-e ya-gyong |

★每年的除夕夜，會在台北 101 施放煙火，舉辦跨年晚會。

## 매년 12월 31일이 되면 타이베이 101빌딩에서 불꽃놀이를 하고 새해맞이 행사를 합니다.

mae-nyon si-bi wol sam-si-bi-ri-ri dwe-myon ta-i-ppe-i il-kong-il ppil-ding-e-so bul-kkon-no-ri-reul ha-go sae-hae-ma-ji haeng-sa-reul ham-ni-da

## 狀況013 ● 危機處理

★您怎麼了？

## 어디 아프십니까?/무슨 일 있으십니까?

o-di a-peu-sim-ni-kka/mu-seu ni li-sseu-sim-ni-kka

★您現在在哪裡？

## 지금 어디 계십니까?

ji-geum o-di gye-sim-ni-kka

★附近有什麼（明顯的）建築物嗎？

# 근처에 어떤(눈에 띄는) 건물이 있습니까?

geun-cho-e ot-ton(nu-ne tti-neun) gon-mu-ri it-sseum-ni-kka

★我馬上就去接您。請在那邊稍等一下。

# 제가 지금 즉시 모시러 가겠습니다. 그 곳에서 잠시만 기다려 주십시오.

je-ga ji-geum jeuk-ssi mo-si-ro ga-get-sseum-ni-da. geu go-se-so jam-si-man gi-da-ryo ju-sip-ssi-o

★有掉了什麼東西嗎？

# 물건을 잃어 버리셨습니까?

mul-go-neul i-ro bo-ri-syot-sseum-ni-kka

★我來叫警察。

# 경찰을 부르겠습니다.

gyong-cha-reul bu-reu-get-sseum-ni-da

★您是不是有哪裡不舒服？

# 어디 불편하십니까?

o-di bul-pyo-na-sim-ni-kka

★要不要休息一下？

# 잠시 쉬시겠습니까?

jam-si swi-si-get-sseum-ni-kka

★好像發燒了，我們去附近的醫院吧！

## 열이 나는 것 같습니다. 근처에 있는 병원 으로 가시지요.

yo-ri na-neun got gat-sseum-ni-da. geun-cho-e in-neun byong-wo-neu-ro ga-si-ji-yo

★您有沒有受傷？

## 다친 곳은 없으십니까?

da-chin go-seun op-sseu-sim-ni-kka

★我幫您叫救護車吧！

## 구급차를 불러 드리겠습니다!

gu-geup-cha-reul bul-ro deu-ri-get-sseum-ni-da

■ 基本會話/기본회화

導　遊：안색이 안 좋으시네요. 어디 아프십니까?

　　　　an-sae-gi an jo-eu-si-ne-yo. o-di a-peu-sim-ni-kka

　　　　您臉色看起來不太好，怎麼了嗎？

觀光客：몸이 안 좋습니다.

　　　　mo-mi an jo-sseum-ni-da

　　　　我覺得不舒服。

導　遊：열이 나나요?

　　　　yo-ri na-na-yo

　　　　有發燒嗎？

觀光客 : 조금요. 배도 아프네요.

　　　　jo-geu-myo. bae-do a-peu-ne-yo

　　　　有一點。而且肚子也會痛。

導　　遊 : 근처에 있는 병원으로 가시지요.

　　　　geun-cho-e in-neun byong-wo-neu-ro ga-si-ji-yo

　　　　那我們去附近的醫院吧！

## 狀況014 ● 紀念品和名產

MP3
131

★接下來我們要前往名產店。

# 이제 특산품 매장으로 가겠습니다.

i-je teuk-ssan-pum mae-jang-eu-ro ga-get-sseum-ni-da

★有 1 小時的購物時間。

# 쇼핑시간은 1시간입니다.

ssyo-ping-si-ga-neun han-si-ga-nim-ni-da

★這間店有許多品質優良的台灣特產。

# 이 매장에는 우수한 품질의 대만 특산품
# 들이 다양하게 준비되어 있습니다.

i mae-jang-e-neun u-su-han pum-ji-re dae-man teuk-ssan-pum-deu-ri
da-yang-ha-ge jun-bi-dwe-o it-sseum-ni-da

★可以試吃、試喝。

# 시식 가능합니다.

si-sik ga-neung-ham-ni-da

★內有鳳梨甜甜香味的鳳梨酥是必買的伴手禮。

## 달콤한 파인애플 향이 있는 펑리수는 반드시 사야 하는 특산품입니다.

dal-ko-man pa-in-ae-peul hyang-i in-neun pong-ni-su-neun ban-deu-si-sa-ya ha-neun teuk-ssan-pu-mim-ni-da

★有香醇口感的凍頂烏龍茶非常受歡迎。

## 진한 향과 맛이 일품인 동정우롱차는 매우 인기있는 제품입니다.

ji-nan hyang-gwa ma-si il-pu-min dong-jong-u-rong-cha-neun mae-u in-gi-in-neun je-pu-mim-ni-da

★有販賣台北 101 和中正紀念堂等地的風景明信片。

## 타이베이 101이나 중정기념당 등과 같은 관광지의 풍경엽서도 판매합니다.

ta-i-ppe-i il-kong-i-ri-na jung-jong-gi-nyom-dang deung-gwa ga-teun gwan-gwang-ji-e pung-gyong-yop-sso-do pan-mae-ham-ni-da

★寫完之後可以直接寄出。

## 다 쓰신 뒤 바로 부치실 수 있습니다.

da sseu-sin dwi ba-ro bu-chi-sil ssu it-sseum-ni-da

★花蓮麻糬是花蓮最具代表性的特產。

## 화롄의 모찌는 화롄지역의 가장 대표적인 특산품입니다.

hwa-rye-ne mo-jji-neun hwa-ryen-ji-yo-ge ga-jang dae-pyo-jo-gin teuk-ssan-pu-mim-ni-da

MP3 132

★明天早上九點退房。

# 내일 오전 9시에 퇴실합니다.

nae-il o-jon a-hop ssi-e twe-si-lam-ni-da

★時間到了，請到這邊集合。

# 시간이 되었으니 이쪽으로 모여 주십시오.

si-ga-ni dwe-o-sseu-ni i-jjo-geu-ro mo-yo ju-sip-ssi-o

★飛機的起飛時間是十二點。

# 비행기 출발시간은 12시입니다.

bi-haeng-gi chul-bal-si-ga-neun yol-ttu si-im-ni-da

★請打包行李，並確認有沒有遺漏的物品。

# 짐을 모두 챙기시고 잊으신 물건이 없는 지 확인하십시오.

ji-meul mo-du chaeng-gi-si-go i-jeu-sin mul-go-ni om-neun-ji hwa-gi-na-sip-ssi-o

★行李都齊了嗎？請再確認一次。

# 짐이 다 모였나요? 다시 한번 확인해 주 십시오.

ji-mi da mo-yon-na-yo? da-si han-bon hwa-gi-nae ju-sip-ssi-o

★搭機手續是從十點開始。

# 탑승수속은 10시부터입니다.

tap-sseung-su-so-geun yol ssi-bu-to-im-ni-da

★好，現在開始發貴賓的護照和登機證。

자, 지금부터 여권과 탑승권을 나누어 드리겠습니다.

ja, ji-geum-bu-to yok-kwon-gwa tap-sseung-kkwo-neul na-nu-o deu-ri-get-sseum-ni-da

★各位貴賓，這次的台灣旅行如何呢？

여러분, 이번 대만 여행이 어떠셨는지요?

yo-ro-bun, i-bon dae-man yo-haeng-i ot-to-syon-neun-ji-yo

★希望各位可以對這趟旅行留下美好的回憶。

이번 여행이 여러분들께 아름다운 추억으로 남기를 진심으로 바랍니다.

i-bon yo-haeng-i yo-ro-bun-deul-kke a-reum-da-un chu-o-geu-ro nam-gi-reul jin-si-meu-ro ba-ram-ni-da

★出境審查在三樓。

출국심사는 3층에서 합니다.

chul-guk-ssim-sa-neun sam cheung-e-so ham-ni-da

★我就在這裡告辭了。

저는 여기서 작별인사 드리겠습니다.

jo-neun yo-gi-so jak-ppyol-rin-sa deu-ri-get-sseum-ni-da

★那麼，祝各位一路平安。

모두 안녕히 돌아가십시오.

mo-du an-nyong-hi do-ra-ga-sip-ssi-o

★期待各位的再度造訪。

# 다음에 또 방문해 주십시오.

da-eum-e tto bang-mu-nae ju-sip-ssi-o

★請保重，再見。

# 건강하십시오. 안녕히 가십시오.

gon-gang-ha-sip-ssi-o. an-nyong-hi ga-sip-ssi-o

# 超好用 服務業必備詞彙

## ≫ 導遊必備天氣・食物・醫療用語

★ 天氣 & 氣候

| 晴天<br>맑음<br>mal-geum | 陰天<br>흐림<br>heu-rim | 晴時多雲<br>구름 많음<br>gu-reum ma-neum |
|---|---|---|
| 陰有雨<br>흐리고 비<br>heu-ri-go bi | 大雨/豪雨<br>많은 비/호우<br>ma-neun bi/ho-u | 小雨<br>적은 양의 비<br>jo-geun yang-e bi |
| 雪<br>눈<br>nun | 霧<br>안개<br>an-gae | 颱風<br>태풍<br>tae-pung |
| 亞熱帶<br>아열대<br>a-yol-ttae | 四季<br>사계절<br>sa-gye-jol | 濕度<br>습도<br>seup-tto |
| 溫暖<br>따뜻하다<br>tta-tteu-ta-da | 梅雨<br>장마<br>jang-ma | 地震<br>지진<br>ji-jin |

★國情＆文化

| 中華民國 | 總統 | 國父 |
|---|---|---|
| 중화민국 | 총통 | 국부 |
| jung-hwa-min-guk | chong-tong | guk-ppu |
| 孫文 | 蔣中正 | 蔣經國 |
| 손문(쑨원) | 장개석 | 장경국/장징궈 |
| son-mun(ssun-won) | jang-gae-sok | jang-gyong-guk/<br>jang-jing-gwo |
| 李登輝 | 陳水扁 | 馬英九 |
| 리덩후이 | 천수이벤 | 마잉주 |
| ri-dong-hu-i | chon-su-i-byen | ma-ing-ju |
| 面積 | 人口 | 語言 |
| 면적 | 인구 | 언어 |
| myon-jok | in-gu | o-no |
| 中文 | 台灣話 | 客家話 |
| 중국어 | 대만어 | 객가어 |
| jung-gu-go | dae-ma-no | gaek-kka-o |

| 原住民 | 道教 | 佛教 |
|---|---|---|
| 원주민어 | 도교 | 불교 |
| won-ju-mi-no | do-gyo | bul-gyo |

★知名台灣料理

| 中文音譯 | 韓文說法 |
|---|---|
| 鹹酥雞<br>옌수지<br>yen-su-ji | 鹹酥雞<br>바삭닭튀김<br>ba-sak-ttak-twi-gim |
| 大雞排<br>다지파이<br>da-ji-pa-i | 大雞排<br>대형 닭가슴살 튀김<br>dae-hyong dak-kka-seum-sal twi-gim |
| 蜜汁雞排<br>미즈지파이<br>mi-jeu-ji-pa-i | 蜜汁雞排<br>꿀맛닭가슴살튀김<br>kkul-mat-ttak-kka-seum-sal-twi-gim |
| 臭豆腐<br>처우더우푸<br>cho-u-do-u-pu | 臭豆腐<br>발효두부튀김<br>bal-hyo-du-bu-twi-gim |
| 大香腸<br>다샹창<br>da-syang-chang | 大香腸<br>대만식 훈제 소시지<br>dae-man-sik hun-je sso-si-ji |

| | |
|---|---|
| 大腸包小腸<br>다창바오샤오창<br>da-chang-bao-syao-chang | 大腸包小腸<br>대만식 핫도그<br>dae-man-sik hat-tto-geu |
| 蚵仔煎<br>어아젠<br>o-a-jen | 蚵仔煎<br>굴전<br>gul-jon |
| 蚵仔麵線<br>어아몐셴<br>o-a-myen-syeng | 蚵仔麵線<br>굴 국수<br>gul guk-ssu |
| 滷味<br>루웨이<br>ru-wae-i | 滷味<br>졸임<br>jo-rim |
| 滷肉飯<br>루로우판<br>ru-ro-u-pan | 滷肉飯<br>고기졸임덮밥<br>go-gi-jo-rim-dop-ppap |
| 肉圓<br>로우위안<br>ro-u-wi-an | 肉圓<br>대만식 고기만두<br>dae-man-sik go-gi-man-du |
| 肉羹湯<br>로우겅탕<br>ro-u-gong-tang | 肉羹湯<br>대만식 고기완자탕<br>dae-man-sik go-gi-wan-ja-tang |

317

| | |
|---|---|
| 潤餅<br>룬빙<br>run-bing | 潤餅<br>잡채쌈<br>jap-chae-ssam |
| 紅油抄手<br>홍유차오셔우<br>hong-nyu-cha-o-syo-u | 紅油抄手<br>굴소스 물만두<br>gul-sso-sseu mul-man-du |
| 貢丸湯<br>공완탕<br>gong-wan-tang | 貢丸湯<br>대만식 완자탕<br>dae-man-sik wan-ja-tang |
| 魚丸湯<br>위완탕<br>wi-wan-tang | 魚丸湯<br>어묵탕<br>o-muk-tang |
| 黑輪<br>헤이룬<br>he-i-run | 黑輪<br>어묵<br>o-muk |
| 甜不辣<br>톈부라<br>tyen-bu-ra | 甜不辣<br>덴푸라<br>den-pu-ra |
| 蝦捲<br>샤쥐안<br>sya-jwi-an | 蝦捲<br>새우말이튀김<br>sae-u-ma-ri-twi-gim |

| 涼麵 | 涼麵 |
|---|---|
| 량몐 | 대만식 냉면 |
| ryang-myen | dae-man-sik naeng-myon |

| 鍋貼 | 鍋貼 |
|---|---|
| 궈톄 | 대만식 군만두 |
| gwo-tye | dae-man-sik gun-man-du |

| 地瓜球 | 地瓜球 |
|---|---|
| 디과추 | 고구마볼 |
| di-gwa-chu | go-gu-ma-bol |

| 擔仔麵 | 擔仔麵 |
|---|---|
| 단자이몐 | 새우탕면 |
| dan-ja-i-myen | sae-u-tang-myon |

| 牛肉麵 | 牛肉麵 |
|---|---|
| 뉴러우몐 | 소고기탕면 |
| nyu-ro-u-myen | so-go-gi-tang-myon |

| 炒米粉 | 炒米粉 |
|---|---|
| 차오미펀 | 볶음쌀국수 |
| cha-o-mi-pon | bok-keum-ssal-guk-ssu |

| 肉粽 | 肉粽 |
|---|---|
| 로우쫑 | 찹쌀대나무잎쌈 |
| ro-u-jjong | chap-ssal-dae-na-mu-ip-ssam |

| | |
|---|---|
| 生炒花枝<br>성차오화즈<br>song-cha-o-hwa-jeu | 生炒花枝<br>오징어볶음<br>o-jing-o-bok-keum |
| 藥燉排骨<br>야오둔파이구<br>ya-o-dun-pa-i-gu | 藥燉排骨<br>한약돼지갈비탕<br>han-yak-ttwae-ji-gal-bi-tang |
| 豬血糕<br>주쒀가오<br>ju-swae-ga-o | 豬血糕<br>선지떡<br>son-ji-ttok |
| 豬血<br>주쒀<br>ju-swae | 豬血<br>선지<br>son-ji |
| 四神湯<br>쓰선탕<br>sseu-song | 四神湯<br>율무돼지참자탕/사신탕<br>yul-mu-dwae-ji-cham-ja-tang/sa-sin-tang |
| 蘿蔔糕<br>뤄보가오<br>rwo-bo-ga-o | 蘿蔔糕<br>무떡<br>mu-ttok |

燒酒螺

사오쥬뤄

sa-o-jyu-rwo

燒酒螺

소주끓인소라

so-ju-kkeu-rin-so-ra

棺材板

관차이반

gwan-cha-i-ban

棺材板

수프들인식빵

su-peu-deul-rin-sik-ppang

芋圓

위위안

wi-wi-an

芋圓

토란 경단

to-ran gyong-dan

地瓜圓

디과위안

di-gwa-wi-an

地瓜圓

고구마 경단

go-gu-ma gyong-dan

鹽水雞

옌수이지

yen-su-i-ji

鹽水雞

닭고기 샐러드

dak-kko-gi ssael-ro-deu

蔥油餅

총유빙

chong-yu-bing

蔥油餅

파전

pa-jon

| | |
|---|---|
| 小籠包<br>샤오롱바오<br>sya-o-rong-ba-o | 直接講左欄音譯單字即可 |
| 酸辣湯<br>쏸라탕<br>sswal-ra-tang | 酸辣湯<br>돼지고기, 두부, 죽순 등을 넣고 시큼하<br>고 매콤하게 끓인 탕 요리<br>dwae-ji-go-gi, du-bu, juk-ssun<br>deung-eul no-ko si-keu-ma-go mae-<br>ko-ma-ge kkeu-rin tang yo-ri |
| 水餃<br>물만두<br>mul-man-du | 直接講左欄音譯單字即可 |
| 粥<br>죽<br>juk | 直接講左欄音譯單字即可 |
| (肉)包子<br>(고기)찐빵<br>(go-gi) jjin-ppang | 肉包<br>고기만두<br>go-gi-man-du |
| 北京烤鴨<br>북경오리구이<br>buk-kkyong-o-ri-gu-i | 直接講左欄音譯單字即可 |

| | |
|---|---|
| 珍珠奶茶<br>버블티<br>bo-beul-ti | 直接講左欄音譯單字即可 |
| 珍珠椰奶<br>코코넛버블티<br>ko-ko-not-ppo-beul-ti | 直接講左欄音譯單字即可 |
| 杏仁豆腐<br>싱런더우푸<br>sing-non-do-u-pu | 杏仁豆腐<br>아몬드 푸딩<br>a-mon-deu pu-ding |
| 青草茶<br>칭차오차<br>ching-cha-o-cha | 直接講左欄音譯單字即可 |

★日本料理

| | | |
|---|---|---|
| 壽司<br>스시<br>seu-si | 飯糰<br>주먹밥(오니기리)<br>ju-mok-ppap(o-ni-gi-ri) | 生魚片<br>회<br>hwe |
| 炸豬排<br>돈가스<br>don-ga-seu | 烤肉<br>불고기<br>bul-go-gi | 串燒<br>꼬치구이<br>kko-chi-gu-i |

| | | |
|---|---|---|
| 大阪燒<br>오코노미야키<br>o-ko-no-mi-ya-ki | 親子蓋飯<br>오야코동<br>o-ya-ko-dong | 牛肉蓋飯<br>규동<br>gyu-dong |
| 天婦羅蓋飯<br>텐동<br>ten-dong | 炒麵<br>야끼소바<br>ya-kki-so-ba | 烏龍麵<br>우동<br>u-dong |
| 拉麵<br>라멘<br>ra-men | 炒青菜<br>야채 볶음<br>ya-chae bo-kkeum | 下酒小菜<br>안주<br>an-ju |
| 醃漬物<br>쓰케모노(채소 절임)<br>sseu-ke-mo-no(chae-so jo-rim) | 味噌湯<br>미소된장국<br>mi-so-dwen-jang-kkuk | 豬肉蔬菜湯<br>돈지루(돼지고기와 채소를 넣은 된장국)<br>don-ji-ru(dwae-ji-go-gi-wa chae-so-reul no-eun dwen-jang-kkuk) |

★西餐

| | | |
|---|---|---|
| 牛排<br>스테이크<br>seu-te-i-keu | 漢堡<br>햄버거<br>haem-bo-go | 漢堡肉<br>함박스테이크<br>ham-bak-sseu-te-i-keu |

| 炸雞<br>후라이드치킨<br>hu-ra-i-deu-chi-kin | 熱狗<br>핫도그<br>hat-tto-geu | 湯<br>수프<br>su-peu |
|---|---|---|
| 沙拉<br>샐러드<br>ssael-ro-deu | 麵包<br>빵<br>ppang | 甜甜圈<br>도넛<br>do-not |
| 三明治<br>샌드위치<br>ssaen-deu-wi-chi | 義大利麵<br>스파게티<br>seu-pa-ge-ti | 焗烤飯<br>그라탱<br>geu-ra-taeng |
| 咖哩飯<br>카레라이스<br>ka-re-ra-i-seu | 點心<br>스낵<br>seu-naek | 派<br>파이<br>pa-i |
| 蛋糕<br>케이크<br>ke-i-keu | 果凍<br>젤리<br>jel-ri | 布丁<br>푸딩<br>pu-ding |

★肉類與海鮮

| 牛肉<br>소고기<br>so-go-gi | 豬肉<br>돼지고기<br>dwae-ji-go-gi | 雞肉<br>닭고기<br>dak-kko-gi |
|---|---|---|

| | | |
|---|---|---|
| 羊肉<br>양고기<br>yang-go-gi | 火腿<br>햄<br>haem | 香腸<br>소시지<br>sso-si-ji |
| 培根<br>베이컨<br>be-i-kon | 魚<br>생선<br>saeng-son | 鮭魚<br>연어<br>yo-no |
| 沙丁魚<br>정어리<br>jong-o-ri | 竹筴魚<br>전갱이<br>jon-gaeng-i | 鰹魚<br>가다랑어<br>ga-da-rang-o |
| 鮪魚<br>다랑어<br>da-rang-o | 鱈魚<br>대구<br>dae-gu | 鰻魚<br>장어<br>jang-o |
| 秋刀魚<br>꽁치<br>kkong-chi | 蝦子<br>새우<br>sae-u | 螃蟹<br>게<br>ge |
| 鮑魚<br>전복<br>jon-bok | 牡蠣<br>굴<br>gul | 蛤蠣<br>조개<br>jo-gae |

| | | |
|---|---|---|
| 干貝<br>관자<br>gwan-ja | 章魚<br>문어<br>mu-no | 魷魚<br>오징어<br>o-jing-o |

★飲料

| | | |
|---|---|---|
| 開水<br>물<br>mul | 礦泉水<br>생수<br>saeng-su | 咖啡<br>커피<br>ko-pi |
| 茶<br>차<br>cha | 紅茶<br>홍차<br>hong-cha | 綠茶<br>녹차<br>nok-cha |
| 烏龍茶<br>우롱차<br>u-rong-cha | 牛奶<br>우유<br>u-yu | 奶茶<br>밀크티<br>mil-keu-ti |
| 珍珠奶茶<br>버블밀크티<br>bo-beul-mil-keu-ti | 豆漿<br>더우장(대만식 두유)<br>do-u-jang(dae-man-sik du-yu) | 酸梅汁<br>매실주스<br>mae-sil-ju-sseu |

| | | |
|---|---|---|
| 可可亞<br>코코아<br>ko-ko-a | 檸檬茶<br>레몬차<br>re-mon-cha | 蘋果汁<br>사과주스<br>sa-gwa-ju-sseu |
| 柳橙汁<br>오렌지주스<br>o-ren-ji-ju-sseu | 汽水<br>사이다<br>sa-i-da | 可樂<br>콜라<br>kol-ra |
| 啤酒<br>맥주<br>maek-jju | 生啤酒<br>생맥주<br>saeng-maek-jju | 燒酒<br>소주<br>so-ju |
| 清酒<br>청주<br>chong-ju | 紅酒<br>포도주<br>po-do-ju | 白酒<br>백주<br>baek-jju |
| 香檳<br>샴페인<br>syam-pe-in | 威士忌<br>위스키<br>wi-seu-ki | 白蘭地<br>브랜디<br>beu-raen-di |

★台灣水果

| | | |
|---|---|---|
| 芒果<br>망고<br>mang-go | 西瓜<br>수박<br>su-bak | 香蕉<br>바나나<br>ba-na-na |

| 木瓜 | 芭樂 | 楊桃 |
|---|---|---|
| 파파야 | 구아바 | 스타푸르트 |
| pa-pa-ya | gu-a-ba | seu-ta-pu-reu-teu |
| 蓮霧 | 火龍果 | 荔枝 |
| 왁스애플 (렌우) | 용과/드래곤푸르트 | 리치/여지 |
| wak-sseu-ae-peul (ryen-u) | yong-gwa/deu-rae-gon-pu-reu-te | ri-chi/yo-ji |

★醫療保健

| 胃痛 | 牙齒痛 | 生理痛 |
|---|---|---|
| 복통 | 치통 | 생리통 |
| bok-tong | chi-tong | saeng-ni-tong |
| 打冷顫 | 發燒 | 感冒 |
| 오한/떨림 | 발열 | 감기 |
| o-han/ttol-rim | ba-ryol | gam-gi |
| 鼻水 | 鼻塞 | 噴嚏 |
| 콧물 | 코막힘 | 재채기 |
| kon-mul | ko-ma-kim | jae-chae-gi |

| | | |
|---|---|---|
| 咳嗽<br>기침<br>gi-chim | 喉嚨痛<br>목아픔/인후통<br>mo-ga-peum/in-hu-tong | 發癢<br>가려움<br>ga-ryo-um |
| 斑疹<br>발진<br>bal-jjin | 腫<br>부종<br>bu-jong | 曬傷<br>일광화상<br>il-gwang-hwa-sang |
| 胃不舒服(火燒心)<br>속쓰림<br>sok-sseu-rim | 打嗝<br>트림<br>teu-rim | 便祕<br>변비<br>byon-bi |
| 頭痛藥<br>두통약<br>du-tong-nyak | 胃藥<br>위장약(소화제)<br>wi-jang-nyak(so-hwa-je) | 感冒藥<br>감기약<br>gam-gi-yak |
| 眼藥水<br>안약<br>an-yak | OK 繃<br>반창고<br>ban-chang-go | 急救箱<br>구급상자<br>gu-geup-ssang-ja |
| 繃帶<br>붕대<br>bung-dae | 體溫計<br>체온계<br>che-on-gye | 冰敷<br>얼음/냉찜질<br>o-reum/naeng-jjim-jil |

| | | |
|---|---|---|
| 點滴<br>링거<br>ring-go | 急診<br>응급진료<br>eung-geup-jjil-ryo | 住院<br>입원<br>i-bwon |
| 量血壓<br>혈압측정<br>hyo-rap-cheuk-jjong | 脈搏<br>맥박<br>maek-ppak | 血液檢查<br>혈액검사<br>hyo-raek-kkom-sa |
| 尿液檢查<br>소변검사<br>so-byon-gom-sa | 胸部 X 光<br>흉부 엑스레이<br>hyung-bu ek-sseu-re-i | 心電圖<br>심전도<br>sim-jon-do |

# Part 10

## 天天用得上的
## 聊天韓語

# ⑩ 天天用得上的聊天韓語

■ 基本會話／기본회화

**第一段**

店員： 혈액형이 무엇입니까?

hyo-rae-kkyong-i mu-o-sim-ni-kka

是什麼血型的？

客人： A형입니다.

A hyong-im-ni-da

A 型。

店員： 아, A형이세요?

a, A hyong-i-se-yo

啊，A 型嗎？

제가 어디서 본 적이 있는데 A형 남성은 신중한 사람이라고 하더군요.

je-ga o-di-so bon jo-gi in-neun-de A hyong nam-song-eun sin-jung-han sa-ra-mi-ra-go ha-do-gu-nyo

我好像在哪裡看過，聽說 A 型的男生是小心謹慎型的。

## 맞나요?

man-na-yo

我說中了嗎？

還可以換成以下方式表示：

| 1 | 2 |
|---|---|
| **A 型** A형<br>A hyong | **小心謹慎的人** 돌다리도 두들겨보고 건너는 사람<br>dol-da-ri-do du-deul-gyo-bo-go gon-no-neun sa-ram<br>※「돌다리도 두들겨보고 건너다」是「小心謹慎」的俗語，意思是「把橋敲一敲，確定沒有問題之後才過橋」。 |
| | **有責任感的人** 책임감 있는 사람<br>chae-gim-gam in-neun sa-ram |
| | **內心溫柔體貼的人** 마음이 따뜻하고 자상한 사람<br>ma-eu-mi tta-tteu-ta-go ja-sang-han sa-ram |
| **B 型** B형<br>B hyong | **有領導者風範** 지도자형<br>ji-do-ja-hyong |
| | **心胸寬敞、性格開朗** 마음이 넓고 활발한 성격<br>ma-eu-mi nol-kko hwal-ba-lan song-kkyok |
| | **依自己的步調行事的類型** 계획성 있게 행동하는 유형<br>gye-hwek-ssong it-kke haeng-dong-ha-neun yu-hyong |
| | **情緒多變的人** 감정의 변화가 많은 사람<br>gam-jong-e byo-nwa-ga ma-neun sa-ram |

| | |
|---|---|
| O 型 O형<br>O hyong | 牢牢掌握自己目標的人 자신의 목표를 위해 최선을 다하는 사람<br>ja-si-ne mok-pyo-reul wi-hae chwe-so-neul da-ha-neun sa-ram |
| | 非常有自信的人 자신감 넘치는 사람<br>ja-sin-gam nom-chi-neun sa-ram |
| | 不服輸的人 실패를 인정하지 않는 사람<br>sil-pae-reul in-jong-ha-ji an-neun sa-ram |
| | 非常重視人際關係的類型 인간관계를 매우 중시하는 유형<br>in-gan-gwan-gye-reul mae-u jung-si-ha-neun yu-hyong |
| | 重感情的人 감정을 중시하는 사람<br>gam-jong-eul jung-si-ha-neun sa-ram |
| | 喜歡照顧別人的人 타인을 보살피는 것을 좋아하는 사람<br>ta-in-eul bo-sal-pi-neun go-seul jo-a-ha-neun sa-ram |
| AB 型<br>AB형<br>AB hyong | 多愁善感的人 감상적인 사람<br>gam-sang-jo-gin sa-ram |
| | 做事有效率的人 매사에 효율적인 사람<br>mae-sa-e hyo-yul-jjo-gin sa-ram |
| | 有赤子之心的人 순수한 사람<br>sun-su-han sa-ram |

有自我風格、想做什麼就做什麼的人 개성이 있
으며 생각한대로 행동하는 사람
gae-song-i i-sseu-myo saeng-ga-kan-dae-ro haeng-
dong-ha-neun sa-ram

## ▋ 基本會話/기본회화

第二段

客人 : 그럼 당신의 혈액형은 무엇입니까?

geu-rom dang-si-ne hyo-rae-kkyong-eun mu-o-sim-ni-kka

那你是什麼血型？

店員 : 저는 B형입니다. B형[1] 여성은 감정의 변화가 많다[2]고 하
더군요!

jo-neun B hyong-im-ni-da. B hyong yo-song-eun gam-jong-e
byo-nwa-ga man-ta-go ha-do-gu-nyo

我是 B 型。B 型的女生是情緒多變的人呢！

還可以換成以下方式表示：

| 1 | 2 |
|---|---|
| A 型 A형<br>A hyong | 人品高尚的 인품이 고상하다<br>in-pu-mi go-sang-ha-da |
| | 內斂、不愛出鋒頭 내향적이며 자신을 드러내 보<br>이는 것을 싫어한다<br>nae-hyang-jo-gi-myo ja-si-neul deu-ro-nae bo-i-<br>neun go-seul si-ro-han-da |
| | 逞強不服輸 지는 것을 싫어한다<br>ji-neun go-seul si-ro-han-da |

| | | |
|---|---|---|
| **B 型** B형<br>B hyong | **很重情義的類型** 정과 의리를 중시한다<br>jong-gwa ui-ri-reul jung-si-han-da | |
| | **能言善道的** 언변이 좋다<br>on-byon-i jo-ta | |
| **O 型** O형<br>O hyong | **浪漫派** 낭만파(라)<br>nang-man-pa(ra) | |
| | **很體貼的個性** 자상하고 친절한 성격(이라)<br>ja-sang-ha-go chin-jo-ran song-kkyo(ki-ra) | |
| **AB 型**<br>AB형<br>AB hyong | **興趣廣泛的女子** 취미가 다양한 여성(이라)<br>chwi-mi-ga da-yang-han yo-song(i-ra) | |
| | **才華洋溢的女子** 재주가 넘치는 여성(이라)<br>jae-ju-ga nom-chi-neun yo-song(i-ra) | |
| | **不擅長表達自己情緒的類型** 자신의 감정을 표현하는 것에 능숙하지 않은 유형(이라)<br>ja-si-ne gam-jong-eul pyo-hyo-na-neun go-se neung-su-ka-ji a-neun yu-hyong(i-ra) | |

## 狀況002 ● 已經習慣台灣的生活了嗎？

**■ 基本會話/기본회화**

### 第一段

店員：대만에는 처음¹ 오셨습니까?

　　　dae-ma-ne-neun cho-eum o-syot-sseum-ni-kka

　　　是第一次來台灣嗎？

客人：아니요. 두 번째 방문입니다.[2]

a-ni-yo. du bon-jjae bang-mu-nim-ni-da

不，是第二次。

店員：이곳의 날씨[3]에 적응하셨습니까?

i-go-se nal-ssi-e jo-geung-ha-syot-sseum-ni-kka

已經能習慣這邊的天氣了嗎？

客人：아직도 잘 적응이 되지 않네요.

a-jik-tto jal jo-geung-i dwe-ji an-ne-yo

還是不太習慣。

還可以換成以下方式表示：

| 1 | 2 | 3 |
|---|---|---|
| 幾次 몇 번째로<br>myot bon-jjae-ro | 不，是第一次 아니요. 처음 방문입니다<br>a-ni-yo. cho-eum bang-mu-nim-ni-da | 生活 생활<br>saeng-hwal |
| 旅行 여행<br>yo-haeng | 不，我是來工作的 아니요. 업무차 방문합니다<br>a-ni-yo. om-mu-cha bang-mun-ham-ni-da | 工作 업무/일<br>om-mu/il |
| 工作 업무차<br>om-mu-cha | 不，我來旅行 아니요. 여행하러 왔습니다<br>a-ni-yo. yo-haeng-ha-ro wat-sseum-ni-da | 生活步調 생활리듬<br>saeng-hwal-ri-deum |

| 一個人 혼자<br>hon-ja | 不，我跟家人一起來的 가족과 함께 방문입니다<br>a-ni-yo. ga-jok-kkwa ham-kke bang-mu-nim-ni-da | 食物 음식<br>eum-sik |
|---|---|---|
| 幾次 몇 번째로<br>myot bon-jjae-ro | 我經常來 자주 방문합니다<br>ja-ju bang-mu-nam-ni-da | 炙熱 무더위<br>mu-do-wi |

█ 基本會話 / 기본회화

## 第二段

店員：대만의 여름[1]은/는 정말 덥죠[2], 견디기 힘드시죠[3]?

dae-ma-ne yo-reu-meun jong-mal dop-jjyo, gyon-di-gi him-deu-si- jyo

台灣的夏天很熱，很令人難以忍受吧？

## 客人：정말 더워요.

jong-mal do-wo-yo

真的很熱。

還可以換成以下方式表示：

| ○ 1 | ○ 2 | ○ 3 |
|---|---|---|
| 冬天 겨울<br>gyo-ul | 不冷 춥지 않죠<br>chup-jji an-chyo | 很好適應 적응하기 쉽죠/<br>금방 적응되시죠<br>jo-geung-ha-gi swip-jjyo/<br>geum-bang jo-geung-dwe-si-jyo |

| 食物 음식<br>eum-sik | 油膩 기름지죠<br>gir-eum-ji-jyo | 吃不習慣 입에 맞지 않으<br>시죠<br>i-be mat-jji a-neu-si-jyo |
| --- | --- | --- |
| 交通 교통<br>gyo-tong | 複雜 복잡하죠<br>bok-jja-pa-jyo | 危險 위험하죠<br>wi-ho-ma-jyo |
| 空氣 공기<br>gong-gi | 不好 나쁘죠<br>nap-peu-jyo | 不習慣 적응이 안 되시죠<br>jo-geung-ni an dwe-si-jyo |

■ 基本會話/기본회화

## 第三段

店員：몸이 상하지 않도록 조심하세요.

　　mo-mi sang-ha-ji an-to-rok jjo-si-ma-se-yo

　　請多多保重，不要弄壞了身體。

客人：네. 감사합니다.

　　ne. gam-sa-ham-ni-da

　　好的，謝謝。

　　還可以換成以下方式表示：

| 不要傷了身體 몸이 상하지<br>mo-mi sang-ha-ji | 不要累積壓力 스트레스가 쌓<br>이지<br>seu-teu-re-sseu-ga ssa-i-ji |
| --- | --- |
| 別感冒了 감기에 걸리지<br>gam-gi-e gol-ri-ji | 別暈倒了 지쳐 쓰러지지<br>ji-cho sseu-ro-ji-ji |

## 基本會話/기본회화

### 第一段

**店員：**요즘 업무가 많이 힘드신가요?[1] 안색이 별로 안 좋으시네요[2]!

yo-jeum om-mu-ga ma-ni him-deu-sin-ga-yo? an-sae-gi byol-ro an jo-eu-si-ne-yo

最近工作很累嗎？臉色好像不太好喔！

**客人：**네, 맞아요.

ne, ma-ja-yo

對呀！

還可以換成以下方式表示：

| 1 | 2 |
|---|---|
| **很累** 힘드신가요<br>him-deu-sin-ga-yo | **你臉色不太好** 안색이 안 좋으시네요<br>an-sae-gi an jo-eu-si-ne-yo |
| **很忙** 바쁘신가요<br>bap-peu-sin-ga-yo | **你看起來心情不太好** 기분이 안 좋아 보이네요<br>gi-bu-ni an jo-a bo-i-ne-yo |
| **身體不太舒服** 몸이 안 좋으신가요<br>mo-mi an jo-eu-sin-ga-yo | **你看起來不太有食慾** 식욕이 없어 보이네요<br>si-gyo-gi op-sso bo-i-ne-yo |
| **睡眠不足** 잠이 부족하신가요<br>ja-mi bu-jo-ka-sin-ga-yo | **有黑眼圈** 다크서클이 있네요<br>da-keu-sso-keu-ri in-ne-yo |

## 第二段

店員 : 가능한 한 충분히 휴식을 취하세요.

ga-neung-han han chung-bu-ni hyu-si-geul chwi-ha-se-yo

可以的話盡量多休養唷！

건강이 제일이잖아요.

gon-gang-i je-i-ri-ja-na-yo

因為健康第一嘛。

客人 : 네. 그렇게 해야죠.

ne. geu-ro-ke hae-ya-jyo

會的，是應該那麼做。

還可以換成以下方式表示：

**多休息** 충분히 휴식을 취하세요

chung-bu-ni hyu-si-geul chwi-ha-se-yo

**多攝取營養** 영양분을 충분히 섭취하세요

yong-yang-bu-neul chung-bu-ni sop-chwi-ha-se-yo

**多放輕鬆** 긴장을 풀고 마음을 편안히 가지세요

gin-jang-eul pul-go ma-eu-meul pyo-na-ni ga-ji-se-yo

**多補充睡眠** 수면을 충분히 취하세요

su-myo-neul chung-bu-ni chwi-ha-se-yo

**不要太勉強** 억지로 하지 마세요

ok-jji-ro ha-ji ma-se-yo

多補充水分 수분을 충분히 섭취하세요
su-bu-neul chung-bu-ni sop-chwi-ha-se-yo

辣的東西少吃 매운 음식은 적게 드세요
mae-un eum-si-geun jok-kke deu-se-yo

多想些快樂的事 즐거운 일을 많이 생각하세요
jeul-go-un i-reul ma-ni saeng-ga-ka-se-yo

## 狀況004 ● 什麼事這麼開心？

■ 基本會話/기본회화

**店員：** 요즘 일이 잘 되시나 봐요. 기분이 좋아 보이시는데요.

yo-jeum i-ri jal dwe-si-na bwa-yo. gi-bu-ni jo-a bo-i-si-neun-
de-yo

最近工作很順利吧？您看來心情很好呢！

**客人：** 맞아요!

ma-ja-yo

對呀！

**店員：** 잘된 일이군요. 일이 잘 되니 술 좀 더 드셔도 되겠어요!

jal-dwen i-ri-gu-nyo. i-ri jal dwe-ni sul jom do deu-syo-do
dwe-ge-sso-yo

真好，這樣可以多喝一點酒呢！

물론 그래도 몸 관리는 잘 하셔야 해요.

mul-ron geu-rae-do mom gwal-ri-neun jal ha-syo-ya hae-yo

不過，還是要好好休養身體喔！

그렇지 않으면 앞으로 자주 만나 술 마시기 힘들어질 수
도 있으니까요.

geu-ro-chi a-neu-myon a-peu-ro ja-ju man-na sul ma-si-gi him-
deu-ro-jil ssu-do i-sseu-ni-kka-yo

不然，以後就不能常常一起喝酒了。

還可以換成以下方式表示：

| 有什麼好事情發生嗎？ 무슨 좋은일 있나요 |
|---|
| mu-seun jo-eu-ni lin-na-yo |

| 臉色很好 안색이 좋네요 |
|---|
| an-sae-gi jon-ne-yo |

| 看起來很高興 기분이 좋아 보이시네요 |
|---|
| gi-bu-ni jo-a bo-i-si-ne-yo |

| 笑容滿面 만면에 미소가 가득하시네요 |
|---|
| man-myo-ne mi-so-ga ga-deu-ka-si-ne-yo |

## 狀況005 ● 韓國人&季節 <sup>MP3 137</sup>

■ 基本會話/기본회화

店員：몇 월생이신가요?

myo twol-saeng-i-sin-ga-yo

您是幾月出生的？

客人：2월입니다.

i wo-rim-ni-da

二月。

店員：2월이요? 한국의 2월 하면 '입학식의 계절 [2]'이/가 생각 나요!

i wo-ri-yo? han-gu-ge i wo-la-myon 'i-pak-ssi-ge gye-jo'ri saeng-gang-na-yo

二月啊？在韓國，說到二月就想到開學典禮的季節吧！

음식으로 보면 붕어빵이 많이 나오는 시기지요?

eum-si-geu-ro bo-myon bung-o-ppang-i ma-ni na-o-neun si-gi-ji-yo

食物方面，也是最多人出來賣紅豆餅的季節吧？

제가 가장 좋아하는 것이 바로 붕어빵이거든요.

je-ga ga-jang jo-a-ha-neun go-si ba-ro bung-o-ppang-i-go-deun-nyo

我最喜歡的東西就是紅豆餅了。

! 使用時機／이럴 때 쓴다

- 韓國的紅豆餅叫「붕어빵」，外觀為鯽魚形狀，冬天街上常常可以看到有人在賣紅豆餅。據推測，韓國紅豆餅源自 19 世紀末日本的鯛魚燒，1930 年傳入韓國之後，變成今天我們看到的鯽魚形紅豆餅。
- 「붕어빵 나오는 시기」指的是「冬天」，天氣一冷大家就會想吃熱騰騰的紅豆餅，因此「冬天」又可以用「붕어빵 나오는 시기」來形容。

☐ 還可以換成以下方式表示：

| ☐1 | ☐2 |
| --- | --- |
| 一月 1월<br>i rwol | 新年 새해<br>sae-hae |

| 二月 2월<br>i wol | 農曆新年 설날<br>sol-ral |
| | 最冷的時 가장 추운 계절<br>ga-jang chu-un gye-jol |
| 三月 3월<br>sam wol | 三一節 삼일절<br>sa-mil-jjol |
| 四月 4월<br>sa wol | 螃蟹的季節 벚꽃의 계절<br>bot-kko-che gye-jol |
| 五月 5월<br>o wol | 家庭月，黃金連休假期 가정의 달 황금연휴<br>ga-jong-e dal hwang-geum-nyo-nyu |
| 六月 6월<br>yu wol | 梅雨季 장마철<br>jang-ma-chol |
| 七月 7월<br>chi rwol | 七夕 칠석<br>chil-ssok |
| 八月 8월<br>pa rwol | 光復節 광복절<br>gwang-bok-jjol |
| 九月 9월<br>gu wol | 中秋節 추석 (秋夕)<br>chu-sok |
| 十二月 12월<br>si-bi wol | 聖誕節 성탄절<br>song-tan-jol |
| | 年末 연말<br>yon-mal |

■ 基本會話/기본회화

## 第一段

店員：와! 넥타이 정말 예뻐요!

wa! nek-ta-i jong-mal ye-ppo-yo!

哇，這領帶好漂亮啊！

대만에서 사신 건가요?

dae-ma-ne-so sa-sin gon-ga-yo

您在台灣買的嗎？

客人：네.

ne

是的。

店員：잘 어울리시네요!

jal o-ul-ri-si-ne-yo

跟您很搭配呢！

○ 還可以換成以下方式表示：

| 絲巾 스카프 seu-ka-peu | 襯衫 셔츠 syo-cheu | 包包 가방 ga-bang | 鞋子 신발 sin-bal |
|---|---|---|---|
| 西裝 양복 yang-bok | 手錶（손목）시계 (son-mok)si-gye | 褲子 바지 ba-ji | 眼鏡 안경 an-gyong |
| 手提包 핸드백 haen-deu-ppaek | 錢包 지갑 ji-gap | 帽子 모자 mo-ja | 連身裙 원피스 won-pi-sseu |

## 第二段

**店員**：대만에서 물건을 살 때 한국에 비해 더 불편하진 않나요?

dae-ma-ne-so mul-go-neul sal ttae han-gu-ge bi-hae do bul-
pyo-na-jin an-na-yo

在台灣買東西，和韓國比起來不會不方便嗎？

**客人**：아니요. 편해요. 가격이 저렴할 뿐만 아니라 품질도 좋아
요.

a-ni-yo. pyo-nae-yo. ga-gyo-gi jo-ryo-mal ppun-man a-ni-ra
pum-jil-do jo-a-yo

不會啊，很方便。不僅價格便宜，品質也很好。

還可以換成以下方式表示：

**品質怎麼樣呢** 품질이 어떤가요
pum-ji-ri o-tton-ga-yo

**價錢不會比較貴一點嗎** 가격이 더 비싸진 않나요
ga-gyo-gi do bi-ssa-ji na-na-yo

**商品比較沒那麼齊全嗎** 상품의 종류가 매우 다양하지는 않은
가요
sang-pu-me jong-nyu-ga mae-u da-yang-ha-ji-neun a-neun-ga-yo

**找得到喜歡的樣式嗎** 마음에 드는 스타일을 찾기 쉽나요
ma-eu-me deu-neun seu-ta-i-reul chat-kki swim-na-yo

**喜歡的款式多嗎** 마음에 드는 스타일이 많은가요
ma-eu-me deu-neun  seu-ta-i-ri ma-neun-ga-yo

## 第三段

**店員：저는 한국 제품을 정말 좋아합니다.**

jo-neun han-guk jje-pu-meul jong-mal jo-a-ham-ni-da

我非常喜歡韓國的東西。

**客人：그러세요?**

geu-ro-se-yo?

是嗎？

**店員：네, 한국산 옷을 제일 좋아합니다.**

ne,han-guk-ssan o-seul je-il jo-a-ham-ni-da

是的，我最喜歡韓國製的衣服了。

**알고 계시는 한국의 좋은 매장이 있으면 다음에** 소개해 **주시겠어요?**

al-go gye-si-neun han-gu-ge jo-eun mae-jang-i i-sseu-myon
dae-u-me so-gae-hae ju-si-ge-sso-yo

如果您知道有哪些韓國不錯的賣場，下次可以介紹給我嗎？

◯ 還可以換成以下方式表示：

| **告訴我** 알려 | **帶我去** 저를 데리고 가 |
|---|---|
| al-ryo | jo-reul de-ri-go ga |

状況007 ● 聽客人訴苦

MP3
139

part10
天天用得上的聊天韓語

007
聽客人訴苦

## ■ 基本會話/기본회화

### 第一段

客人：요즘 자꾸 일이 꼬이네요.

yo-jeum ja-kku i-ri kko-i-ne-yo

最近老碰到不如意的事。

店員：원래 인생이 마음 먹은 대로 되지 않죠!

wol-rae in-saeng-i ma-eum mo-geun dae-ro dwe-ji an-chyo

人生不如意之事十之八九啊！

□ 還可以換成以下方式表示：

---

**是好事將要發生的前兆也說不定** 좋은 일이 생길 징조일지도 모르잖아요.

jo-eun i-ri saeng-gil jing-jo-il-jji-do mo-reu-ja-na-yo

---

**塞翁失馬焉知非福，下回會有好事發生的** 인생사 새옹지마잖아요. 다음 번에 좋은 일이 생길 거에요.

in-saeng-sa sae-ong-ji-ma-ja-na-yo. da-eum bo-ne jo-eun i-ri saeng-gil kko-e-yo

---

**船到橋頭自然直，一定會有辦法的** 배가 다리에 닿으면 뱃머리가 자연히 돌아간다고 하잖아요. 다 방법이 있을 거에요.

bae-ga da-ri-e dae-u-myon baen-mo-ri-ga ja-yo-ni do-ra-gan-da-go ha-ja-na-yo. da bang-bo-bi i-sseul kko-e-yo

---

**沒關係；沒問題的！** 괜찮아요.

gwaen-cha-na-yo

---

## 第二段

客人：(당신 말이)맞습니다

(dang-sin ma-ri)mat-sseum-ni-da

你說的對。

店員：너무 깊이 생각하지 마세요.

no-mu gi-pi saeng-ga-ka-ji ma-se-yo

請不要想太多。

還可以換成以下方式表示：

---

**打起精神** 기운 내세요

gi-un nae-se-yo

---

**不要太沮喪** 너무 낙담하지 마세요

no-mu nak-tta-ma-ji ma-se-yo

---

**不要太鑽牛角尖** 사소한 것에 집착하지 마세요

sa-so-han go-se jip-cha-ka-ji ma-se-yo

---

**腳步放慢一點** 한 템포 천천히 가세요

han tem-po chon-cho-ni ga-se-yo

---

**心情放輕鬆** 마음을 편히 가지세요

ma-eu-meul pyo-ni ga-ji-se-yo

---

**無論發生什麼事，都以積極的生活態度好好堅持下去。** 무슨 일이 생기더라도 적극적인 생활 태도로 잘 이겨 내세요.

mu-seun i-ri saeng-gi-do-ra-do jok-kkeuk-jjo-gin saeng-hwal tae-do-ro jal i-gyo nae-se-yo

# 狀況008 ● 您的家鄉在哪裡？

MP3
140

## ▌基本會話/기본회화

**店員：** 이소연님은 고향이 어디신가요?

i-so-yon-ni-meun go-hyang-i o-di-sin-ga-yo

李素妍小姐，您是哪裡人？

**客人：** 대한민국 대전사람입니다.

dae-han-min-guk dae-jon-sa-ra-mim-ni-da

我是韓國的大田人。

**店員：** 대전에도 사투리 있나요?

dae-jo-ne-do sa-tu-ri in-na-yo

大田也有方言嗎？

**客人：** 그럼요.충청도 사투리를 쓰지요.

geu-ro-myo. chung-chong-do sa-tu-ri-reul sseu-ji-yo

有啊。忠清道方言。

**店員：** 재미있는 표현 몇 가지(를) 알려 주시겠어요?

jae-mi-in-neun pyo-hyon myot ga-ji-(reul) al-ryo ju-si-ge-sso-yo

可以告訴我一些什麼有趣的說法嗎？

還可以換成以下方式表示：

| 特有的 특이한 | 其他的 다른 | 名產 특산품/명물 |
|---|---|---|
| teu-gi-han | da-reun | teuk-ssan-pum/ myong-mul |

| | | |
|---|---|---|
| 好吃的 맛있는<br>ma-sin-neun | 傳統料理 전통요리<br>jon-tong-nyo-ri | 有名的 유명한<br>yu-myong-han |
| 慶典活動 축제행사<br>chuk-jje-haeng-sa | 風俗 풍속<br>pung-sok | 方言 방언/사투리<br>bang-on/sa-tu-ri |

## 狀況009 ● 健康的飲食建議

### ▋ 基本會話 / 기본회화

**客人：** 요즘 들어 쉽게 피로감을 느낍니다.

yo-jeum deu-ro swip-kke pi-ro-ga-meul neu-kkim-ni-da

最近覺得很容易疲倦。

**店員：** 괜찮으세요?삼시세끼 균형 잡힌 식사를 하시나요?

gwaen-cha-neu-se-yo? sam-si-se-kki gyu-nyong ja-pin sik-ssa-reul ha-si-na-yo

要不要緊？平常三餐有均衡攝取嗎？

**客人：** 별로 그러지를 못합니다.

byol-ro geu-ro-ji-reul mo-tam-ni-da

不太均衡呢！

**店員：** 가능한 한 균형 잡힌 식사를 하셔야 합니다.

gan-eung-han han gyu-nyong ja-pin sik-ssa-reul ha-syo-ya ham-ni-da

可以的話，飲食盡量要均衡喔。

그리고 과일¹ 이/가 피로 회복² 에/에게 아주 좋다는군요!

geu-ri-go gwa-i-ri pi-ro hwe-bo-ge a-ju jo-ta-neun-gu-nyo

聽說吃水果對消除疲勞很不錯喔！

還可以換成以下方式表示：

| 1 | 2 |
|---|---|
| 新鮮鳳梨 신선한 파인애플<br>sin-so-nan pa-in-ae-peul | 吃太飽消化不良 과식으로 인한 소화불량<br>gwa-si-geu-ro in-han so-hwa-bul-ryang. |
| 白菜 배추<br>bae-chu | 宿醉 숙취 해소<br>suk-chwi hae-so |
| 碗豆 완두콩<br>wan-du-kong | 腸胃不好的人 위장이 약한 사람<br>wi-jang-i ya-kan sa-ram |
| 洋蔥 양파<br>yang-pa | 手腳冰冷 수족냉증<br>su-jong-naeng-jjeung |
| 蘆筍 아스파라거스<br>a-seu-pa-ra-go-seu | 消除疲勞 피로해소<br>pi-ro-hae-so |
| 鮭魚 연어<br>yo-no | 高血壓 고혈압<br>go-hyo-rap |
| 鰻魚 장어<br>jang-o | 視力減退 감퇴된 시력<br>gam-twe-dwen si-ryok |
| 螃蟹 게<br>ge | 頭昏目眩 어지럼증<br>o-ji-rom-jjeung |

| | |
|---|---|
| 雞肉 닭고기 <br> dak-kko-gi | 體質虛弱 허약체질 <br> ho-yak-che-jil |

## 狀況010 ● 消除疲勞的好方法

■ 基本會話 / 기본회화

店員：대만에 목욕문화가 많지 않아 불편하지는 않으십니까?

dae-ma-ne mo-gyong-mu-nwa-ga man-chi a-na bul-pyo-na-ji-neun a-neu-sim-ni-kka

台灣比較沒有泡澡的習慣，您會不會覺得不太方便？

客人：맞아요. 불편해요.

ma-ja-yo. bul-pyo-nae-yo

對呀！

店員：대만에서는 대부분 샤워만 하지요.

dae-ma-ne-so-neun dae-bu-bun sya-wo-man ha-ji-yo

台灣大多只用淋浴。

사실 목욕을 하면 피로가 풀리는데 말이에요!

sa-sil mo-gyo-geul ha-myon pi-ro-ga pul-ri-neun-de ma-ri-e-yo

其實泡澡比較能消除疲勞呢！

〇 還可以換成以下方式表示：

暖和起來 따뜻해지잖아요

tta-tteu-tae-ji-ja-na-yo

356

神清氣爽　정신이 맑아지고 기분이 상쾌해지잖아요
jong-si-ni mal-ga-ji-go gi-bu-ni sang-kwae-hae-ji-ja-na-yo

能放輕鬆　가볍고 편안해지잖아요
ga-byop-kko pyo-na-nae-ji-ja-na-yo

心靈得到休息　마음이 편안해지잖아요
ma-eu-mi pyo-na-nae-ji-ja-na-yo

增進血液循環　혈액순환에 좋잖아요
hyo-raek-ssun-hwa-ne jo-cha-na-yo

## 狀況011 ● 韓國什麼都很貴吧？

■ 基本會話/기본회화

**店員：** 한국은 뭐든 비싸죠?

han-gu-geun mwo-deun bi-ssa-jyo

韓國什麼都很貴吧？

**客人：** 맞아요.

ma-ja-yo

對呀！

**店員：** 특히 식비이/가 많이 든다면서요?

teu-ki sik-ppi-ga ma-ni deun-da-myon-so-yo

尤其是吃東西的花費很高

대만은 아주 저렴한 편이죠?

dae-ma-neun a-ju jo-ryo-man pyo-ni-jyo

台灣就很便宜吧？

還可以換成以下方式表示：

| 交通費 교통비<br>gyo-tong-bi | 學費 학비<br>hak-ppi | 衣服 옷값<br>ot-kkap |
|---|---|---|
| 房租 집세<br>jip-sse | 電費 전기세<br>jon-gi-se | 瓦斯費 연료비<br>yol-ryo-bi |

## 狀況012 ● 韓國女生都很漂亮呢！

■ 基本會話 / 기본회화

### 第一段

**店員：**한국 여성들은 다들 예뻐요!

han-gung nyo-song-deu-reun da-deul ye-ppo-yo

韓國的女性都很漂亮呢！

**客人：**그런가요?

geu-ron-ga-yo

是嗎？

可以換成以下方式表示：

| 可愛 귀여워요<br>gwi-yo-wo-yo | 皮膚白皙 피부가 하얘요<br>pi-bu-ga ha-yae-yo |
|---|---|
| 時髦 스타일리시해요<br>seu-ta-il-ri-si-hae-yo | 身材纖細 날씬해요<br>nal-ssi-nae-yo |

# 第二段

**店員：** 그리고 성격도 따뜻하고 부드럽지 않나요?

geu-ri-go song-kkyok-tto tta-tteu-ta-go bu-deu-rop-jji an-na-yo

而且個性都很溫柔不是嗎？

대만 여성들은 비교적 활발한 편이에요.

dae-man yo-song-deu-reun bi-gyo-jok hwal-ba-lan pyo-ni-e-yo

台灣的女性都比較活潑。

**客人：** 아, 그런가요?

a, geu-ron-ga-yo

是這樣啊？

**店員：** 결혼상대로 한국여자와 대만여자 중 어느 나라 여성이 더 좋으세요?

gyo-lon-sang-dae-ro han-gung-nyo-ja-wa dae-man-nyo-ja jung o-neu na-ra yo-song-i do jo-eu-se-yo

如果要結婚，你覺得韓國和台灣的女性何者比較好？

**客人：** 대만여자요!

dae-man-nyo-ja-yo

台灣吧！

**店員：** 여자친구로는요?

yo-ja-chin-gu-ro-neun-nyo

那當女朋友呢？

客人：그래도 대만여자요!

　　　geu-rae-do dae-man nyo-ja-yo

　　　也是台灣人吧！

　　　□可以換成以下方式表示：

| 精明的 영리한 yong-ni-han | 聰明的 스마트한 seu-ma-teu-han | 乖巧單純的 귀엽고 순한 gwi-yop-kko su-nan |
|---|---|---|
| 有女人味的 여성스러운 yo-song-seu-ro-un | 開朗的 명랑한 myong-nang-han | 純真的 순진한 sun-ji-nan |

## 狀況013 ● 韓國男生都很時髦吧？

■ 基本會話 / 기본회화

店員：한국남자는 모두 스타일리시/패셔너블하지 않나요?

　　　han-gung-nam-ja-neun mo-du seu-ta-il-ri-si/pae-syo-no-beu-la-ji an-na-yo

　　　韓國的男性，都很時髦吧？

客人：그런가요?

　　　geu-ron-ga-yo

　　　是嗎？

店員：한국 남자들이 외모를 더 많이 신경 쓰고 있어 그런가 봐요.

　　　han-guk nam-ja-deu-ri we-mo-reul do ma-ni sin-gyong sseu-go i-sso geu-ron-ga bwa-yo

　　　韓國的男性比較在意外表。

하지만 대만 남자 정말 자상해요 !

ha-ji-man dae-man nam-ja jong-mal ja-sang-hae-yo

不過台灣男人很體貼呢！

**客人：**그렇군요!

geu-ro-kun-nyo

是這樣啊！

**店員：**굳이 고르자면 그래도 한국남자가 더 좋네요.

gu-ji go-reu-ja-myon geu-rae-do han-gung-nam-ja-ga do jon-ne-yo

要我選的話，還是比較喜歡韓國的男性呢！

可以換成以下方式表示：

| | |
|---|---|
| 男人味 남성스러워요<br>nam-song-seu-ro-wo-yo | 溫柔體貼 따뜻하고 자상해요<br>tta-tteu-ta-go ja-sang-hae-yo |
| 很軟弱 연약해요<br>yo-nya-kae-yo | 很有主見 자기주장이 강해요<br>ja-gi-ju-jang-i gang-hae-yo |
| 大男人主義 가부장적이에요<br>ga-bu-jang-jo-gi-e-yo | 很帥 잘생겼어요<br>jal-saeng-gyo-sso-yo |
| 很瘦 말랐어요<br>mal-ra-sso-yo | 很胖 뚱뚱해요<br>ttung-ttung-hae-yo |
| 很固執 고집이 세요<br>go-ji-bi se-yo | 很認真 진지하고 착실해요<br>jin-ji-ha-go chak-ssi-lae-yo |

■ 基本會話/기본회화

店員 : 중국어를 정말 잘하시네요!

　　　jung-gu-go-reul jong-mal ja-la-si-ne-yo

　　　您的中文說得真好！

客人 : 정말요? 감사합니다.

　　　jong-mal-ryo? gam-sa-ham-ni-da

　　　真的嗎？謝謝。

店員 : 어디서 중국어를 배우셨나요?

　　　o-di-so jung-gu-go-reul bae-u-syon-na-yo

　　　你是在哪裡學的？

客人 : 집에서 과외 받았어요.

　　　ji-be-so gwa-we ba-da-sso-yo

　　　我請家教老師教我中文。

店員 : 젊고 예쁜 여선생님이라 열심히 배우신것 아닙니까?

　　　jom-kko ye-ppeun yo-son-saeng-ni-mi-ra yol-ssi-mi bae-u-sin-
　　　got a-nim-ni-kka

　　　因為是年輕漂亮的女老師，所以學得特別好嗎？

客人 : 절대 아닙니다!

　　　jol-ttae a-nim-ni-da

　　　沒那回事啦！

店員：대만어는 할 줄 아시나요?

dae-ma-no-neun hal jjul a-si-na-yo

那台語怎麼樣，會講嗎？

客人：아니요. 그렇지만 대만어도 재미있을 것 같아요.

a-ni-yo. geu-ro-chi-man dae-ma-no-do jae-mi-i-sseul kkot ga-ta-yo

不會。不過台語好像滿有意思的。

店員：맞아요. 몇 문장 알려드릴게요.

ma-ja-yo. myon mun-jang al-ryo-deu-ril-kke-yo

對呀，可以的話讓我教你幾句吧

대만사람들과 비즈니스를 할 때 대만어 몇 마디 하시면 상대방에게 친근감을 줄 수 있을 거예요.

dae-man-sa-ram-deul-gwa bi-jeu-ni-sseu-reul hal ttae dae-ma-no myon ma-di ha-si-myon sang-dae-bang-e-ge chin-geun-ga-meul jul ssu i-sseul-kko-e-yo

跟台灣的客戶談生意，會講幾句台語的話，對方會感覺很親切。

이렇게 하면 서로 간의 심리적인 거리도 좁혀지겠죠!

i-ro-ke ha-myon so-ro ga-ne sim-ni-jo-gin go-ri-do jo-pyo-ji-get-jjyo

這樣可以拉近彼此間的距離喔。

■ 基本會話/기본회화

**店員：** 대만에 온지 벌써 시간이 꽤 흘렀습니다. 가족들이 그립진 않으신가요?

dae-man-e on-ji bol-sso si-ga-ni kkwae heul-rot-sseum-ni-da. ga-jok-tteu-ri geu-rip-jjin a-neu-sin-ga-yo

來台灣一段時間了，您會想念家人嗎？

**客人：** 아니요. 자주 인터넷으로 문자 보냈어요.

a-ni-yo. ja-ju in-to-ne-seu-ro mun-jja bo-nae-sso-yo

不會，因為我們經常用網路聯絡。

**店員：** 혼자 대만생활을 하시는 것에 대해 가족들이 걱정하시지는 않나요?

hon-ja dae-man-saeng-hwa-reul ha-si-neun go-se dae-hae ga-jok-tteu-ri gok-jjong-ha-si-ji-neun an-na-yo

那您家人不會擔心您一個人在台灣生活嗎？

**客人：** 걱정 안해요.대부분의 시간을 회사에서 보내는걸요.

gok-jjong a-nae-yo. dae-bu-bu-ne si-ga-neul hwe-sa-e-so bo-nae-neun-gol-ryo

他們不擔心。因為我大部分的時間都在公司。

생활상의 문제가 생겨도 회사에서 해결해 주곤 합니다.

saeng-hwal-ssang-e mun-je-ga saeng-gyo-do hwe-sa-e-so hae-gyo-lae ju-gon ham-ni-da

生活上若有什麼問題，公司都會幫我解決。

店員：만약 어려운 점 있으시면 저도 기꺼이 도와 드리겠습니다. 부담 갖지 마시고 언제든 편하게 말씀해 주세요!

ma-nyak o-ryo-un jom i-sseu-si-myon jo-do gi-kko-i do-wa deu-ri-get-sseum-ni-da. bu-dam gat-jji ma-si-go on-je-deun pyo-na-ge mal-sseu-mae ju-se-yo

如果碰到什麼困難，我也很樂意幫忙。請別客氣，儘管開口喔！

## 狀況016 ● 聽說您的老家很美

### ▌基本會話 / 기본회화

店員：윤세아님, 고향은 한국의 어느 지역입니까?

yun-se-a-nim, go-hyang-eun han-gu-ge o-neu ji-yo-gim-ni-kka

尹世雅小姐，您家在韓國哪裡呢？

客人：저는 대전광역시 사람이고, 결혼한 후에도 늘 대전에 살았습니다.

jo-neun dae-jon-gwang-nyok-ssi sa-ram-i-go, gyo-lo-nan hu-e-do neul dae-jo-ne sa-rat-sseum-ni-da

我來自大田廣域市，結婚後也是在大田。

店員：정말요? 대전 은/는 과학의 도시라고 들었어요!

jong-mal-ryo? dae-jon-neun gwa-ha-ge do-si-ra-go deu-ro-sso-yo

真的嗎？好棒喔！聽說大田是科學的城市呢！

客人：맞아요. 가 보셨나요?

ma-ja-yo. ga bo-syon-na-yo

是呀。你去過嗎？

天天用得上的聊天韓語

016
聽說您的老家很美

店員 : 아뇨. 이직 가 본 적 없지만 한번 가보고 싶습니다.

an-yo. i-jik ga bon jok op-jji-man han-bon ga-bo-go sip-sseum-ni-da

沒有，還沒有去過！有機會一定要去看看。

괜찮은 관광지를 소개해 주시겠습니까?

gwaen-cha-neun gwan-gwang-ji-reul so-gae-hae ju-si-get-sseum-ni-kka

可以介紹一些您覺得還不錯的景點嗎？

還可以換成以下方式表示：

| ◯1 | ◯2 |
|---|---|
| 濟州島 제주도<br>je-ju-do | 自然景色很美 자연경관이 아름답다고<br>ja-yon-gyong-gwa-ni a-reum-dap-tta-go |
| | 一整片油菜花真的很美 끝없이 유채꽃 정말 아름답다고<br>kkeu-dop-ssi yu-chae-kkot jjong-mal a-reum-dap-tta-go |
| | 海鮮應有盡有，很好吃 해산물의 종류가 무궁무진하며 맛도 일품이다고<br>hae-san-mu-re jong-nyu-ga mu-gung-mu-jin-ha-myo mat-tto il-pu-mi-da-go |
| | 有很多有特色的名產 특색있는 명물들이 많다고<br>teuk-ssae-gin-neun myong-mul-deu-ri man-ta-go |

| 釜山 부산<br>bu-san | 廣安大橋很有名 광안대교가 유명하다고<br>gwang-an-dae-gyo-ga yu-myong-ha-da-go |
| | 海雲台很有名 해운대가 유명하다고<br>hae-un-dae-ga yu-myong-ha-da-go |
| 江原道 강원도<br>gang-won-do | 雪景很美 설경이 아름답다고<br>sol-gyong-i a-reum-dap-tta-go |
| | 因有懷舊的老街而出 추억의 옛거리로 유명하다고<br>chu-o-ge yet-kko-ri-ro yu-myong-ha-da-go |

## 狀況017 ● 提供抒發壓力的方法

MP3
149

**▌基本會話 / 기본회화**

店員：일하면서 스트레스 많이 받으시죠?

i-la-myon-so seu-teu-re-sseu ma-ni ba-deu-si-jyo

您的工作也常會有壓力不是嗎？

客人：그럼요!

geu-ro-myo

對呀！

店員：그럴 때 스트레스를 어떻게 해소하시나요?

geu-rol ttae seu-teu-re-sseu-reul o-tto-ke hae-so-ha-si-na-yo

這個時候，您都怎麼發洩壓力呢？

客人 : 네…… 특별히 하는 것이 없네요.

ne...... teuk-ppyo-li ha-neun go-si om-ne-yo

對喔……好像也沒特別做什麼。

店員 : 그러세요?

geu-ro-se-yo

這樣啊？

하지만 스트레스가 풀리지 않고 쌓이면 건강에 안 좋은데
요!

ha-ji-man seu-teu-re-sseu-ga pul-ri-ji an-ko ssa-i-myon gon-
gang-e an jo-eun-de-yo

但是壓力不抒發掉的話，對身體不太好喔！

저 같은 경우는 스트레스가 쌓이면 노래방을 가요!

jo gat-eun gyong-u-neun seu-teu-re-sseu-ga ssa-i-myon no-rae-
bang-eul ga-yo

我一有壓力的話，就去唱歌房唱歌喔！

그러면 답답했던 마음이 뻥 뚫리는 것 같거든요! 손님도
한 번 이렇게 해보세요.

geu-ro-myon dap-tta-paet-tton ma-eu-mi ppong ttul-ri-neun got
gat-kko-deun-nyo! son-nim-do han bon i-ro-ke hae-bo-se-yo

心情會豁然開朗呢！您也可以試試看。

□可以換成以下方式表示：

跑步 조깅을 해요
jo-ging-eul hae-yo

爬到山上大叫 산에 올라가 크게 소리를 질러요

sa-ne ol-ra-ga keu-ge so-ri-reul jil-ro-yo

連續看好幾部恐怖片 공포영화를 연속으로 시청해요

gong-po-yong-hwa-reul yon-so-geu-ro si-chong-hae-yo

去吃蛋糕吃到飽 배부를 때까지 케이크를 먹어요

bae-bu-reul ttae-kka-ji ke-i-keu-reul mo-go-yo

一邊泡溫泉一邊喝酒 온천탕에 몸을 담근 채 맥주를 마셔요

on-chon-tang-e mo-meul dam-geun chae maek-jju-reul ma-syo-yo

拼命購物 미친 듯이 쇼핑해요

mi-chin deu-si ssyo-ping-hae-yo

去狂打高爾夫球 골프를 쳐요

kkol-peu-reul cho-yo

去游泳 수영을 해요

su-yong-eul hae-yo

>> 閒聊必備韓語單字

★姓氏的唸法

| | | |
|---|---|---|
| 천<br>陳<br>chon | 쩡<br>曾<br>jjon | 린<br>林<br>rin |
| 황<br>黃<br>hwang | 리<br>李<br>ri | 차이<br>蔡<br>cha-i |
| 정<br>鄭<br>jong | 장<br>張<br>jang | 라이<br>賴<br>ra-i |
| 왕<br>王<br>wang | 류<br>劉<br>ryu | 쉬<br>許<br>swi |
| 우<br>吳<br>u | 저우<br>周<br>jo-u | 양<br>楊<br>yang |
| 젠<br>簡<br>jyen | 예<br>葉<br>ye | 마<br>馬<br>ma |

| 셰<br>謝<br>sye | 쑤<br>蘇<br>ssu | 궈<br>郭<br>gwo |
| --- | --- | --- |
| 좡<br>莊<br>jwang | 츄<br>邱<br>chyu | 쟝<br>江<br>jyang |
| 훙<br>洪<br>hong | 청<br>程<br>chong | 원<br>溫<br>won |
| 쏭<br>宋<br>ssong | 웨이<br>魏<br>wae-i | 선<br>沈<br>son |
| 쉬<br>徐<br>swi | 진<br>金<br>jin | 주<br>朱<br>ju |

★工作職稱

| 教師<br>교사<br>gyo-sa | 學生<br>학생<br>hak-ssaeng | 公司職員<br>회사원<br>hwe-sa-won |
|---|---|---|
| 公務員<br>공무원<br>gong-mu-won | 上班族<br>샐러리맨<br>ssael-ro-ri-maen | 運動選手<br>운동선수<br>un-dong-son-su |
| 警察<br>경찰<br>gyong-chal | 空姐<br>스튜어디스<br>seu-tyu-o-di-sseu | 藝人<br>연예인<br>yo-nye-in |
| 美容師<br>미용사/헤어디자이너<br>mi-yong-sa/he-o-di-ja-i-no | 料理師<br>요리사/셰프<br>yo-ri-sa/sye-peu | 飛行師（機師）<br>비행사/파일럿<br>bi-haeng-sa/pa-il-rot |
| 店員<br>점원<br>jo-mwon | 建築師<br>건축가<br>gon-chuk-kka | 護士<br>간호사<br>ga-no-sa |
| 廣告設計師<br>광고 디자이너<br>gwang-go di-ja-i-no | 指甲彩繪師<br>（美甲師）<br>네일 아티스트<br>ne-il a-ti-seu-teu | 廣播主持人<br>（主播）<br>방송인/아나운서<br>bang-song-in/a-na-un-so |

| 工程師 | 導遊 | 醫生 |
|---|---|---|
| 엔지니어 | 가이드 | 의사 |
| en-ji-ni-o | ga-i-deu | ui-sa |
| （衣服）設計師 | 律師 | 編輯 |
| (의상)디자이너 | 변호사 | 편집자/에디터 |
| (ui-sang)di-ja-i-no | byo-no-sa | pyon-jip-jja/e-di-to |
| 自己創業 | 家庭主婦 | （電視）製作人 |
| 자영업자 | 주부 | (TV프로그램)제작자/ |
| ja-yong-op-jja | ju-bu | 프로듀서 |
| | | (ti-beui peu-ro-geu-raem)je-jak-jja/ |
| | | peu-ro-dyu-so |
| 教練 | 導演 | 記者 |
| 코치 | 감독 | 기자 |
| ko-chi | gam-dok | gi-ja |

★交談＆聊天：感嘆詞

| 是的 | 不是 |
|---|---|
| 네/맞아요 | 아니요 |
| ne/ma-ja-yo | an-i-yo |

★交談＆聊天：指示代名詞

| 這個 | 那個 | 那個 | 哪個 |
|---|---|---|---|
| 이것 | 그것 | 저것 | 어떤 것 |
| i-got | geu-got | jo-got | o-tton got |

※注意：當東西離說話者近時用「이것」，當東西離聽者近時用
「그것」，當東西離話者跟聽者都遠的時候用「저것」。

★交談＆聊天：打招呼

| 您好 | 謝謝 | 請 |
|---|---|---|
| 안녕하세요 | 감사합니다 | -하세요 |
| an-nyong-ha-se-yo | gam-sa-ham-ni-da | -ha-se-yo |
| 原來如此 | 我就知道 | 不出我所料 |
| 그렇군요 | 그럴 줄 알았어 | 아니나 다를까 |
| geu-ro-kun-nyo | geu-rol jjul a-ra-sso | a-ni-na da-reul-kka |
| 的確如此 | 你說的對 | 還沒 |
| 정말 그렇군요 | (당신 말이)맞습니다 | 아직(~아니요) |
| jong-mal geu-ro-kun-nyo | (dang-sin ma-ri) mat-sseum-ni-da | a-jik(~a-ni-yo) |
| 沒關係(不用了) | 是這樣嗎? | 真的嗎? |
| 됐습니다/괜찮아요 | 그렇습니까? | 정말입니까? |
| dwaet-sseum-ni-da/ gwaen-cha-na-yo | geu-ro-sseum-ni-kka | jong-ma-rim-ni-kka |

| 可以喔<br>그래도 됩니다<br>geu-rae-do dwem-ni-da | 不可以<br>안됩니다<br>an-dwem-ni-da | 好可惜<br>안타깝네요<br>an-ta-kkam-ne-yo |
|---|---|---|
| 太厲害了<br>대단하군요<br>dae-da-na-gun-nyo | 太棒了<br>정말 멋지네요<br>jong-mal mot-jji-ne-yo | 好的，知道了<br>알겠습니다<br>al-get-sseum-ni-da |

★交談＆聊天：星座

| 摩羯座<br>염소자리<br>yom-so-ja-ri | 水瓶座<br>물병자리<br>mul-ppyong-ja-ri | 雙魚座<br>물고기자리<br>mul-kko-gi-ja-ri |
|---|---|---|
| 牡羊座<br>양자리<br>yang-ja-ri | 金牛座<br>황소자리<br>hwang-so-ja-ri | 雙子座<br>쌍둥이자리<br>ssang-dung-i-ja-ri |
| 巨蟹座<br>게자리<br>ge-ja-ri | 獅子座<br>사자자리<br>sa-ja-ja-ri | 處女座<br>처녀자리<br>cho-nyo-ja-ri |
| 天秤座<br>천칭자리<br>chon-ching-ja-ri | 天蠍座<br>전갈자리<br>jon-gal-ja-ri | 射手座<br>사수자리<br>sa-su-ja-ri |

# Part
# 11

# 天天用得上的
# 機場服務用語

# 天天用得上的機場服務用語

★候機室、機場大廳全面禁煙。懇請各位旅客多多配合。

## 대합실과 공항 로비 모두 금연입니다. 많은 협조 바랍니다.

dae-hap-ssil-gwa gong-hang ro-bi mo-du geu-myo-nim-ni-da. ma-neun hyop-jjo ba-ram-ni-da

★機場前停車場若車位已滿，請利用 P1、P2 停車場停車。

## 공항 주차장이 만차일 경우 P1과 P2주차장을 이용하시기 바랍니다.

gong-hang ju-cha-jang-i man-cha-il gyong-u P-il gwa P-i ju-cha-jang-eul i-yong-ha-si-gi ba-ram-ni-da

★請問有什麼可以為您服務的嗎？

## 무엇을 도와 드릴까요?

mu-o-seul do-wa deu-ril-kka-yo

★請不要慌張，我會為您廣播。

## 당황하지 마십시오. 안내 방송해 드리겠습니다.

dang-hwang-ha-ji ma-sip-ssi-o. an-nae bang-song-hae deu-ri-get-sseum-ni-da

★我馬上為您服務。

# 제가 바로 도와 드리겠습니다.

je-ga ba-ro do-wa deu-ri-get-sseum-ni-da

★您走失的孩子幾歲？

# 찾고 계신 아이가 몇 살인가요?

chat-kko gye-sin a-i-ga myot sa-rin-ga-yo

★若您有看到戴紅色帽子的孩子，請將他帶到服務中心！

# 붉은색 모자를 착용한 아이를 보신 분은 아이와 함께 안내데스크로 와 주시기 바랍니다.

bul-geun-saek mo-ja-reul cha-gyong-han a-i-reul bo-sin bu-neun a-i-wa ham-kke an-nae-de-seu-keu-ro wa ju-si-gi ba-ram-ni-da

★黃世俊小朋友，您的家人在服務台等您！

# 황세준어린이, 가족들이 안내데스크에서 애타게 기다리고 있습니다!

hwang-se-jun-o-ri-ni, ga-jok-tteu-ri an-nae-de-seu-keu-e-so ae-ta-ge gi-da-ri-go it-sseum-ni-da

★您掉的錢包是什麼樣子？

# 분실하신 지갑은 어떤 모양입니까?

bun-si-la-sin ji-ga-beun o-tton mo-yang-im-ni-kka

可以換成以下方式表示：

| 錢包 지갑 | 機票 항공권 | 行李 수화물 |
|---|---|---|
| ji-gap | hang-gong-kkwon | su-hwa-mul |

| 登機證 탑승권 | 護照 여권 | 筆電 노트북 |
|---|---|---|
| tap-sseung-kkwon | yo-kkwon | no-teu-buk |
| 手機 휴대폰 | 手提包 핸드백 | 公事包 서류가방 |
| hyu-dae-pon | haen-deu-ppaek | so-ryu-ga-bang |

★若您有拾獲黑色皮質的錢包，請送至服務台。

## 검정색 가죽 지갑을 습득하신 분께서는 안내데스크로 오시길 바랍니다.

gom-jong-saek ga-juk ji-ga-beul seup-tteu-ka-sin bun-kke-so-neun
an-nae-de-seu-keu-ro o-si-gil ba-ram-ni-da

★需要為您請李素妍小姐出來嗎？

## 이소연님을 불러 드릴까요?

i-so-yon-ni-meul bul-ro deu-ril-kka-yo

★黃世俊先生請至 5 號入口處，您的朋友正在找您

## 황세준님께서는 친구분께서 찾고 계시니 5번 입구로 와 주시기 바랍니다.

hwang-se-jun-nim-kke-so-neun chin-gu-bun-kke-so chat-kko gye-si-
ni o-bon ip-kku-ro wa ju-si-gi ba-ram-ni-da

★車牌 ET8868 的旅客，請移動您的車子。

## 차량번호 ET8868의 차주께서는 차량을 이동주차해 주시기 바랍니다.

cha-ryang-bo-no ET pal-pal-ryuk-pa-re cha-ju-kke-so-neun cha-
ryang-eul i-dong-ju-cha-hae ju-si-gi ba-ram-ni-da

## 狀況003 ● 旅客交通問題

★搭乘機場接送巴士請在 1 號出口轉搭。

공항 버스를 이용하실 승객께서는 1번 출구에서 탑승하시기 바랍니다.

gong-hang ppo-sseu-reul i-yong-ha-sil seung-gaek-kke-so-neun il-bon chul-gu-e-so tap-sseung-ha-si-gi ba-ram-ni-da

★第二航廈,請往那邊走。

제 2 터미널은 저쪽으로 가시면 됩니다.

je i to-mi-no-reun jo-jjo-geu-ro ga-si-myon dwem-ni-da

★請問您搭乘的是哪一家航空公司?

어떤 항공사를 이용하십니까?

o-tton hang-gong-sa-reul i-yong-ha-sim-ni-kka

★我為您查詢在第幾航廈。

어느 터미널인지 조회해 드리겠습니다.

o-neu to-mi-nol-rin-ji jo-hwe-hae deu-ri-get-sseum-ni-da

★大韓國際航空在第二航廈。

대한항공은 제 2 터미널입니다.

dae-han-hang-gong-eun je i to-mi-no-rim-ni-da

★國際線旅客請搭 6 號巴士到第二航廈。

국제선을 이용하시는 승객께서는 6번 버스를 탑승하시고 제 2 터미널로 가십시오.

guk-jje-so-neul i-yong-ha-si-neun seung-gaek-kke-so-neun yuk ppon ppo-sseu-reul tap-sseung-ha-si-go je i to-mi-nol-ro ga-sip-ssi-o

★請從那裡搭國內線。

## 저쪽에서 국내선을 탑승하십시오.

jo-jjo-ge-so gung-nae-so-neul tap-sseung-ha-sip-ssi-o

**狀況004 ● 地勤票務**

★請出示您的護照與機票。

## 여권과 항공권을 제시해 주십시오.

yo-kkwon-gwa hang-gong-kkwo-neul je-si-hae ju-sip-si-o

★您的機票號碼是 OOO。

## 손님의 항공권번호는OOO입니다.

son-ni-me hang-gong-kkwon-bo-no-neun 000 im-ni-da

★請問您是網路訂位嗎？

## 인터넷으로 예약하셨습니까?

in-to-ne-seu-ro ye-ya-ka-syot-sseum-ni-kka

★請問您的訂位代碼是？

## 예약번호가 무엇입니까?

ye-yak-ppo-no-ga mu-o-sim-ni-kka

★您有行李要託運嗎？

## 부치실 짐/수화물이 있습니까?

bu-chi-sil jim/su-hwa-mu-ri it-sseum-ni-kka

★需要特別指定位子嗎？

## 좌석을 지정하시겠습니까?

jwa-so-geul ji-jong-ha-si-get-sseum-ni-kka

★ 好的，我幫您確認一下。

# 네. 한번 확인해 드리겠습니다.

ne. han-bon hwa-gi-nae deu-ri-get-sseum-ni-da

★ 很抱歉，靠窗的位子已經沒有了。

# 죄송합니다. 창가 쪽 좌석은 모두 만석입니다.

jwe-song-ham-ni-da. chang-kka jjok jwa-so-geun mo-du man-so-gim-ni-da

★ 可以給您靠走道的位子嗎？

# 복도 쪽 좌석도 괜찮으십니까?

bok-tto jjok jwa-sok-tto gwaen-cha-neu-sim-ni-kka

★ 有要申報的物品嗎？

# 신고하실 물품 있습니까?

sin-go-ha-sil mul-pum it-sseum-ni-kka

★ 這是申報單。

# 신고서입니다.

sin-go-so-im-ni-da

★ 這是您的登機證與護照。

# 탑승권과 여권 받으십시오.

tap-sseung-kkwon-gwa yo-kkwon ba-deu-sip-ssi-o

★ 請在 D37 號登機門登機。

# D37번 게이트에서 탑승하십시오.

D-sam-sip-chil bon ge-i-teu-e-so tap-sseung-ha-sip-ssi-o

★還有什麼需要為您服務的嗎？

# 다른 필요하신 것 있으십니까?

da-reun pi-ryo-ha-sin got i-sseu-sim-ni-kka

★祝您旅途愉快。

# 즐거운 여행하십시오.

jeul-go-un yo-haeng-ha-sip-ssi-o

## 狀況005 ● 海關檢查

★我們需要拍照，請您脫下帽子。

# 사진 촬영을 해야 하니 모자를 벗어 주십 시오.

sa-jin chwa-ryong-eul hae-ya ha-ni mo-ja-reul bo-so ju-sip-ssi-o

★請看鏡頭。

# 렌즈를 보십시오.

ren-jeu-reul bo-sip-ssi-o

★請用食指按下標示處的按鈕。

# 두 번째 손가락으로/검지로 표시된 버튼 을 누르십시오.

du bon-jjae son-kka-ra-geu-ro/gom-ji-ro pyo-si-dwen bo-teu-neul nu-reu-sip-ssi-o

★這次來韓國的目的是什麼？

# 이번 한국 방문 목적이 무엇입니까?

i-bon han-guk bang-mun mok-jjo-gi mu-o-sim-ni-kka

★打算停留幾天呢?

# 며칠 간 머무르십니까?

myo-chil gan mo-mu-reu-sim-ni-kka

★請問您的職業是什麼?

# 직업이 무엇입니까?

ji-go-bi mu-o-sim-ni-kka.

★您將要住在哪兒?

# 어디에서 머무르십니까?

o-di-e-so mo-mu-reu-sim-ni-kka

★行李箱裡面裝了些什麼呢?

# 수화물 안에는 무엇이 있습니까?

su-hwa-mul a-ne-neun mu-o-si it-sseum-ni-kka

★可以請您打開行李箱讓我看看嗎?

# 수화물을 열어봐도 되겠습니까?

su-hwa-mu-reul yo-ro-bwa-do dwe-get-sseum-ni-kka

★很抱歉這些是違禁品,我們必須查扣。

# 죄송합니다만 이 것은 반입금지물품입니다. 검사 후 압수하겠습니다.

jwe-song-ham-ni-da-man i go-seun ba-nip-kkeum-ji-mul-pu-mim-ni-da. gom-sa hu ap-ssu-ha-get-sseum-ni-da.

★很抱歉,請到旁邊諮詢室。

# 죄송합니다. 옆쪽의 안내실로 가십시오.

jwe-song-ham-ni-da. yop-jjo-ge an-nae-sil-ro ga-sip-ssi-o

★農產品是不可以攜帶入境的！

# 농산품은/는 국내 반입이 불가능합니다.

nong-san-pu-meun gung-nae ba-ni-bi bul-ga-neung-ham-ni-da

可以換成以下方式表示：

| 美工刀 커터칼 | 植物 식물 | 汽油 휘발류 |
|---|---|---|
| ko-to-kal | sing-mul | hwi-bal-ryu |
| 生肉 육류 | 噴霧 스프레이 | 水果 과일 |
| yung-nyu | seu-peu-re-i | gwa-il |
| 水果刀 과도 | 海鮮 해산물 | 剪刀 가위 |
| gwa-do | hae-san-mul | ga-wi |
| 種子 씨앗 | 刀 칼 | 水 물 |
| ssi-at | kal | mul |

★指甲刀是不可以帶上飛機的。

# 손톱깎이는 기내에 휴대 반입할 수 없습니다.

son-top-kka-kki-neun gi-nae-e hyu-dae ba-ni-pal ssu op-sseum-ni-da

★您有帶什麼違禁品嗎？

# 반입금지물품을 소지하고 계신가요?

ba-nip-kkeum-ji-mul-pu-meul so-ji-ha-go gye-sin-ga-yo

★您有需要申報的物品嗎？

# 신고하실 물건이 있습니까?

sin-go-ha-sil mul-go-ni it-sseum-ni-kka

## 狀況007 ● 旅客詢問兌換外幣事宜

★請到 3 號窗口兌換外幣。

### 3번 창구로 가셔서 환전하십시오.
sam-bon chang-gu-ro ga-syo-so hwan-jo-na-sip-ssi-o

★今天對台幣的匯率是 1 比 37。

### 금일 엔화 환율은 1대만달러당 37위안입니다.
geu-mil e-nwa hwa-nyu-reun il dae-man-ttal-ro-dang sam-sip-chir-wi-a-nim-ni-da

★請先填寫兌幣申請單。

### 먼저 환전신청서를 작성해 주십시오.
mon-jo hwan-jon-sin-chong-so-reul jak-ssong-hae ju-sip-ssi-o

★請在填寫單上勾選貨幣代碼。

### 통화코드란에 체크해 주십시오.
tong-hwa-ko-deu-ra-ne che-keu-hae ju-sip-ssi-o

★麻煩您在這裡簽名。

### 여기에 서명해 주십시오.
yo-gi-e so-myong-hae ju-sip-ssi-o

★請簽上跟護照相同的英文名字。

### 여권에 기재된 영문명으로 서명해 주십시오.
yo-kkwo-ne gi-jae-dwen yong-mun-myong-eu-ro so-myong-hae ju-sip-ssi-o

★可以讓我看一下您的護照嗎？

# 여권 좀 보여 주시겠습니까?
yo-kkwon jom bo-yo ju-si-get-sseum-ni-kka

★這是您兌換的台幣。

# (환전하신) 대만달러 받으십시오.
(hwan-jo-na-sin)dae-man-dal-ro ba-deu-sip-ssi-o

★已經為您辦理完成。

# (요청하신 것은) 모두 처리되었습니다.
(yo-chong-ha-sin go-seun)mo-du cho-ri-dwe-ot-sseum-ni-da

## 狀況008 ● 旅客要求拿行李、推輪椅等服務

★您需要協助嗎?

# 제가 도와 드릴까요?
je-ga do-wa deu-ril-kka-yo?

★這裡有推車。

# 여기 카트 있습니다.
yo-gi ka-teu it-sseum-ni-da

★在櫃台可以請人幫您搬運行李。

# 카운터에 가시면 담당 직원에게 수화물 운반을 요청하실 수 있습니다.
ka-un-to-e ga-si-myon dam-dang ji-gwo-ne-ge su-hwa-mul un-ba-neul yo-chong-ha-sil ssu it-sseum-ni-da

★您可以將推車直接放在大門口。

# 카트는 입구에 두시면 됩니다.

ka-teu-neun ip-kku-e du-si-myon dwem-ni-da

★在大廳櫃台處可以租借輪椅！

# 로비에 있는 카운터에서 휠체어를 대여하실 수 있습니다.

ro-bi-e in-neun ka-un-to-e-so hwil-che-o-reul dae-yo-ha-sil ssu it-sseum-ni-da

★這是您要的輪椅。

# 요청하신 휠체어입니다.

yo-chong-ha-sin hwil-che-o-im-ni-da

★請在這裡填寫資料。

# 여기 서류를 작성해 주십시오.

yo-gi so-ryu-reul jak-ssong-hae ju-sip-ssi-o

★服務員會為您收輪椅。

# 담당직원이 휠체어를 수거해 갈 것입니다.

dam-dang-ji-gwo-ni hwil-che-o-reul su-go-hae gal kko-sim-ni-da

## 狀況009 ● 購買旅遊平安保險
MP3 158

★您需要買旅遊平安保險嗎？請到這邊來！

# 여행보험에 가입하시겠습니까? 이쪽으로 오십시오!

yo-haeng-bo-ho-me ga-i-pa-si-get-sseum-ni-kka? i-jjo-geu-ro o-sip-ssi-o

★現在的匯率是 OOO。

## 현재 환율은 OOO입니다

hyon-jae hwa-nyu-reun 000im-ni-da

★請問您要買什麼樣的保險？

## 어떤 보험으로 가입하시겠습니까?

o-tton bo-hom-eu-ro ga-i-pa-si-get-sseum-ni-kka

★這是短期的旅遊保險。

## 이 것은 단기 여행보험입니다.

i go-seun dan-gi yo-haeng-bo-ho-mim-ni-da

★這裡有兩款，請問您需要哪一種？

## 두 가지 버전 중 어떤 것으로 하시겠습니까?

du ga-ji bo-jon jung o-tton go-seu-ro ha-si-get-sseum-ni-kka

★需要我為您解說嗎？

## 제가 설명해 드릴까요?

je-ga sol-myong-hae deu-ril-kka-yo

★這一個禮拜的保單，費用是 350 元。

## 일주일 치 보험비용은 350위안입니다.

il-jju-il chi bo-hom-bi-yong-eun sam-baeg-o-sib-wi-a -nim-ni-da

★現在這個月的保單有優惠，只要 680 元。

## 이번 달 보험의 경우 할인혜택이 적용되어 680위안에 가입하실 수 있습니다.

i-bon dal bo-ho-me gyong-u ha-rin-hye-tae-gi jo-gyong-dwe-o yuk-
ppaek-pal-sib-wi-a-ne ga-i-pa-sil ssu it-sseum-ni-da

★請在這裡填寫您的受益人。

# 여기에 보험수익자를 적어 주십시오.

yo-gi-e bo-hom-su-ik-jja-reul jo-go ju-sip-ssi-o

★請問您的聯絡地址是？

# 고객님의 주소가 어떻게 되십니까?

go-gaeng-nim-e ju-so-ga o-tto-ke dwe-sim-ni-kka

★最後，請在這裡簽名。

# 마지막으로 여기에 서명해 주십시오.

ma-ji-ma-geu-ro yo-gi-e so-myong-hae ju-sip-ssi-o

## 狀況010 ● 協助旅客填寫相關表格　MP3 159

★出入境卡。

# 출입국카드.

chu-rip-kkuk-ka-deu

★需要入境卡嗎？

# 입국카드가 필요하십니까?

ip-kkuk-ka-deu-ga pi-ryo-ha-sim-ni-kka

★請出示您的入境卡與護照以便海關查驗。

# 세관 검사를 위해 입국카드 및 여권을 제
# 시하여 주십시오.

se-gwan gom-sa-reul wi-hae ip-kkuk-ka-deu mit yo-kkwo-neul je-si-
ha-yo ju-sip-ssi-o

★這是您要的入境卡。

# 요청하신 입국카드입니다.

yo-chong-ha-sin ip-kku-kka-deu-im-ni-da

★需要協助您填寫嗎？

# 작성을 도와 드릴까요?

jak-ssong-eul do-wa deu-ril-kka-yo

★請在這裡填寫您的大名。

# 여기에 성명을 기재해 주십시오.

yo-gi-e song-myong-eul gi-jae-hae ju-sip-ssi-o

★最後請在這裡簽名。

# 마지막으로 여기에 서명해 주십시오.

ma-ji-ma-geu-ro yo-gi-e so-myong-hae ju-sip-ssi-o

填寫入境卡的相關延伸單字

| 名字 이름<br>i-reum | 護照 여권번호<br>yo-kkwon-bo-no | 英文姓 영문 성<br>yong-mun song |
|---|---|---|
| 航空編號 항공편명<br>hang-gong-pyon-myong | 英文名 영문 이름<br>yong-mun i-reum | 航空公司 항공사<br>hang-gong-sa |
| 國籍 국적<br>guk-jjok | 降落城市 도착지<br>do-chak-jji | 出生地 출생지<br>chul-saeng-ji |
| 簽名處 서명란<br>so-myong-nan | 國內地址 국내주소<br>gung-nae-ju-so | |

狀況011 ● 販賣免稅品

MP3
160

part11
天天用得上的機場服務用語

011
販賣免稅品

★您需要什麼樣的免稅品嗎？

# 어떤 면세품을 찾으십니까?

o-tton myon-se-pu-meul cha-jeu-sim-ni-kka

★您需要哪一樣？

# 어떤 것을 원하십니까?

o-tton go-seul wo-na-sim-ni-kka

★我馬上為您服務。

# 제가 바로 도와 드리겠습니다.

je-ga ba-ro do-wa deu-ri-get-sseum-ni-da

★您要付現還是刷卡？

# 현금결제하시겠습니까? 카드 결제하시겠습니까?

hyon-geum-gyol-jje-ha-si-get-sseum-ni-kka? ka-deu gyol-jje-ha-si-get-sseum-ni-kka

★分開裝還是裝一起？

# 따로 담아 드릴까요? 아니면 같이 담아 드릴까요?

tta-ro da-ma deu-ril-kka-yo? a-ni-myon ga-chi da-ma deu-ril-kka-yo

★需要多一個袋子嗎？

# 봉투 한 개 더 필요하십니까?

bong-tu han gae do pi-ryo-ha-sim-ni-kka

★這是我們的特惠商品。

이것은 저희 매장의 특별할인 상품입니다.

i-go-seun jo-hi mae-jang-e teuk-ppyol-ha-rin sang-pu-mim-ni-da

★這是我們的贈品。

이것은 증정품입니다.

i-go-seun jeung-jong-pu-mim-ni-da

## 狀況012 ● 機上狀況處理

→狀況１：時差

★現在與台灣的時間差一小時。

이 곳과 대만과의 시차는 1시간입니다.

i got-kkwa dae-man-gwa-e si-cha-neun han-si-ga-nim-ni-da

★當地的時間為晚上十點。

현지시간은 저녁 10시입니다.

hyon-ji-si-ga-neun jo-nyok yol ssi-im-ni-da

★現在台灣是晚上九點。

현재 대만은 저녁 9시입니다.

hyon-jae dae-ma-neun jon-yok a-hop ssi-im-ni-da

→狀況２：當地氣候狀況

★當地的氣溫較高，比較熱！

현지의 기온이 높아 비교적 덥습니다.

hyon-ji-e gi-o-ni no-pa bi-gyo-jok dop-sseum-ni-da

★當地正在下雪！

# 현지에 눈이 내리고 있습니다.

hyon-ji-e nu-ni nae-ri-go it-sseum-ni-da

★正在下大雨。

# 현재 폭우가 쏟아지고 있습니다.

hyon-jae po-gu-ga sso-da-ji-go it-sseum-ni-da

★正在颳大風。

# 현재 강한 바람이 불고 있습니다.

hyon-jae gang-han ba-ra-mi bul-go it-sseum-ni-da

★颱風接近了。

# 태풍이 다가오고 있습니다.

tae-pung-i da-ga-o-go it-sseum-ni-da

★地震發生了，聽說好像有災情。

# 지진으로 인해 피해가 발생했다고 합니다.

ji-ji-neu-ro in-hae pi-hae-ga bal-ssaeng-haet-tta-go ham-ni-da

★那座城市是韓國（國家）的首都！

# 그 도시는 한국의 수도입니다

geu do-si-neun han-gu-ge su-do-im-ni-da

描述天氣狀況的相關單字

| | |
|---|---|
| 炎熱 무덥다<br>mu-dop-tta | 下毛毛雨 보슬비가 내리다<br>bo-seul-bi-ga nac-ri-da |

| | |
|---|---|
| 冷 춥다<br>chup-tta | 下大雨 폭우가 내리다<br>po-gu-ga nae-ri-da |
| 狂風 돌풍/거센바람<br>dol-pung/go-sen-ba-ram | 天氣良好 날씨가 좋다<br>nal-ssi-ga jo-ta |
| 下雪 눈이 내리다<br>nu-ni nae-ri-da | 有霧 안개가 끼다<br>an-gae-ga kki-da |
| 下大雪 대설<br>dae-sol | 下冰刨 우박이 내리다<br>u-ba-gi nae-ri-da |

→狀況 3：提供機上飲食服務及物品

★您需要水嗎？

# 물 드릴까요?

mul deu-ril-kka-yo

☐ 還可以換成以下方式表示：

| | | |
|---|---|---|
| 溫水 따뜻한 물/<br>미온수<br>tta-tteu-tan mul/mi-on-su | 葡萄酒（紅酒）<br>포도주/와인<br>po-do-ju/wa-in | 冷水 차가운 물<br>cha-ga-un mul |
| 白酒 화이트 와인<br>hwa-i-teu wa-in | 果汁 주스<br>ju-sseu | 啤酒 맥주<br>maek-jju |
| 茶類 차<br>cha | 泡麵 컵라면<br>kom-na-myon | 咖啡 커피<br>ko-pi |
| 巧克力 초콜릿<br>cho-kol-rit | 飲料 음료<br>eum-nyo | 零食 간식<br>gan-sik |

★您會冷嗎？需要毛毯嗎？

# 추우십니까? 담요가 필요하십니까?

chu-u-sim-ni-kka? dam-nyo-ga pi-ryo-ha-sim-ni-kka

★這是您要的筆。

# 여기 펜 있습니다.

yo-gi pen it-sseum-ni-da

★機上備品。

# 기내 제공품.

gi-nae je-gong-pum

還可以換成以下方式表示：

| 耳機 이어폰 | 拖鞋 슬리퍼 | 報紙 신문 |
|---|---|---|
| i-o-pon | seul-ri-po | sin-mun |
| 入境卡 입국카드 | 雜誌 잡지 | 原子筆 볼펜 |
| ip-kku-kka-deu | jap-jji | bol-pen |
| 枕頭 베개 | 紙 종이 | 毯子 담요 |
| be-gae | jong-i | dam-nyo |
| 餐巾紙 냅킨 | 眼罩 안대 | 撲克牌 포커 |
| naep-kin | an-dae | po-ko |

→狀況 4：機上安全及突發狀況

★請您繫好安全帶！

# 안전벨트를 매십시오.

an-jon-bel-teu-reul mae-sip-ssi-o

★飛機遇到亂流，不過請不用擔心，馬上就會穩定下來。

## 저희 비행기는 현재 난기류 지역을 통과 하고 있습니다. 곧 안정을 되찾을 것이니 안심하십시오.

jo-hi bi-haeng-gi-neun hyon-jae nan-gi-ryu ji-yo-geul tong-gwa-ha-go it-sseum-ni-da. got an-jong-eul dwe-cha-jeul go-si-ni an-si-ma-sip-ssi-o

★您覺得不舒服嗎？

## 어디 불편하십니까?

o-di bul-pyo-na-sim-ni-kka

★您還好嗎？有什麼不舒服嗎？

## 괜찮으십니까? 불편하신 데라도 있으십 니까?

gwaen-cha-neu-sim-ni-kka? bul-pyo-na-sin de-ra-do i-sseu-sim-ni-kka

★您有自備的隨身藥嗎？

## 상비약을/를 가지고 계십니까?

sang-bi-ya-geul ga-ji-go gye-sim-ni-kka

還可以換成以下方式表示：

| 阿斯匹靈 아스피린 | 胃腸藥 소화제 | 感冒藥 감기약 |
|---|---|---|
| a-seu-pi-rin | so-hwa-je | gam-gi-yak |
| 退燒藥 해열제 | 暈機藥 멀미약 | 止痛藥 진통제 |
| hae-yol-jje | mol-mi-yak | jin-tong-je |

| 發燒 발열 | 嘔吐 구토 | 耳鳴 이명 |
| --- | --- | --- |
| ba-ryol | gu-to | i-myong |
| 肚子痛（腹部痛） 복통 | 頭痛 두통 | 痙攣 경련 |
| bok-tong | du-tong | gyong-nyon |

★先生，您這樣已構成性騷擾，請您不要這樣！

# 손님! 이건 명백한 성희롱입니다. 이러시면 안됩니다!

son-nim! i-gon myong-bae-kan song-hi-rong-im-ni-da. i-ro-si-myon an-dwem-ni-da

★先生，請您不要亂來！

# 손님! 난동 피우시면 안됩니다!

son-nim! nan-dong pi-u-si-myon an-dwem-ni-da

★先生，若您再不配合，我們只好通報航警處理了。

# 손님, 계속 이렇게 협조하지 않으시면 경찰에 넘기겠습니다!

son-nim, gye-sok i-ro-ke hyop-jjo-ha-ji a-neu-si-myon gyong-cha-re nom-gi-get-sseum-ni-da

## 狀況013 ● 機內餐點

MP3 162

★餐點有麵食及飯食，請問您要哪一種？

# 면와/과 밥이/가 있습니다. 어떤 것을 드시겠습니까?

myon-gwa ba-bi it-sseum-ni-da. o-tton go-seul deu-si-get-sseum-ni-kka

○ 還可以換成以下方式表示：

| | |
|---|---|
| 炒麵 볶음면<br>bo-kkeum-myon | 義大利麵 스파게티/파스타<br>seu-pa-ge-ti/pa-seu-ta |
| 兒童套餐 어린이 기내식<br>o-ri-ni gi-nae-sik | 泡麵 컵라면<br>kom-na-myon |
| 炸豬排 돈가스<br>don-ga-seu | 雞肉飯 닭고기 덮밥<br>dak-kko-gi dop-ppap |
| 牛肉飯 소고기 덮밥<br>so-go-gi dop-ppap | 素食套餐 채식 기내식<br>chae-sik gi-nae-sik |
| 雞肉加蛋的三明治 치킨에그샌드위치<br>chi-ki-ne-geu-ssaen-deu-wi-chi | |

★請問您需要咖啡或果汁嗎？

# 커피 드시겠습니까, 주스 드시겠습니까?

ko-pi deu-si-get-sseum-ni-kka, ju-sseu deu-si-get-sseum-ni-kka

★您需要紅酒或啤酒嗎？

# 와인 드릴까요, 맥주 드릴까요?

wa-in deu-ril-kka-yo, maek-jju deu-ril-kka-yo

★您還需要麵包嗎？

# 빵 더 드릴까요?

ppang do deu-ril-kka-yo

# 超好用服務業必備詞彙

★ 特徵怎麼說

| 體型<br>체형<br>che-hyong | 高<br>키가 크다<br>ki-ga keu-da | 矮<br>키가 작다<br>ki-ga jak-tta |
| | 胖<br>통통/뚱뚱하다<br>tong-tong/ ttung-ttung-ha-da | 瘦<br>마르다<br>ma-reu-da |
| 臉<br>얼굴<br>ol-gul | 大眼睛<br>큰 눈<br>keun nun | 單眼皮<br>홑꺼풀<br>hot-kko-pul |
| | 痣<br>점<br>jom | 疤痕<br>흉터<br>hyung-to |

| | | |
|---|---|---|
| **膚色**<br>피부색<br>pi-bu-saek | **黑**<br>검다<br>gom-tta | **白**<br>하얗다<br>ha-ya-ta |
| | **黃**<br>누렇다<br>nu-ro-ta | **紅**<br>붉다<br>buk-tta |
| **特點**<br>특징<br>teuk-jjing | **平頭**<br>상고머리/짧은 머리<br>sang-go mo-ri/<br>jjal-beun mo-ri | **長髮**<br>장발/긴머리<br>jang-bal/gin-mo-ri |
| | **短髮**<br>단발<br>dan-bal | **戴帽子**<br>모자를 쓰다<br>mo-ja-reul sseu-da |
| | **大(長)鬍子**<br>긴 수염<br>gin su-yom | **禿頭**<br>대머리<br>dae-mo-ri |

402

| | 穿褲子<br>바지/반 바지<br>ba-ji/ban ba-ji | 穿裙子(長裙、迷你裙、短裙)<br>치마(롱 스커트/미니 스커트/짧은 치마)<br>chi-ma (rong seu-ko-teu/mi-ni-seu-ko-teu/jjal-beun chi-ma) |
|---|---|---|
| | 穿外套<br>외투<br>we-tu | 穿洋裝<br>원피스<br>won-pi-sseu |

★常用貨幣

| 日圓<br>엔화<br>e-nwa | 台幣<br>대만 달러<br>dae-man ttal-ro |
|---|---|
| 美元<br>달러<br>ttal-ro | 人民幣<br>위안화<br>wi-a-nwa |
| 英鎊<br>파운드<br>pa-un-deu | 法郎<br>프랑<br>peu-rang |

| | |
|---|---|
| 韓幣<br>원<br>won | 加幣<br>캐나다 달러<br>kae-na-da ttal-ro |
| 澳幣<br>호주 달러<br>ho-ju ttal-ro | 盧布<br>루블<br>ru-beul |
| 歐元<br>유로<br>yu-ro | 紐西蘭幣<br>뉴질랜드 달러<br>nyu-jil-raen-deu ttal-ro |
| 港幣<br>홍콩달러<br>hong-kong-ttal-ro | 南非幣<br>남아프리카공화국 랜드(ZAR)<br>nam-a-peu-ri-ka-gong-hwa-guk<br>raen-deu (ZAR) |

★機上販售商品

| | |
|---|---|
| 香水<br>향수<br>hyang-su | 化妝品<br>화장품<br>hwa-jang-pum |

紀念品

기념품

gi-nyom-pum

精品名牌

명품

myong-pum

當地名產

현지 특산품

hyon-ji teuk-ssan-pum

香菸

담배

dam-bae

保養品

기능성제품

gi-neung-ssong-je-pum

航空公司別針

항공사 배지

hang-gong-sa bae-jji

手機吊飾

휴대폰 액세서리

hyu-dae-pon aek-sse-so-ri

酒類

주류

ju-ryu

## 實用 POP

- 日常生活中，我們常會在許多地方看到不同的標語，有些餐廳會寫著「自助式服務」、「禁菸區」、「吸菸區」、「吃到飽」等，有些服飾店會寫著「請勿觸摸商品」、「禁止攝影」，又或者捷運站票口前寫的「禁止飲食」、站內廁所寫的「禁止將衛生紙以外的東西投入馬桶內」等，這些全部都可以寫成大字報張貼，為的就是提醒大家該注意什麼。本附錄彙整了 20 個常用標語，標語下方亦提供店家製作 POP 時可以參考的例句。讀者可沿著虛線剪下使用，或是將內容放大影印張貼在牆壁上。

---

# 어서 오십시오 !

## 歡迎光臨

---

請問您有預約嗎？
**예약하셨습니까?**

預約席
**예약석**

營業中
**영업중**

406

# 금연 구역

禁菸區

---

此處禁止吸菸
여기서 담배를 피우면 안됩니다.

吸菸區
흡연 구역

菸灰缸
재떨이

---

# 휴대전화 사용 금지

禁止使用手機

---

飛機起降時，請將所有電子用品的電源關閉。
이착륙시에는 모든 전자제품의 전원을 꺼주십시오.

飛航模式
비행모드

機上 WiFi
기내 와이파이

# 사진촬영 금지
禁止攝影

請勿觸摸商品（展示品）
만지지 마세요.

禁止使用閃光燈
카메라 플래쉬 금지

# 스태프외 출입금지

非相關工作人員禁止進入

請勿踐踏草皮
잔디를 밟지 마시오.

封鎖區域
들어가지 마시오.

禁止進入
출입금지

## 신발을 벗어주세요

請脫鞋

---

請更換鞋櫃內的拖鞋
실내화를 신고 신발은 신발장에 넣어주세요.

請直接穿鞋入內
신발 신고 들어가세요.

---

## 호출벨

服務鈴

---

點餐時，請按此鈴
필요시 벨을 눌러주세요.

請先付款
계산은 선불입니다.

填寫完畢請至櫃台點餐
주문은 카운터에서 하세요.

## 무한리필

吃到飽

---

用餐限時 2 小時
시간은 2시간으로 제한합니다.

請酌量取用，如食物剩餘過量，每人酌收食物清潔費500元。
음식 남기실 겨우 500위안 환경부담금 있습니다.

---

## 셀프

自助式服務

---

鈴響時，請自行前往櫃台取餐
벨소리가 나면 카운터에서 음식을 받아오세요.

用餐完畢，請將餐具歸還此處
식사 후 접시를 여기에 놓아주세요.

# 자유석

自由入座

場內禁止飲食、吸菸、攝影
음식물,담배,촬영 금지

請依票券上標示的座位號碼提前入座
티켓에 나온 좌석번호에 앉으세요.

# 중국 은련카드나 알리페이 (즈푸바오)로 결제 가능

接受銀聯卡與支付寶付款

本店只接受一般 VISA、MASTER、JCB 信用卡與現金付款
VISA、MASTER、JCB 카드 및 현금결제 가능

只收現金
현금만 가능

## 365일 운영

全年無休

---

24 小時營業
**24시간 영업**

星期一公休
**월요일 휴무**

營業時間：上午 11 點～晚間 9 點
**영업시간 11:00-21:00**

---

## 청소중

清潔中

---

請小心地滑
**바닥이 미끄러우니 조심하세요.**

造成您的不便，敬請見諒
**불편을 드려 죄송합니다.**

# 공사중
施工中

---

來往車輛請改道
공사중이니 우회하세요.

施工期間本路段全面封閉
공사중, 행인 및 차량 이동제한

# 비상벨
緊急按鈕

---

發生火災時，請使用樓梯逃生
화재발생시 계단을 이용하세요.

非緊急時請勿使用
비상시 외에 사용금지

# 노란선 안에서 기다리세요

候車時請勿跨越月台黃線

小心月台間隙
기차와 플랫폼 사이가 넓으니 조심하세요.

請勿跨越軌道
지나지 마시오.

# 계단 조심
小心台階！

小心頭部碰撞
머리 조심하세요.

高壓電請勿觸摸
고압전기 위험

# 녹화중

錄影監視中

---

警報系統連線中，24 小時監控錄影
24시간 보안시스템 작동중

偷竊行為嚴送法辦
물건 훔치다 걸리면 경찰에 신고합니다.

---

# 변기 사용 후 물을 꼭 내려주세요

如廁後請沖水

---

馬桶坐墊紙
일회용 위생변기 커버

馬桶消毒液
변기 소독용

請勿將衛生紙以外的衛生用品丟入馬桶，以免造成阻塞，謝謝合作
변기통에 화장지외에 다른건 버리지 마세요. 변기가 막힙니다.

# 台灣廣廈 國際出版集團
Taiwan Mansion International Group

國家圖書館出版品預行編目資料

服務業韓語 / LEE YO CHIEH 著.
-- 新北市：國際學村,2018.06
面；　公分.
ISBN 978-986-454-074-7（平裝）
1.韓語 2.會話

803.288　　　　　　　　　　　　　　　　107004310

## ● 國際學村

# 服務業韓語

作　　者／LEE YO CHIEH　　　編輯中心／第七編輯室
審　　定／楊人從　　　　　　編 輯 長／伍峻宏・編輯／邱麗儒
　　　　　　　　　　　　　　封面設計／曾詩涵・內頁排版／菩薩蠻數位文化有限公司
　　　　　　　　　　　　　　製版・印刷・裝訂・壓片／東豪・弼聖・紘億・明和・超群

發 行 人／江媛珍
法律顧問／第一國際法律事務所 余淑杏律師・北辰著作權事務所 蕭雄淋律師
出　　版／台灣廣廈有聲圖書有限公司
　　　　　　地址：新北市235中和區中山路二段359巷7號2樓
　　　　　　電話：（886）2-2225-5777・傳真：（886）2-2225-8052

行企研發中心總監／陳冠蒨
整合行銷組／陳宜鈴
媒體公關組／徐毓庭
綜合業務組／何欣穎
　　　　　　地址：新北市234永和區中和路345號18樓之2
　　　　　　電話：（886）2-2922-8181・傳真：（886）2-2929-5132

代理印務・全球總經銷／知遠文化事業有限公司
　　　　　　地址：新北市222深坑區北深路三段155巷25號5樓
　　　　　　電話：（886）2-2664-8800・傳真：（886）2-2664-8801
　　　　　　網址：www.booknews.com.tw（博訊書網）
郵 政 劃 撥／劃撥帳號：18836722
　　　　　　劃撥戶名：知遠文化事業有限公司（※單次購書金額未達500元，請另付60元郵資。）

■ 出版日期：2018年06月
ISBN：978-986-454-074-7